Hoffnungsschimmer

in Trümmern

Pia Wunder

1. Auflage Oktober 2018

Verantwortlich für den Inhalt: Michaela Lambertz,
Am Mittelfeld 19, 53773 Hennef

Foto- und Covergestaltung: Matthias Repp

Druck: epubli, ein Service der neopubli GmbH, Berlin

Printed in Germany

www.piawunder.de
wunderpia1@gmail.com

Besuchen Sie mich auch gerne auf Facebook

Für meine Mutter
und ihre Mutter.

Für alle Mütter dieser Welt
und alle Väter,
die ihre Kinder nie kennenlernen durften.

Vorwort

Jede Familie hat ihre einzigartige Geschichte.

Meine hätte es ohne diese starke Großmutter und diese außergewöhnliche Mutter wahrscheinlich gar nicht gegeben.

Auf der Suche nach Antworten auf meine Fragen zu meinem Großvater, den ich nie kennenlernen durfte, hatte ich erst im Alter von Anfang 20 den Mut, meiner wunderbaren Großmutter Fragen zu stellen. Die Antworten – obwohl schonend verpackt – führten mich in einen Krieg, von dem ich glücklicherweise bis dahin keine wahre Vorstellung hatte. Auf diese Bilder war ich nicht vorbereitet. Ich brauchte eine Zeitlang, um wieder den Mut zu finden, weiter zu fragen.

Die Geschichte dieser beiden Frauen hat mich so berührt, dass ich sie für mich und meine eigenen Kinder festhalten wollte. Das Buch, das aus den Erinnerungen entstanden ist, ist ein Geschenk für meine Mutter. Eine Geschichte über eine Flucht während des Krieges, eine neue Heimat im Rheinland und die Hoffnung, nicht nur zu überleben, sondern das Glück zu finden. Und über FAMILIE. Das Wichtigste.

Liebe Mutti, ich danke dir von Herzen für dein Vertrauen, mich in die heftigsten Erinnerungen deiner Kindheit eintauchen zu lassen. Wir haben in unseren Gesprächen einige Taschentücher benötigt. Und glücklicherweise – so kennt man dich – auch schon mal, um die Tränen vor Lachen einzufangen. Es ist unfassbar, wie sehr meine Omi und du gekämpft haben. Ums Überleben und um das Glück. Von Herzen vielen Dank dafür. Ich ziehe den Hut vor deinem unerschütterlichen Optimismus, deinem großen Herzen und deiner Lebensfreude. Bleib, wie du bist.

Im Rahmen der Arbeit an diesem Buch habe ich von vielen Menschen immer wieder erfahren, dass sie ganz ähnliche Schicksale in diesem Krieg erlebt haben. All diesen Menschen möchte ich sagen: Meine Ehrfurcht ist nicht in Worte zu fassen. Möget ihr heute glücklich sein.

Teil 1

Eine Welt

Zwei Seiten des Krieges

Zwei Liebende

Zwei Schwestern

Ein unschuldiges Kind

Kapitel 1

Januar 1942, Posen

»Aber das eine sage ich dir: In spätestens drei Tagen bist du wieder hier! Einsatzbereit.«

In den Augen des Fischhändlers Jakobsen war der Termin seiner Haushaltshilfe einfach nur lästig. Wahrscheinlich würde sie sich anschließend anstellen und rumjammern bei der Arbeit, die auf sie wartete. Doch er hatte keine Wahl. Die Wehen kamen schon im Abstand von zehn Minuten und so musste er die junge Frau wohl oder übel ins Krankenhaus gehen lassen. Schließlich hatte sie noch einen ordentlichen Fußmarsch vor sich.

Sie sollte bloß nicht auf die Idee kommen, dieses uneheliche Gör mit zu ihm nach Hause zu bringen. Er war nett genug, das Mädchen in seinem Haushalt wohnen und arbeiten zu lassen. Schließlich wollte seine Frau nicht den ganzen Tag damit zubringen, sich um den gemeinsamen Sohn Klaus und das Geschäft zu kümmern. Naja, ein paar Tage würden sie es schon aushalten ohne Grete.

Grete hielt sich schmerzverzerrt den verhältnismäßig kleinen Bauch fest und schleppte sich nach oben in ihr Zimmer, um die Tasche für das Krankenhaus zu holen. Zimmer war im Grunde eine unpassende Beschreibung der Kammer, die man ihr zur Verfügung gestellt hatte. Ein kleines Bett, ein klappriger Holzschemel und ein alter Kleiderschrank waren alles, was lieblos hier untergebracht worden war. Aber immerhin, es war ihr eigenes

Reich. In diesen Tagen Arbeit und ein Dach über dem Kopf zu haben, war ein Segen.

Mit gemischten Gefühlen machte Grete sich an diesem eisig kalten Tag auf den Weg ins Krankenhaus. Wie sehr sie sich auf dieses Baby freute. Und wie sehr sie Ludwig vermisste. Die Schneeflocken fielen ihr ins Gesicht und vernebelten die Sicht. Gerne hätte sie sich bei jemandem untergehakt, der sie bei der Geburt begleitete. Doch ihre Zwillingsschwester Ida lebte in Stettin und ihre Eltern mit den anderen Schwestern in Bernstein. Beides zu weit weg, um ihr Beistand leisten zu können.

Zu den Schmerzen der Wehen kam die übermächtige Angst, was sie bei der Geburt erwartete. Ihre Eltern hatten nie mit den Kindern darüber gesprochen. Über so etwas sprach man nicht. Sie war mit Ida die jüngste der Geschwister, also hatte sie auch keine Gelegenheit, vielleicht heimlich einen Blick bei der Geburt eines weiteren Geschwisterchens zu erhaschen.

Wieder rieb sie die Schneeflocken aus ihren Augen und kniff sie zusammen, um die richtige Abzweigung nicht zu verpassen. Die Straßen waren menschenleer an diesem Abend. Durch die Fenster sah Grete Familien, die im Wohnzimmer bei Kerzenlicht und einem Glas Wein zusammensaßen, den Weihnachtsbaum noch festlich geschmückt. Freiwillig hielt sich zu dieser Tageszeit und bei diesen Temperaturen niemand draußen auf.

Die gefrorenen Finger konnten sich kaum von der Tasche lösen, um die schwere Tür des Krankenhauses zu öffnen. Grete musste eine weitere, schmerzhafte Wehe abwarten, um einen erneuten Versuch zu unternehmen, die Türklinke herunterzudrücken. Das zumindest gelang ihr. Doch die Kraft, sie zu öffnen, fehlte ihr. Zu ihrem Glück wurde die Tür von innen aufgeschoben weil eine Krankenschwester im warmen Wollmantel gerade das Haus verließ, um Feierabend zu machen. Sie hielt ihr die Tür auf. Mehr noch. Mit verständnisvollem Blick und einem Lächeln im Gesicht nahm sie ihr die Tasche ab und führte sie zu dem Zimmer, in dem die grauhaarige Nachtschwester gerade ihren Dienst begonnen hatte.

»Alles Gute.« Sie lächelte ihr noch einmal aufmunternd zu und verließ das Zimmer. Grete nickte nur mit schmerzverzerrtem Gesicht. Das Formular, das ihr die grimmige Nachtschwester vorlegte, unterschrieb sie ungelesen. Sie wusste auch später nicht mehr, wie sie in welches Zimmer gekommen war. Nur an die unerträglichen Schmerzen erinnerte sie sich. Und an den Kommentar der herzlosen Nachtschwester, die sich anscheinend auf eine ruhige Nacht gefreut hatte und sich entsprechend gestört fühlte: »Stelln se sich mal nich so an. Früher ham die Mütter ihre Kinder nebenbei aufm Feld jekricht.«

Ihre Gefühle übermannten sie. Wie sehr wünschte sie sich ihre Mutter an ihrer Seite. Selbst wenn sie es sich wahrscheinlich nicht verkneifen könnte, ihren Kommentar zu wiederholen: »Wie konnte das passieren? Konntest du nicht besser aufpassen?« Dabei war doch alles ganz anders geplant.

Als sie Ludwig vor knapp zwei Jahren kennenlernte, war er der Lichtblick in diesen düsteren Zeiten. Mit seinen blonden Haaren, die einen leichten Stich ins rötliche bekamen, je nachdem, wie die Sonne darauf fiel, und seiner unbeschwerten, fröhlichen Art, hatte er sie sofort gefangen genommen. Ludwig hatte als Obergefreiter eine Ausbildung als Automechaniker genossen und schnell schmiedeten die beiden Zukunftspläne. Er wollte nach dem Krieg ein eigenes Geschäft aufbauen. Und Grete, die sowohl einen Haushalt schmeißen konnte, aber auch über kaufmännisches Geschick verfügte, wollte ihn nach Kräften unterstützen. Die Hauptsache war, sie konnten zusammen sein.

Irgendwann, wenn der Krieg zu Ende wäre, wollten sie auch Kinder. Zwei. Kein Einzelkind, das allein aufwachsen würde. Und keine riesige Familie, die man in diesen Zeiten kaum satt bekommen konnte. Schnell hatten sie die Hochzeit im kleinsten Kreis geplant. Nur ihre Zwillingsschwester Ida und sein bester Freund Heinrich sollten sie begleiten. Eine große Feier würde es natürlich für Familie und Freunde noch geben. Wenn der Krieg vorbei ist. Das war immer das Ziel: Wenn der Krieg vorbei ist, fängt das richtige Leben an. Ihr gemeinsames Leben. Ein wunderbares Leben voller Liebe.

Der Termin für die Hochzeit war der 09. September 1941. Geld für Ringe hatten sie nicht. Das war egal. Bis dahin ließen sie sich irgendetwas einfallen. Aber etwas Besonderes hatte Grete, das sie sehr glücklich machte. Als sie das Gut in Bernstein, auf dem ihr Vater als Verwalter arbeitete, verließ, hatte ihr die große Schwester Marie eines ihrer Sommerkleider geschenkt. Marie war viel größer und stabiler als sie. Aber Grete konnte sehr gut nähen und sie würde es in ein wunderschönes Hochzeitskleid verwandeln. Heimlich hatte sie sich in den Stunden, wenn sie allein im Haus des Fischhändlers war, an die Nähmaschine der Hausherrin gesetzt. Sie trennte den üppigen Stoff auf und verbrachte Stunde um Stunde damit, aus diesen Teilen ein kleines Jäckchen zu schneidern. Im September konnte es schon kühl werden.

Da Grete – wenn überhaupt – nur am Wochenende mal die eine oder andere Stunde frei bekam, waren ihre Verabredungen mit ihrem Liebsten rar und umso wertvoller. Als sie sich eines warmen Sonntagsmorgens im Sommer an der Warthe trafen, um einen Spaziergang durch den Park Cytadela zu machen, empfing er sie mit einer Stofftasche in der Hand und einem aufgeregten, lachenden Gesicht. Er hob sie überschwänglich hoch und drehte sich mit ihr im Kreis bis ihr schwindelig wurde. Dann setzte er sie vorsichtig wieder auf ihre Füße und küsste sie sanft.

»Was ist denn los?« Statt einer Antwort bekam sie erneut einen innigen Kuss. »Ich habe eine Überraschung. Komm, lass uns in den Park gehen!« Grete war zwar ebenso aufgeregt, aber auch geduldig genug, nicht nachzufragen, sondern seine Hand zu ergreifen und wortlos mit ihm in den Park zu spazieren. Sie hatten sich so viel zu erzählen, weil sie sich fast drei Wochen lang nicht gesehen hatten, doch keiner von beiden sagte ein Wort. Es war nicht nötig. Wichtig war nur, dass sie jetzt und hier zwei Stunden hatten, die sie zusammen genießen konnten. Unbeschwerte, kostbare Zeit.

Ludwig schien genau zu wissen, wohin er sie führen wollte. Zielstrebig spazierte er mit ihr auf den Wegen durch den Park, bis er plötzlich den Pfad verließ, um über eine große Wiese auf eine Gruppe Bäume zuzusteuern. Er schaute sich noch einmal um, ob sie beobachtet wurden. Um diese Zeit waren nicht viele Menschen im Park. Die meisten waren in der Kirche, bereiteten das Mittagessen vor oder genossen einfach einen ruhigen Sonntag zu Hause mit der Familie. Oder im Wirtshaus.

Erwartungsvoll beobachtete Grete, wie Ludwig ein Tuch aus der Tasche nahm und es an einer geschützten Stelle auf dem Boden zwischen einigen Bäumen ausbreitete. Dann ergriff er ihre Hand und nahm mit ihr auf der provisorischen Picknickdecke Platz. Ein weiterer Griff in die Tasche und er zauberte ein Stück Käse hervor sowie eine dicke Scheibe Brot und eine Handvoll Weintrauben. Welch ein Luxus. Ihr lief schon das Wasser im Mund zusammen. Sein Vorgesetzter hatte am Vorabend eine große Feier anlässlich seiner Beförderung und so konnte Ludwig heimlich etwas von den Resten des Festessens verschwinden lassen. Sogar ein Stückchen weißes, zartes Hühnerfleisch und eine halbe Flasche Rotwein zauberte er hervor. Sie fühlte sich wie eine Königin.

Eine ganze Weile saßen sie auf ihrem kleinen Fleckchen Paradies, aßen von diesem üppigen Buffet, küssten sich immer wieder und erzählten von den Geschehnissen der vergangenen Wochen. Hin und wieder warf Ludwig einen Blick auf die Tasche und Grete ahnte, dass noch etwas in ihr verborgen war. Um ihm nicht die Freude zu verderben, blieb sie geduldig, bis er es nicht mehr aushielt. »Schließ die Augen!«, forderte er sie auf. Lächelnd tat Grete wie ihr befohlen wurde und spürte, wie er die

Reste des Essens beiseite räumte. Dann nahm er neben ihr Platz. Er legte seinen Arm um sie. »Gib mir deine Hand!« Sie tat wieder wie befohlen. Jetzt fiel es auch ihr schwer, ruhig zu bleiben. Die Aufregung stieg ins Unermessliche. Er legte etwas Weiches in ihre Hand. »Augen auf!« Seine Stimme überschlug sich fast.

Als sie die Augen öffnete, sah sie feinstes, weißes Tuch, verziert mit kostbarer Spitze in ihrer Hand. Sein Gesicht strahlte erwartungsvoll. Da sie nicht sofort etwas sagte, sprudelte es nur so aus ihm heraus. »Bei dieser Feier gestern hatten die Gäste so schöne Tischdecken mitgebracht. Und ich dachte, das wäre doch perfekt für dein Hochzeitskleid. Eine schöne Bordüre oder Verzierung oder was man so damit machen kann. Ich habe meinen Chef gefragt, ob ich nicht eine davon haben und das Geld dafür abarbeiten könnte.« Ludwig konnte gar nicht aufhören zu reden, bis Grete sein Gesicht in ihre kleinen, zarten Hände nahm und ihn mit Tränen in den Augen küsste. Ein schöneres Geschenk hätte sie sich nicht vorstellen können. Mit ihrem Geschick würde sie einen Traum von einem Hochzeitskleid schneidern. Und für ihn ein kleines, weißes Einstecktuch. Selbst wenn das gar nicht zu der Uniform passte, die er wahrscheinlich zur Hochzeit tragen würde.

Wortlos erwiderte er ihre sanften Küsse und zog sie hinunter auf die Picknickdecke. Arm in Arm lagen sie dort und küssten sich immer wieder. Zuerst noch zaghaft, doch dann leidenschaftlicher. Unbeschreibliche Glücksgefühle stiegen in beiden hoch. Und ein Gefühl, dass Grete bis zu diesem Zeitpunkt noch nicht kannte:

Begehren. Sie wusste, dass es sich nicht schickte, mehr zu verlangen. Doch sie wünschte sich so sehr, dass er genau so fühlte. Und das tat er. Seine Augen glänzten vor Verlangen und vorsichtig öffnete er den obersten Knopf ihres Kleides. Nie hätte sie es gewagt, gleiches zu tun, aber das Gefühl in jeder Faser ihres Körpers war größer als jede Vernunft.

Sie konnte kaum den Seufzer unterdrücken, als seine Finger zärtlich die Rundungen ihrer Brüste streichelten. Er nahm den hervorkommenden Ton schnell mit seinen Lippen auf. Ludwig hatte mit seinen 24 Jahren wenig Erfahrung mit Frauen, doch er ahnte, dass er für Grete der erste Mann sein würde. Behutsam wollte er sein, obwohl es ihm schwer fiel, sein Verlangen zu zügeln. Er hatte das nicht so geplant, doch es fühlte sich jetzt und hier genau richtig an.

Schnell ließ er zwischen zwei Küssen seinen Blick schweifen. Sie waren immer noch ungestört. Weit und breit war niemand zu sehen und die Büsche um sie herum schützten sie vor ungebetenen Blicken. Grete hatte die Augen geschlossen und genoss sichtlich seine Berührungen. Als er seine Hand unter ihr Kleid schob und ihre Unterwäsche berührte, erschrak sie kurz. Doch als er innehielt, um sich zu vergewissern, dass auch sie es wollte, bekräftigte sie ihn. Grete zog das Hemd aus seiner Hose und berührte seinen glatten, unbehaarten Bauch. Nun gab es für Ludwig kein Halten mehr. Ein zarter Windhauch wehte ihr Kleid ein kleines Stück beiseite, und er versank vollkommen mit ihr, bevor er noch einen weiteren, klaren Gedanken fassen konnte.

Ihr zaghaftes: »Wir müssen aufpassen«, kam einen winzigen Augenblick zu spät. Beide wurden von ihren Gefühlen so überrollt, dass sie schon kurz darauf erschöpft und gleichzeitig überwältigt nebeneinander lagen und Ludwig liebevoll ihr Sommerkleid und dazu die Decke schützend über ihren Schoß legte. Eigentlich wollten sie doch bis zur Hochzeit damit warten. Grete konnte sich nicht erinnern, jemals so von ihren Gefühlen übermannt worden zu sein.

Langsam beruhigte sich beider Atem und ihre Aufregung. Ein tiefer Friede machte sich breit. Die Hochzeit war schließlich schon in ein paar Monaten und außerdem würde ja niemand etwas davon erfahren.

»Hallooo, atmen se mal!« Mit diesen Worten der kaltherzigen Nachschwester wurde Grete wieder in die Wirklichkeit zurückgeholt. »Nich die Luft anhalten.« Grete versuchte, ihren Anweisungen zu folgen. Die Schmerzen waren unerträglich, doch sie traute sich nicht, zu widersprechen. Wenn doch nur Ludwig bei ihr wäre. Die Bilder dieses romantischen Nachmittags waren blitzschnell aus ihren Gedanken verdrängt. Sie wünschte nur, alles wäre schon vorüber. Es kam ihr vor wie eine Ewigkeit und sie konnte später nicht sagen, wie lange sie dort in den Wehen gelegen hatte. Irgendwann hörte Grete ein zaghaftes Stimmchen. Es war kein Schreien, nur ein leises Wimmern. Aber sie hörte ihr Baby. Sie war Mutter. Und fassungslos. Allein.

In ihrer Vorstellung sagten die Hebammen in diesem Augenblick etwas Aufbauendes wie: »Da ist ja der propere Stammhalter« oder »Willkommen, kleine Prinzessin«. Nachtschwester Alexe bemerkte nur abfällig: »Ein Fuss.« Ihr Baby hatte tatsächlich Ludwigs rötliche Haare geerbt. Immer noch nicht wusste sie, ob es ein Junge oder ein Mädchen war. Alexe hielt es auch nicht für nötig, ihr etwas dazu zu sagen. Erst als sie wissen wollte: »Welchen Namen soll ich eintragen?«, fragte Grete nach und erfuhr, dass sie soeben einer kleinen Tochter das Leben geschenkt hatte. »Ilse.«

Als man ihr das winzige Bündel in den Arm legte, überkam Grete ein unvorstellbares Glücksgefühl. Sie atmete den Duft ihres Mädchens tief ein und schloss die Augen. Ilse tat es ebenso. Schnell mischten sich die Glücksgefühle mit einer tiefen Traurigkeit. Die Bilder der vergangenen Monate liefen wie schon so oft wie ein Film an ihren Augen vorbei.

Schon wenige Tage nach ihrem Treffen im Park ließ Ludwig ihr eine Nachricht zukommen, dass sie sich unbedingt sehen müssen. Grete bereitete das Abendessen für die Familie des Fischhändlers zu, wischte den Laden und brachte dann den kleinen Klaus ins Bett. Nachdem auch die Küche wieder sauber war und die Wäsche gemangelt, schlich sie sich leise aus dem Haus. Ludwig wartete bereits an der Ecke des Ladens auf sie. Ihre Freude über das rasche Wiedersehen schwand schnell. Mit bedrückter Stimme berichtete Ludwig, dass er noch vor dem Wochenende an die Front versetzt würde.

In Posen selbst fanden keine Kämpfe statt, daher schien dieser Krieg für sie bislang nicht bedrohlich nahe. Doch die Rote Armee rückte unbarmherzig gen Westen vor und er musste seinen Vorgesetzten begleiten. Seine ursprüngliche Arbeit als Mechaniker wurde nach und nach durch Fahrtätigkeiten ersetzt. Da seine Vorgesetzten seine zuverlässige und vertrauliche Art sehr schätzten, wurde er nun in dieser geheimen Mission gebraucht, um wichtige Befehlshaber in die Krisengebiete zu befördern. Seine weiteren Worte realisierte sie nicht mehr. Die Tränen rannen nur so über ihr Gesicht und ihr Kopf bestand aus einem einzigen Nebelfeld.

Zu diesem Zeitpunkt ahnte Grete noch nicht, dass sie schwanger war und ebenso wenig wusste sie, ob Ludwig zum Termin der geplanten Hochzeit zuhause sein würde. Zuhause. Posen sollte ihr gemeinsames Zuhause werden. Nach der Hochzeit und dem Einzug in eine kleine Wohnung für Angehörige der Wehrmacht. Jetzt lebte sie immer noch in der kleinen Kammer des Fischhändlers. Ihr wunderschönes Hochzeitskleid hatte Grete in ihrem unerschütterlichen Glauben fertiggestellt und an den alten Kleiderschrank gehängt. Jeden Tag erinnerte es sie daran, dass er bald zurückkommen würde und sie heirateten. Und jetzt lag sie hier in diesem kalten Krankenhaus. Allein.

»Nein«, schimpfte sie mit sich selbst. Sie war nicht allein. Sie hatte Ludwigs Tochter das Leben geschenkt. Wie sehr er sich freuen würde, wenn er zurück kam. Wenn er zurück kam. Grete versuchte, den Gedanken zu verdrängen, dass er womöglich gar nicht zurück kam. Sie wollte fest daran glauben. Sonst würde sie die vor ihr liegende Zeit nicht überstehen.

Der nächste Tag sah gleich ein wenig freundlicher aus. Es war für sie ein ungewohnter Luxus, nicht in aller

Herrgottsfrühe aufstehen zu müssen, um die Auslagen für das Geschäft herzurichten bevor sie das Frühstück vorbereitete. Grete genoss es, einfach liegen zu bleiben, zumal sie sich noch sehr erschöpft fühlte. Als sich die Tür öffnete, graute ihr bereits vor der unsympathischen Nachtschwester. Doch zu ihrer Freude schlenderte gut gelaunt die nette Schwester herein, die sie am Vorabend in das Krankenhaus geführt hatte. »Wunderschönen guten Morgen. Und herzlichen Glückwunsch zu diesem süßen kleinen Mädchen.« Das Strahlen in ihren Augen war ansteckend und Grete war einfach dankbar.

Schwester Ingeborg stellte ihr das Frühstück auf den Tisch und setzte sich zu ihr auf die Bettkante. »Wie geht es Ihnen?« »Danke, ganz gut. Wann kann ich mein Mädchen denn sehen?« Die Hand der Schwester legte sich auf Gretes Hand und Ingeborg schien ihre Worte behutsam zu wählen. »Frühstücken Sie erst einmal, damit Sie zu Kräften kommen. Dann bekommen Sie von mir die Tabletten, damit der Milchfluss gestoppt wird und danach bringe ich Sie zu Ihrer Tochter. Ilse wird gerade gefüttert und dann frisch gewickelt. Also bekommen Sie gleich ein sauberes, sattes und glückliches Kind.«

Erst jetzt bemerkte Grete den Druck in ihren geschwollenen Brüsten. »Kann ich sie denn nicht stillen?« Sie ahnte, dass sie sich die Frage hätte schenken können. Mitfühlend antwortete Ingeborg: »Das würde es für alle nur noch schwieriger machen.« Nach einer kurzen Pause fügte sie hinzu: »Sie können ihr heute Mittag die Flasche geben.« Darauf freute Grete sich. Sie war einfach froh, dass sie alles überstanden hatte und sowohl ihr Kind als auch sie selbst gesund waren. Also versuchte sie, alles um sich herum einfach auszublenden und die nächsten beiden Tage so gut es ging zu genießen.

Es wurde Mittag, bis Schwester Ingeborg sie abholte. Sie bekam einen weißen Kittel, wie die Schwestern der Kinderstation sie trugen, und wurde zu dem kleinen Bettchen ihrer Ilse geführt. Ein zauberhaftes Bild empfing Grete. Wie alle Kinder hier war auch ihre kleine Tochter akkurat in weiße Tücher eingehüllt. Ihr Gesicht glich dem eines Engels. Mit friedlichen, großen, hellgrün leuchtenden Augen sah sie ihre Mutter an und verzog im gleichen Augenblick den Mund zu einem schiefen Lächeln. Die rot leuchtenden Löckchen suchten sich eigenwillig einen Weg aus den sorgfältig um den Kopf gewickelten Tüchern. So ein Baby hatte sie in ihrem ganzen Leben noch nicht gesehen. Ein ausgesprochen außergewöhnliches Kind. Und es war ihr Kind.

Liebevoll, wenn auch noch etwas unbeholfen, nahm sie es aus dem Bettchen, setzte sich in den dafür vorgesehenen Sessel am Fenster und ließ sich von Ingeborg das Fläschchen mit der Milch reichen. Hungrig war sie, die kleine Ilse und sie nahm begierig den Nuckel der Flasche auf, ohne dabei den Blick von ihrer Mutter zu lösen. Es schien, als würde das Baby SIE beobachten und genauestens unter die Lupe nehmen. Was wohl in dem Kopf dieses kleinen Geschöpfes vor sich ging? Ein tiefer Friede legte sich über beide und Grete hatte sogar das Gefühl, als wäre Ludwig bei ihnen. Es war seltsam, aber sie bildete sich ein, seinen Duft zu riechen und die Wärme seiner Arme zu spüren.

Kapitel 2

Sie wusste, dass der Abschied schwer werden würde. Jakobsen hatte ihr unmissverständlich klar gemacht, dass sie sich nicht wagen sollte, das Baby mit in sein Haus zu bringen. Solange Ludwig sich noch an der Front aufhielt, konnte er nicht für sie sorgen und sie nicht für ihr Baby. Grete konnte froh sein, dass das Waisenhaus direkt an das Krankenhaus angeschlossen war und ihren Säugling aufnahm. Aber ihr Kind schon nach drei Tagen allein zu lassen, zerriss ihr das Herz.

Sicher – die Schwestern würden sich gut um die Kinder kümmern. Hoffte sie. Wer konnte schon kontrollieren, was mit den Kindern hier wirklich geschah. Nachtschwester Alexe hatte sie bereits deutlich spüren lassen, was sie von *fussigen* Kindern hielt. Doch im Grunde blieb ihr nichts anderes übrig, als zu vertrauen und die Hoffnung nicht aufzugeben. Als sie die kleine Ilse in ihr Bettchen legte, um sich zu verabschieden, blickte ihre Tochter sie fragend an. »Ich bin bald wieder zurück, mein Engelchen. Mach dir keine Sorgen! Und sei brav!« Mit hängenden Schultern verließ sie den Schlafsaal mit den insgesamt wohl fast 25 Säuglingen. Die ohnehin mit ihren 155 cm sehr kleine Frau wirkte wie ein zerbrechliches Schulmädchen. Von nun an würde sie ihren kleinen Liebling nur noch an den Wochenenden sehen dürfen.

Auf dem Weg zu ihrem derzeitigen Zuhause lief sie beim Postamt vorbei, um einen Brief für ihre Eltern und Ida aufzugeben, und dann noch schnell zur Führerresidenz im Schloss, wo sie eine Nachricht für Ludwig aufgab. Erschöpft erreichte sie zur Mittagszeit den Fischladen. »Wird aber auch Zeit, dass du endlich kommst. Geh rein und mach schnell das Mittagessen! Es ist viel Arbeit liegen geblieben.« Nicht einmal ein Gruß. Eine Nachfrage, ob es ihr gut ginge. Oder ihrem Kind. Aber was hatte sie erwartet? Nichts. Genau das hatte sie erwartet. Gar nichts.

Der Arbeitsalltag hatte Grete schnell eingeholt. Die blutigen Spuren auf ihren Kleidungsstücken waren bald verblasst und die Strapazen der Geburt ebenso. Doch was nicht verblasste, war ihre Hoffnung, jeden Morgen wenn sie die Augen öffnete und ihr Blick auf das Hochzeitskleid fiel. Und jeden Sonntag, wenn sie für einige kostbare Stunden ihr Kind besuchen ging. Besuchen. Sie versuchte, dem Schmerz nicht zu viel Raum zu geben. Dem Schmerz darüber, dass sie ihr Kind nicht begleiten und versorgen, sondern nur besuchen konnte.

Am vierten Sonntag kamen ihre Eltern aus Mark Brandenburg zu Besuch, um ihr Enkelkind zu begrüßen und mit Grete zusammen eine kleine Tauffeier zu begehen. Zu gerne wäre auch Ida aus Stettin gekommen, doch ihr Chef ließ sie nicht gehen. Trotzdem freute Grete sich sehr, wenigstens ihre Eltern nach so langer Zeit wiederzusehen.

Fast ebenso freute sie sich über die Leckereien, die sie mitbrachten. Köstlicher Streuselkuchen mit selbst eingemachten Sauerkirschen. Grete kostete diese kleinen Glücksmomente bis in jede Faser aus und versuchte, so viel wie möglich davon in ihrem Herzen festzuhalten. Für die bevorstehenden kalten und arbeitsreichen Tage.

»Irgendwann kommen bessere Zeiten, mein Engel. Bald.« Zur Feier des Tages hatte sie das edle, kleine Spitzentuch, das sie eigentlich für Ludwig vorgesehen hatte, mitgebracht. Ein kleines, rotes Herz hatte sie in eine Ecke des Tuches gestickt, darin mit hellgrünem Garn den Buchstaben I. Grete hatte den Wunsch, dass die kleine Ilse dieses Tuch immer bei sich tragen sollte und damit das Gefühl, dass ihr Vater immer bei ihr ist. Schwester Hildegard, die zu Gretes erklärter Lieblingsschwester auserkoren war, versprach, ein Auge darauf zu haben.

Leider war viel zu schnell die Zeit gekommen, da ihre Eltern wieder abreisten und Grete fühlte sich einsamer als je zuvor.

Wie glücklich sie war, als sie nur wenige Tage später einen kostbaren Brief in Händen hielt. Grete konnte nicht warten. Schnell zog sie sich in ihre Kammer zurück und öffnete mit zittrigen Händen den Umschlag. Ihr Herz sprang über vor Freude. Ein Foto mit einer Widmung lag darin und sie verschlang die liebevollen Zeilen, die er ihr geschrieben hatte: »Meine kleine Gredel…« Sie konnte förmlich hören, wie er die Worte zu ihr sprach. Niemand nannte sie so. Mit diesem weichen, fast zärtlichen d in der Mitte ihres Namens. Seine liebevolle Stimme klang in ihren Ohren. Grete spürte in seinen Worten, wie glücklich ihn die Geburt ihrer niedlichen Tochter machte. Er versprach, so schnell es ging nach Hause zu kommen und für sie zu sorgen. Seine Zeilen stärkten ihre Zuversicht, selbst als es Monate dauerte, bevor sie den nächsten Brief ihres geliebten Ludwig erhielt.

In seiner fröhlichen Art versuchte er immer wieder, sie zu beruhigen, dass alles auf einen Sieg an der östlichen Front und ein baldiges Kriegsende hindeutete. Doch Grete spürte diese ständige Unruhe in sich. Er war nun schon über ein Jahr fort und ihre kleine Tochter bereits ein halbes Jahr alt. Ludwig fragte nach, wie die kleine Ilse sich entwickelte und ob ihre Haare immer noch so schön leuchteten. Er hatte sich so sehr über die Nachricht gefreut, dass seine Tochter die Farbe seiner Haare geerbt hatte.

Wenn Grete doch nur im Zeichnen so viel Geschick hätte, wie im Nähen. Dann würde sie ein Bild von Ilse zeichnen und zu ihm schicken. Sie wusste, dass sie es gar nicht erst versuchen brauchte. Es würde aussehen wie ein beliebiges Baby. Niemals könnte sie den einzigartigen Gesichtsausdruck ihrer Tochter gebührend einfangen.

Aber eine andere Idee setzte sich in ihren Kopf. Und einmal dort festgesetzt, ließ sie sie nicht mehr los. Bei ihrem nächsten Besuch im Waisenhaus sah sie nach dem Spitzentüchlein. Ihr Kind hatte sie und sie hatte ihr Kind. Wenn auch nur wenige kostbare Stunden. Aber Ludwig war ganz allein dort draußen.

Ilse hatte das Tuch wochenlang an ihrem Körper getragen und den einzigartigen Babyduft hinterlassen. Sie würde ihm dieses Tuch schicken. Dann konnte er seine Nase darin vergraben und tief den Duft dieses neuen Lebens einatmen. Ja, genau das würde sie tun. Und in dieses Tuch würde sie eine kleine Locke ihrer roten Haare wickeln, mit einem dünnen Seidenband zusammengebunden.

Nachdem Grete das Tuch an sich genommen hatte, befreite sie Ilse von der weißen, leichten Baumwollmütze. In aller Pracht entfalteten sich die weichen Locken ihres Mädchens. Es fiel gar nicht auf, dass sie ihr mit der kleinen Schere zwei Locken abschnitt. Als sie ihrer Tochter anschließend liebevoll durch die Haare wuschelte, gluckste und lachte die Kleine lauthals. Ihre Augen sahen so glücklich aus, dass es ansteckend war. Ilse konnte sich kaum beruhigen. Weil es Grete mit so großer Wärme erfüllte, konnte sie nicht anders, als immer wieder durch die Haare zu wuscheln, immer wieder mit demselben Effekt.

Irgendwann nahm sie die Kleine hoch, so dass Ilses Kopf auf ihrer Schulter lag und sofort vergrub das Mädchen sein Gesicht in der weichen Haut von Gretes Hals. Heute fiel es ihr besonders schwer, ihre Tochter zu verlassen. Noch am selben Abend schrieb sie Ludwig einen langen Brief und legte das wertvolle Tuch und die Locke mit in den braunen Umschlag. Schade, dass sie sein Gesicht nicht sehen konnte, wenn er es bekam.

Schon im nächsten Monat kamen Gretes Eltern wieder zu Besuch. Diesmal kamen sie nicht allein. Marie und deren 12jährige Tochter Elfriede begleiteten sie. Welche Wiedersehensfreude das am Bahnhof war. Familie war so wichtig. Egal, wie lange sie sich nicht gesehen hatten, sobald man wieder vereint war, war alles gut. Zusammen konnte man eben alles schaffen. Besonders aufgeregt war Elfriede, die es gar nicht erwarten konnte, ihre kleine Cousine kennenzulernen. Umso überraschter war Grete, als ihre Nichte immer schweigsamer wurde, je näher sie dem Zimmer kamen. Sie versuchte, Elfriede aufzumuntern und erzählte von den Grimassen, die Ilse schnitt, wenn man ihr zwischendurch die Flasche wegnahm, weil sie zu gierig getrunken hatte. Nichts. Elfriede wirkte zunehmend bedrückt. Na, es wird sich schon legen, wenn sie das Baby erst einmal im Arm hatte, dachte Grete.

Und tatsächlich. Schnell hatte Elfriede das richtige Bettchen gefunden und wartete darauf, dass man ihr das kleine Mädchen in den Arm legte. Die Schwester gab ihr einen weißen Kittel und bat sie, diesen überzuziehen. Gretes Mutter, die noch einige Zentimeter kleiner als sie selbst war, durfte Ilse aus dem Bettchen holen und herzte sie erst einmal ausgiebig. Ihr Vater hielt sich zurück und deutete auf seine große Enkeltochter. Er wollte ihr nicht zumuten, noch länger zu warten.

Und endlich durfte Elfriede auf einem Sessel Platz und die Kleine auf ihren Arm nehmen. Eine Träne lief ihr augenblicklich die Wange hinab. Grete war sich nicht sicher, ob es eine Freudenträne war und fühlte sich zunehmend aufgewühlt. Natürlich war sie immer aufgewühlt, wenn die Familie zu Besuch war. Es war immer ein Tag voller Freude und voller Schmerz, wenn der Abschied nahte. Doch ihr untrügliches Bauchgefühl verriet ihr, dass dies mehr war als eine Freudenträne über das neue Familienmitglied.

Heute durften sie Ilse in einen Kinderwagen packen und mit ihr spazieren gehen. So schön dieser August-Nachmittag war, ihr Gefühl ließ sie nicht los. Während der ganzen Zeit durfte nur Elfriede den Wagen schieben und immer wieder streckte sie eine Hand in den Wagen, um nach den Fingerchen zu greifen oder Ilse über die Wange zu streichen. Bevor sie sich auf den Rückweg machten, setzten sie sich auf eine Bank im nahegelegenen Park. Es war dieser Park, in dem das junge Leben an einem romantischen Sommertag entstanden war.

Völlig unvorbereitet platzte es aus Elfriede heraus: »Dieses Waisenhaus ist so schrecklich. Da kann die Kleine doch nicht bleiben.« Da niemand sonst das Wort ergriff, versuchte Grete, es ihr zu erklären. Ihr etwas zu erklären, das für sie selbst kaum erklärbar war. Ihr Kind wuchs in einem Waisenhaus auf, obwohl es Vater und Mutter und eine große Familie hatte.

Grete sah ihre eigene Mutter flehend an. Doch diese konnte ihr nicht helfen. Nach einigen Minuten des Schweigens, in denen Elfriede hemmungslos schluchzte angesichts der Vorstellung, ihre Cousine gleich wieder in diesem kalten Haus abzugeben, ergriff ihre Mutter vorsichtig das Wort. »Wir haben uns auch Gedanken gemacht, liebe Grete. Ein Kind braucht Familie. Und ein Kind braucht seine Mutter.« Wahre Worte. Schweigen. »Beides hat es und hat es eigentlich nicht.« Grete wusste genau, was ihre Mutter sagen wollte. Und eigentlich sprach sie ihr aus dem Herzen. Sie wünschte sich so sehr für Ilse, dass sie mehr von ihr und von ihrer Familie hätte. Doch wie sollte das gehen?

Ihr Bauchgefühl wurde stärker und schmerzlicher, während sie den Worten ihres Vaters lauschte, der bis dahin geschwiegen hatte. Der große, schlanke Mann nahm seine zierliche Tochter in den Arm und versuchte, ihr den Gedanken näher zu bringen, das Kind in die Hände der Familie in Mark Brandenburg zu geben. So sehr, wie er seine eigene Tochter vermisste, ahnte er, welchen Schmerz es für sie bedeutete, ihr Kind so weit weg zu wissen und noch viel seltener sehen zu können. Denn, eins war klar: Grete konnte zum jetzigen Zeitpunkt nicht mit auf das Gut. Für sie gab es dort keine Arbeit und kein Brot. Außerdem war sie noch in der Verpflichtung gegenüber Jakobsen.

»Ich danke euch für euer Angebot. Und ich weiß, dass es ihr gut gehen würde. Aber lasst mich bitte darüber nachdenken. Ich kann nicht hier und heute entscheiden. Bitte, versteht das!« Natürlich hatten sie Verständnis für Gretes Verzweiflung, aber sie waren auch sicher, dass sie die richtige Entscheidung treffen würde. Es wäre ja nur ein vorübergehender Abschied. An diesem Abend gingen alle mit Tränen gefüllten Augen ins Bett. Es waren bittere Tränen des Abschieds und der Verzweiflung.

Kapitel 3

Sommer 1942

Grete tat das einzig Richtige. Sie durfte nicht egoistisch sein und musste an das Wohl ihrer kleinen Tochter denken. Einige Wochen noch genoss sie die Zweisamkeit mit ihrer kleinen Ilse und bereitete sich auf die Reise vor. Tatsächlich hatte sie sich bei Jakobsen durchgesetzt und bekam das ganze Wochenende frei und ihre kleine Aufwandsentschädigung für diesen Monat. Sogar eine Vorauszahlung für den nächsten Monat gab er ihr. Jakobsen wusste Grete gerne in seiner Schuld. Es war absehbar, dass die attraktive, junge Frau nun auch am Wochenende Zeit für ihre Dienste hatte und wenn er ehrlich war, erhoffte er sich schon seit längerer Zeit Dienste der ganz anderen Art von Grete.

Solange seine Frau und der Sohn im Haus waren, konnte er nicht riskieren, bei einer Annäherung erwischt zu werden. In den Ferien jedoch waren beide zur Familie an die Mecklemburgische Seenplatte gefahren. Unter dem Vorwand, das Geschäft in diesen Zeiten nicht schließen zu können, blieb er allein zu Hause.

Er verabschiedete Grete, die sich mit ihrer Tochter auf den Weg zu den Eltern machte, ungewöhnlich verständnisvoll. »Wann bist du wieder zurück?« »Auf jeden Fall am Sonntagabend. Ich weiß noch nicht genau, wann der Zug ankommt, aber Sie brauchen nicht auf mich zu warten. Ich werde leise sein und direkt schlafen gehen, damit ich am Montag ausgeruht bin und Ihnen helfen kann.« Grete war überrascht angesichts seiner scheinbaren

Anteilnahme. Doch sie war zu aufgewühlt, dem viel Bedeutung beizumessen.

Die zweistündige Zugfahrt verging wie im Flug. Während die malerische Landschaft rund um Bernstein mit den sieben Seen an ihr vorbeizog, wurde ihr wieder einmal bewusst, wie schön ihre Heimat eigentlich war. Heimat. War es das für sie? Sie wurde mit Ida hier geboren und verbrachte den größten Teil ihrer Kindheit hier. Sie fühlte sich hier zuhause und Ilse würde es genau so gehen. Es war ein Gefühl von Ferien bei ihren Eltern. Das war ein sehr schönes Gefühl. Zwei Tage konnte sie mit ihrer ganzen Familie genießen, bevor sie dann den Gutshof vorerst allein verlassen musste.

Während der gesamten Fahrt hielt sie Ilse fest in ihrem Arm. Die Kleine schmiegte sich an sie und schien es zu genießen, ihrer Mutter so nahe zu sein. Mit wachen Augen sah sie ihre Mutter an. Und wie jedes Mal, wenn Ilse sie zu fragen schien, was gerade passierte, flüsterte Grete ihr zuversichtlich zu: »Alles wird gut.« Das Gesicht ihres kleinen, rot gelockten Mädchens strahlte Vertrauen aus. Grete glaubte fest daran, dass sie ihre Tochter nicht enttäuschen würde.

Gedanklich hatte sie sich schon auf einen Fußmarsch von einer guten Stunde vorbereitet, da der Gutshof etwas abseits des kleinen Bahnhofs lag. Zu ihrer Überraschung wurde sie jedoch von ihrem Vater empfangen. Er hatte sich den Wagen des Gutsbesitzers ausgeliehen. Drei von Maries Kindern waren mitgekommen und hüpften fröhlich winkend auf dem Bahnsteig herum, bis der Zug endlich zum Stillstand kam. In diesem Augenblick rannten sie zur Tür des Waggons, um sie zu öffnen. Grete stand mit der Kleinen auf dem Arm und einer großen Tasche in der anderen Hand darin und wartete. Doch die Kleinen hatten nicht die Kraft, die schwere Tür zu öffnen und mussten sich gedulden, bis ihr Großvater kam, um ihnen zu helfen.

»Wie schön, dich zu sehen.« Ihr Vater umarmte sie und die Kleine behutsam. »Wie groß sie geworden ist.« Ilse lächelte ihren Großvater an. Ihr Blick ließ sein ohnehin großes Herz erweichen. Er konnte sich erst von seinem Enkelkind lösen, als ihre Cousinen und Cousins an Grete hochsprangen, um das rothaarige Baby zu sehen, von dem hier seit Wochen schon die Rede war.

Dann nahm er ihr die schwere Tasche ab. Grete kniete sich nieder, damit die Kinder ihre Cousine endlich sehen konnten. Eins der Mädchen schob Ilses Mützchen etwas nach oben, um die Haare sehen zu können. Dabei schnürte das Band der Mütze den Hals ein, so dass Grete schnell eingreifen musste, damit die ungestümen Kinder sie nicht verletzten. »Kommt, lasst uns ins Auto gehen, dann kann ich ihr das Mützchen ausziehen. Hier draußen ist der Wind zu frisch.«

So schnell es ging, sprangen die Kinder ins Auto und stellten sich auf die Sitzbank, um einen besseren Blick erhaschen zu können. »Jetzt ist aber Schluss.« Grete erschrak bei den harten und lauten Worten ihres Vaters. »Wenn irgendetwas hier schmutzig wird, dann ziehe ich euch den Hosenboden lang.« So kannten die Kinder ihren Großvater nicht. Aber sie wussten, dass der Gutsherr sehr streng war und deshalb war in dieser Beziehung auch mit ihrem Opa nicht zu spaßen. Schnell nahmen sie auf dem Rücksitz Platz und warteten brav, bis Grete der Kleinen die Mütze abgenommen hatte. Sie hielt ihr Mädchen in die Höhe, so dass die Kinder es hinten gut sehen konnten. Ilse jauchzte vor Freude, als die Mutter sie hoch hob. Die Kinder waren so perplex, dass sie wie betäubt mit offenen Mündern sitzen blieben. Aber das Strahlen in den Augen des Babys war ansteckend und spiegelte sich in ihren eigenen Augen wider.

Aufgeregt glucksten und tuschelten die Kinder hinter ihr, während Grete ihre Kleine fest auf ihrem Schoß hielt, als ihr Vater losfuhr. Wie friedlich hier doch alles war. Sie vermisste die Geschäftigkeit der großen Stadt kein bisschen und genoss es, zuzuschauen, wie sich die Mittagssonne im See spiegelte. Wie zwei Schwäne mit ihren Jungen sanft über das Wasser glitten. Das satte Grün der Bäume. Sie konnte sich gar nicht satt sehen an der Schönheit der ursprünglichen Natur.

Vielleicht könnte sie mit Ludwig zusammen hier für ihre kleine Familie ein Zuhause schaffen. Nahe bei ihrer Großfamilie, die sie so sehr liebte. Sie würde dieses Wochenende nutzen, um ihre Eltern um Rat zu fragen und möglicherweise bereits Pläne zu schmieden.

Bei der Ankunft auf dem Hof war sie allerdings erst einmal überrascht. Sie hatte das Anwesen viel größer in Erinnerung. In U-Form waren die Gebäude errichtet. An der Stirnseite das Haus des Gutsherren und seiner Familie. Auf der linken Seite war das Gebäude, in dem das Personal wohnte. Ihre Familie lebte in der Wohnung, die direkt an das Herrenhaus grenzte. Sie bestand aus einem geräumigen Wohnraum mit einem Ofen zum Kochen und Heizen, einer Sitzecke mit vielen Stühlen und einer Schlafgelegenheit in einer Ecke.

Das zweite, relativ kleine Zimmer, war ein reiner Schlafraum. Wenn sie darüber nachdachte, dass sie hier mit ihren Eltern und drei Geschwistern geschlafen hatte, war es für sie kaum mehr vorstellbar. Noch weniger vorstellbar war, dass nun ihre große Schwester Marie ebenfalls mit ihren vier Kindern hier lebte. Nachvollziehbar, dass es unmöglich war, nun auch noch Grete mit ihrem Baby aufzunehmen. Umso dankbarer war sie, dass zumindest ihre kleine Ilse vorübergehend hier wohnen konnte. Das Babybett stand schon im Schlafraum neben dem großen Bett ihrer Eltern bereit.

So eng es auch war – als sie kurze Zeit später alle zusammen bei einer Brotzeit im Wohnraum versammelt waren, spürte Grete eine tiefe innere Ruhe einkehren. Ihr Kind würde hier wohl behütet und mit viel Liebe aufwachsen. Sie war schon jetzt der Mittelpunkt der Familie, der Alt und Jung ein Lächeln ins Gesicht zauberte. Mit ihren leuchtend grünen Augen strahlte sie so eine Klarheit und Freude aus, dass sie im Nu die Herzen der ganzen Familie erobert hatte.

Der Raum duftete nach frisch gebackenem Brot, reifem Käse und einem starken Kaffee. Die Kinder tranken Wasser oder Milch. Neben den eigenen Kindern kamen noch drei kleine Kinder der Arbeiter vom Hof dazu, deren Eltern beide um diese Tageszeit arbeiten mussten. Man half sich hier. Jeder war für den anderen da. Erst nachdem sie die gemeinsame Mahlzeit beendet hatten, kam auch Marie an der Tür herein und fiel ihrer kleinen Schwester in die Arme. Sie war zuständig für die Hauswirtschaftsarbeiten im Gutshaus. Im Wesentlichen musste sie kochen und die Kinder hüten, was ihrem von Grunde auf eher bequemen Wesen sehr entgegenkam. Für die härteren oder unangenehmen Arbeiten hatte sie die Unterstützung einer weiteren jungen Frau. Irgendwie hatte sie es mit ihrem Wesen geschafft, sich eine Art Vorarbeiterinnen-Status zu ergattern.

Das kam auch ihrer Familie zugute, da sie hier und da schon mal etwas von den Vorräten mitbringen konnte. Heute war es eine Flasche Wein, die sie zur Feier des Tages mitnehmen durfte. Es hatte sich gelohnt, dass sie sich mit dem Essen besondere Mühe gegeben hatte. Heute Abend würden sie diesen köstlichen Tropfen gemeinsam genießen. Sie hatte noch eine Überraschung für ihre Schwester und konnte es kaum aushalten, bis zum Abend damit zu warten.

Gemütlich saßen sie bei einer Tasse Kaffee zusammen, ehe ihr Vater wieder an die Arbeit musste und die jungen Frauen ihrer Mutter in der Küche halfen. »Leg doch die Kleine etwas hin, sie scheint müde zu sein.« Ihre Mutter hatte Recht. Ilse rieb sich mit ihrer kleinen Faust die Augen und gähnte. Also nahm Grete die Tasche mit ins Schlafzimmer und zog den Reißverschluss auf. Ganz oben lag die Decke, die man ihr netterweise aus dem Waisenhaus mitgegeben hatte.

Sie legte Ilse in das Bettchen, in dem vorher schon alle ihre Cousins und Cousinen gelegen hatten und rechnete damit, dass die Kleine augenblicklich einschlafen würde.

Grete wollte die Zeit nutzen und die wenigen Kleidungsstücke, die sie für ihren Liebling hatte, in den Schrank räumen. Doch im Handumdrehen hatte Ilse sich von der Decke befreit und strampelte aufgeregt mit den Beinen. Obwohl sie die Augen kaum aufhalten konnte, fand sie nicht in den Schlaf.

»Ob sie Hunger hat?«, warf Marie ein, die im Türrahmen stand. »Ja, das könnte wirklich sein.« »Räum du nur weiter ein, ich mache ihr ein kleines Fläschchen fertig.« Grete nahm einige Stoffwindeln aus der Tasche und verstaute sie im Schrank. Dann kniete sie sich neben das Bettchen und streichelte Ilse sanft über den Bauch. »Hm, mein Liebling, gleich gibt es etwas für dich.« Schnell stand Marie mit der kleinen Flasche bereit und nahm Ilse wieder aus dem Bett. Sie machte es sich auf dem Bett ihrer Eltern gemütlich und bot Ilse die warme Milch an. Doch das Kind begann sofort lauthals zu schreien.

»Vielleicht war die Aufregung etwas zu viel für sie. Lass mich mal machen.« Grete nahm ihrer Schwester erst das Kind und dann die Flasche ab. Doch wieder drehte Ilse das Gesicht zur Seite und verweigerte schreiend die angebotene Mahlzeit. »Sie scheint keinen Hunger zu haben. Dann lege ich sie wieder hin und wir lassen sie erst einmal schlafen.« Es dauerte allerdings fast eine Stunde, bis Ilse endlich, nach langem Weinen, in den Schlaf gefunden hatte.

»Sicherlich spürt sie die ganze Anspannung.« Ja, das dachte Gretes Mutter auch. Sie war froh, die Zeit der Ruhe zu nutzen, um sich mit Grete unterhalten zu können, als auch Marie nach draußen gegangen war, um die

Horde von Kindern zu beschäftigen. Ganz entgegen ihrer Gewohnheit setzte sich ihre Mutter auf das Bett, das im Wohnraum stand. Sie hatte einen kleinen Teller mit 4 Plätzchen auf das Kopfkissen gestellt und klopfte auf den Platz neben sich, um ihre jüngste Tochter einzuladen, sich zu ihr zu setzen.

Gerne nahm Grete ihre Einladung an und kuschelte sich an die Seite ihrer Mutter. Die Decke, die am Fußende des Bettes lag, schlug sie beiden um die Schultern und stellte den Teller mit den Plätzchen auf den Schoß. Wortlos nahmen beide etwas vom Gebäck und saßen beieinander. Es war schön, den Duft ihrer Mutter einzuatmen und ihren warmen Arm zu spüren, der sie umschlang. Sie fühlte sich auf einmal selbst wie ein kleines Kind. Aber nicht hilflos, sondern behütet. Behütet im Schoß der Familie. Sicher. Geborgen.

»Weißt du noch, wie du und Ida versucht habt, mich reinzulegen, wenn einer von euch etwas angestellt hatte?« Grete musste lachen. »Ich weiß gar nicht, was du meinst«, antwortete sie mit unschuldigem Blick. Ja, sie und Ida waren sich wirklich wie aus dem Gesicht geschnitten, so dass selbst ihre Eltern sie kaum auseinander halten konnten. Und erst Recht konnte es das Personal auf dem Hof nicht. Wenn eine von ihnen Mist gebaut hatte, so schworen beide, dass sie es gewesen seien. Manchmal wurden sie dann beide bestraft. Das war es ihnen wert. Aber oftmals war es den Erwachsenen einfach zu mühselig und sie ließen die ganze Sache im Sand verlaufen.

»Verrätst du mir heute, wer von euch beiden damals heimlich Papas Geburtstagkuchen angeknabbert hat?« Ihre Mutter sah sie prüfend von der Seite an. »Na, ICH natürlich«, erwiderte Grete lachend. »Ja, dasselbe hat Ida auch gesagt.« Lächelnd schüttelte ihre Mutter den Kopf. »Ich bin froh, dass ihr so zusammen haltet und ich wünsche mir, dass das immer so bleibt. Egal, was in eurem Leben noch passiert. Blut ist dicker als Wasser. Vergiss das nie!« Grete nickte und lehnte ihren Kopf an Mutters Schulter.

Nach einer Weile des Schweigens war Grete es, die das Wort ergriff. Sie berichtete ihrer Mutter von der Idee, in ihre Heimat zurückzukehren und sich eine Existenz aufzubauen. Diese wollte ihrer Tochter Mut machen, teilte ihr aber auch ihre Bedenken mit. Wie schwer es sein würde, etwas Geld anzusparen. Sie versprach jedoch, die Augen offen zu halten für eine Arbeit, die so gut bezahlt wäre, dass sie vorerst auch ohne Ludwig ihren Lebensunterhalt bestreiten könnte. Grete war bereit, hart dafür zu arbeiten, um sich etwas Geld beiseite zu legen. Sie war zuversichtlich und stark genug, dass sie einen Weg finden würde, um ihrer Familie nahe zu sein und selbst für ihre Tochter sorgen zu können.

Nicht einmal eine Stunde war vergangen, da hörten sie Ilse nebenan weinen. Grete nahm sie aus dem Bettchen und unternahm einen weiteren Versuch, ihr die Flasche zu geben. Vergeblich. Schreiend drehte Ilse den Kopf beiseite. Aber sie musste doch inzwischen hungrig sein. Warum nur nahm sie die Flasche nicht an? Kurzerhand packte sie die Kleine in einen Kinderwagen und spazierte eine ganze Stunde durch die Natur an diesem immer noch warmen Sommernachmittag. Einige der Kinder vom Hof waren ihr gefolgt und begleiteten sie. Dieses kleine, rothaarige Kind sorgte schon jetzt für Aufsehen. Tatsächlich ließ sie sich etwas beruhigen und reagierte aufmerksam auf die Spielchen und Fratzen der Kinder.

Zur Abendbrotzeit war sie zurück und Grete machte sich doch langsam Sorgen, da ihr Kind den ganzen Tag noch nichts getrunken hatte. Selbst Tee aus der Flasche lehnte Ilse schreiend ab. Bevor sie sich selbst an den Tisch setzte, machte sie einen erneuten Versuch. Da es mittlerweile frisch geworden war, zog sie eine Strickjacke ihrer Mutter über ihr Sommerkleid und nahm mit Ilse auf einem der Stühle Platz. Nichts. Unter lautem Geschrei verweigerte sie die Flasche. Grete überlegte, ob ihr vielleicht etwas weh tat und wechselte die Position. Wieder nur Schreien, das zwischenzeitlich aufgrund der schwindenden Kräfte in ein herzzerreißendes Wimmern überging.

Verzweifelt versuchte Grete es noch einmal im Schlafzimmer. Möglicherweise brauchte das Kind einfach Ruhe zum Trinken. Nichts. Marie steckte den Kopf zur Tür herein. Sie hatte den weißen Kittel an, da sie noch nicht mit der Küchenarbeit im Herrenhaus fertig war. Die kurze Pause, bis die Herrschaften gegessen hatten, wollte sie nutzen, um ihre Schwester daran zu erinnern, dass sie sich später mit der Flasche Wein im Heuschuppen trafen, um den gemeinsamen Abend zu feiern. Einige der Stallburschen und Arbeiterinnen des Hofes wollten sich zu ihnen gesellen.

Als Marie neben Grete auf dem Bett Platz nahm, hörte Ilse auf, zu weinen. Zur gleichen Zeit stand Elfriede im Türrahmen. »Darf ich die Kleine füttern?« »Besser nicht«, antwortete Grete, die froh war, dass sie wenigstens aufgehört hatte, zu weinen. Die Flasche nahm Ilse trotzdem nicht an. »Sie will nicht trinken und wir wissen nicht, warum.« Marie ging zu ihrer Tochter und Grete bot der Kleinen zur Demonstration abermals die Flasche an. Wieder reagierte Ilse mit Schreien. »Na, ist doch klar.« Elfriedes Worte machten sowohl Grete als auch Marie sprachlos. Amüsiert sah Elfriede von einer zu anderen und wartete, ob sie auf die Lösung kommen würden. Doch angesichts ihrer weinenden Cousine konnte sie es nicht lange aushalten.

»Gib mir deinen Kittel!», forderte sie ihre Mutter auf. Verwirrt blieb diese zuerst regungslos sitzen. Ilses Weinen brachte sie jedoch schnell wieder zurück in die Realität und so folgte sie der erneuten Aufforderung ihrer Tochter. Elfriede nahm den weißen Kittel, streifte sich ihn über und nahm neben Grete auf dem Bett Platz. Dann streckte sie die Arme aus mit der wortlosen Aufforderung an Grete, ihr das Baby in den Arm zu legen.

Ratlos tat Grete wie erwartet und augenblicklich versiegten Ilses Tränen. Sie schluchzte noch einmal leise, wie sie es immer tat, wenn sie über einen längeren Zeitraum geweint hatte. Sobald Elfriede das Fläschchen in die Nähe des Mundes brachte, nahm die Kleine begierig den Nuckel auf und saugte kräftig an der Flasche. Das war des Rätsels Lösung: Die Schwestern im Waisenhaus trugen immer weiße Kittel und daran war Ilse gewöhnt. Nach der Aufregung des ganzen Tages und der spürbaren Unruhe ihrer Mutter brauchte die Kleine zumindest dieses Ritual. Zufrieden saß Elfriede mit der Kleinen auf dem Bett und genoss es, dass sie es war, die den Grund für Ilses Weinen herausgefunden hatte und bei der das Baby sich nun geborgen fühlte.

Grete war sehr dankbar für diese überraschende Wendung. Sie hätte nicht in Ruhe zurück nach Posen fahren können, wenn Ilse weiterhin die Flasche verweigerte. Nachdem die Kleine satt und frisch gewickelt war, schlief sie auf der Stelle ein. Inzwischen hatte auch Marie ihre Arbeit beendet. Sie goß ihren Eltern einen Schluck des Weins in die einfachen Wassergläser und stellte sie auf den Tisch draußen neben der Haustür.

Die restlichen Gläser nahm sie mit in die Scheune. Johann, den Grete noch aus ihrer Kindheit hier auf dem Hof kannte, und Hans hatten bereits eine grüne Decke auf den Heuballen ausgebreitet und warteten auf die jungen Frauen.

Kaum hatten sie sich begrüßt und mit einem Schluck Wein angestoßen, wurde erneut die Scheunentür geöffnet. Im Lichtschein konnte Grete nur den Schatten einer jungen Frau erahnen, aber ihr untrügliches Bauchgefühl wusste sofort, wer dort in der Tür stand. Mit einem Freudenschrei stürzte sie auf ihre Zwillingsschwester zu und schloss Ida unter Tränen in die Arme. So lange hatten die beiden sich nicht gesehen. Marie hätte ihr an diesem Abend keine größere Freude machen können. Die

Zwillinge waren wie Seelenverwandte und stets irgendwie in Kontakt, doch in diesen Zeiten wurde es schwerer und schwerer. Sich zeitgleich bei der Familie auf dem Hof zu treffen war nahezu unmöglich. Grete fühlte sich wie im siebten Himmel. Sie war wieder komplett.

Ihre Eltern saßen auf der Bank neben der Haustür und hörten ihre Mädchen lachen. Musik erklang aus der Scheune und beide freuten sich über den unbeschwerten Abend. Lange saßen sie draußen und lauschten den fröhlichen Liedern der jungen Leute. Schade, dass es nicht immer so sein konnte.

Kapitel 4

Eine Weile schaffte ihre Mutter es, die Kinderschar so ruhig zu halten, dass Ida und Grete weiter schlafen konnten, nachdem ihr Vater schon in den Stallungen und Marie bei ihrer Arbeit im Gutshaus war. Doch das Gekicher der Kinder und ihre Neckereien sorgten bald dafür, dass Grete den Versuch aufgab, sich weiterhin schlafend zu stellen.

Mit einem Überraschungsangriff schnappte sie sich Maries Sohn, als der sich wiederholt an ihren Haaren zu schaffen machte, um sich dann schnell zu verstecken. Diesmal hatte sie ihn erwischt, was ihm einen erschrockenen Schrei entlockte. Bald darauf waren alle Kinder mit in ihrem Bett und tobten mit ihren beiden Tanten. Sie machten sich einen Spaß daraus, dass die Kinder sie ebenfalls nicht unterscheiden konnten und ließen sie bis zuletzt im Dunkeln tappen.

Viel zu schnell rann die kostbare Zeit durch ihre Finger. Obwohl Sonntag war, mussten viele Arbeiten trotzdem erledigt werden. Wenn sie nicht gerade ihrer Mutter zur Hand gingen, kuschelten sie mit Ilse. Grete warf das fröhlich lachende Kind in die Luft, um es schließlich wieder aufzufangen und mit Küssen zu bedecken. Kitzelte sie, um sie zum Lachen zu bringen. Zog den weißen Kittel an und fütterte ihre Tochter. Legte sich auf das Bett und ihren Liebling auf ihren Bauch. Es sollten für lange Zeit die letzten, unbeschwerten Stunden mit ihrem Baby sein. Das wusste sie.

Den Mittagsschlaf nutzte sie, um mit Ida einen langen Spaziergang zu machen. Ida hakte sich bei ihrer 9 Minuten älteren Schwester unter und erzählte ihr, wie gerne sie sich öfter mit ihr treffen würde. »Ich vermisse dich so sehr«, gestand Ida ihr mit zerbrechlicher Stimme. Grete hielt ihren Arm noch fester. »Mir geht es genauso. Aber irgendwann werden wir wieder näher zusammen sein. Spätestens wenn der Krieg vorbei ist.«

Nachdem sie eine Weile schweigend weitergegangen waren, blieb Ida stehen und sah ihr in die Augen. »Ich habe Angst. Alle erzählen immer vom baldigen, endgültigen Sieg über die Russen, aber hinter vorgehaltener Hand hört man so viele Kommentare, die mir eine solche Angst einjagen. Denkst du wirklich, dass der Krieg bald vorbei ist?« Wenn Grete ehrlich zu sich selbst war, hatte auch ihre Hoffnung einige beträchtliche Kratzer erlitten. Aber sie musste Ida Mut machen. »Ludwig schreibt auch von wichtigen Siegen an der Front und hofft, bald zurückkommen zu können. Aber egal, was kommt, wir werden es zusammen durchstehen. Glaub mir!«

Sie konnte nicht einschätzen, ob Ida ihren Worten tatsächlich glaubte, doch sie sah ihrer Schwester fest in die Augen und lächelte ihr aufmunternd zu. »Wir werden uns jede Woche schreiben und auf dem Laufenden halten. Und irgendwann werden wir wieder zusammen sein. Alle zusammen. Versprochen.«

Auch wenn es beiden schwer fiel, sich schließlich auf den Weg zum letzten Zug zu machen, verließ Grete den Hof mit einem guten Gefühl. Es war ein wunderbares Zuhause für ihre Tochter und es war die richtige Entscheidung. Nachdem sie die Fahrkarte gekauft hatte, gab sie ihrem Vater den Rest ihres Geldes. Sie selbst brauchte gar nichts, wenn sie wieder in Posen war. Sie kam mit dem zurecht, was ihr in Jakobsens Haus geboten wurde. Und sie würde jeden Pfennig, den sie entbehren konnte, beiseitelegen.

»Wenn ihr etwas braucht, schreib mir bitte! Dann schicke ich euch etwas Geld.« Sie ahnte, dass ihr Vater viel zu stolz wäre, ihr Geld anzunehmen. Vielleicht würde sie hin und wieder etwas Geld an Marie schicken. Sie konnte es dann ihrer Mutter geben. Aber zuerst einmal musste sie sich etwas einfallen lassen, wie sie nebenbei zusätzliches Geld verdienen konnte. Sie hatte da schon die ein oder andere Idee.

Die Verabschiedung von ihrem Vater und auf halber Strecke von Ida fiel nicht minder traurig aus, als die Verabschiedung von ihrer Tochter. Grete hatte bewusst die Abfahrzeit so spät gewählt, dass sie bei ihrer Ankunft möglichst niemandem mehr begegnen würde. Sie hoffte, dass Jakobsen bereits schlief, denn ihr lag nichts an irgendwelchen Erzählungen ihres Wochenendes. Oder daran, dass er die Tränen in ihren Augen sah. Sie wollte nicht, dass er in ihre Seele sah. Das machte sie zu verletzlich. Sie wollte nicht verletzbar sein, sie wollte stark sein. Und das war sie.

Ihr Vater fühlte sich nicht wohl bei dem Gedanken, dass seine Tochter mitten in der Nacht den weiten Weg vom Bahnhof bis zum Laden allein zu Fuß gehen musste. Doch es machte ihr nichts aus. Als sie Zuhause ankam, brannte noch ein kleines Licht im Hausflur. Ob Jakobsen es für sie angelassen hatte? So viel Rücksicht würde nicht zu ihm passen. Oder ob er selbst noch nicht schlafen gegangen war und auf sie wartete? Leise schloss sie die Tür auf und erschrak beim Quietschen der dicken Scharniere. Das war ihr bislang gar nicht aufgefallen. Erst jetzt, wo alles um sie herum totenstill war, glich es einem Schrei und sie erschrak.

Regungslos blieb sie in der halb geöffneten Tür stehen. Es war still im Haus. Grete traute sich kaum, die Tür wieder zu schließen, doch ihr blieb keine Wahl. Fest hielt sie die Türklinke in der Hand und mit einem schnellen Ruck schob sie die Tür wieder zu. Wieder verharrte sie einen Augenblick. Dann drückte sie die Türklinke hinab und verschloss die Tür. Immer noch war kein Ton zu hören. Sie beschloss, die Lampe im Flur zu löschen und im Dunkeln den Weg in ihr Zimmer zu suchen.

Hoffentlich lag nichts auf der Treppe, über das sie stolpern könnte. Aber die Befürchtung, Jakobsen durch den Lichtschein zu wecken, war größer als die Angst, im Dunkeln in ihr Zimmer zu gehen. Zwei der unzählig erscheinenden Holzstufen knarrten erbarmungslos. Jedes Mal blieb sie stehen und hoffte inständig, dass sie bald ungesehen in ihr Bett fallen konnte. Wenige Minuten später hatte sie es geschafft. Sie verzichtete auf die Abendtoilette und verkroch sich in ihre Kissen, nachdem sie die Zimmertür verschlossen hatte.

***

Als Jakobsen sich ihr das erste Mal unsittlich von hinten näherte, ließ Grete vor Schreck den Porzellanteller aus der Hand fallen und stieß einen hellen Schrei aus. Diese Reaktion löste in ihm einen unvorhergesehenen Schock aus und da gleichzeitig die Klingel des Ladens ertönte, eilte er in sein Geschäft.

Zu Gretes Glück kam noch am gleichen Tag seine Frau unverhofft aus dem Urlaub zurück. Ihre frühzeitige Ankunft passte Jakobsen gar nicht in seinen Plan. Darüber hinaus hatte sie Klaus bei Verwandten gelassen, damit dieser seine Ferien und sie selbst eine ungestörte Zeit mit ihrem Gatten verbringen konnte.

Es begann eine ruhelose Zeit für Grete, in der sie immer befürchten musste, dass Jakobsen sein Ziel weiter verfolgte. Sie vermied es möglichst, allein in einem Raum mit ihrem Chef zu sein, was oft sehr schwierig war. Ihre freie Zeit verbrachte sie wenn irgend möglich nicht zu Hause. Sie suchte sich für die Wochenenden, die früher für Ilse reserviert waren, eine Nebentätigkeit. Die Gaststätte in der Nähe des Bahnhofs stellte die hübsche Frau gerne für die Bedienung der Gäste ein. Sie war fleißig und sehr freundlich. Das sicherte ihr zudem ein gutes Trinkgeld. Freiwillig blieb sie bis zum Schluss, half dabei, die Gläser zu spülen und den Boden zu wischen, obwohl es nicht zu ihren Aufgaben gehörte. Sie tat alles, um Jakobsen möglichst nie allein zu begegnen.

Doch nicht immer ließ es sich vermeiden. Obwohl sie immer die stärkere der beiden Zwillinge war, wünschte sie sich in dieser Zeit, ihre Schwester würde ihr beistehen. Die Begegnungen waren oft eine Gratwanderung.

Sie wollte sich nichts von ihrem Chef gefallen lassen, war aber andererseits unbedingt auf diese Stellung angewiesen. Wie sonst sollte sie das Geld, das sie in einer kleinen Schatulle auf dem Kleiderschrank aufbewahrte, verdienen. Die Zeiten waren nicht mehr so rosig. Die Gerüchte, dass die eigenen Männer an der östlichen Front die rote Armee nicht auf Dauer zurückhalten können, verdichteten sich. Niemand würde heute jemanden neu einstellen. Jeder musste sehen, wie er zurechtkam.

Jakobsens Annäherungsversuche wurden eindringlicher, so dass er sich eines Tages nicht mehr zurückhielt, obwohl seine Frau mit Klaus nur für einen Einkauf das Haus verlassen hatte. Unverhofft stand er plötzlich hinter ihr und fasste ihr mit schnellem Griff unter den Rock. Erschrocken versuchte Grete, sich herumzudrehen, doch der kräftige Mann hatte sie mit einer Hand fest im Griff und schob sie gegen den Küchentisch.

Mit der anderen Hand schob er den langen Rock nach oben und machte sich schnell an seiner Gürtelschnalle zu schaffen. Grete wehrte sich mit aller Gewalt und schaffte es, eine gusseiserne Pfanne zu greifen. Obwohl diese ihr sonst immer so schwer erschien, schaffte sie es, damit hinter sich zu schlagen. Leider jedoch, ohne ihn zu treffen. Geschickt nahm er ihren Arm und schlug damit auf den Tisch, so dass sie die Pfanne vor Schmerz loslassen musste.

Diesen kurzen Augenblick der Ohnmacht nutzte Jakobsen, um hastig seinen Reißverschluss zu öffnen und seine Hose nur soweit wie nötig herunterzulassen. In ihrer ganzen Wut sammelte Grete noch einmal alle ihre

Kräfte, um hinter sich zu schlagen. Bevor sie dazu kam, vernahm sie ein dumpfes Geräusch und spürte, wie der Mann hinter ihr zu Boden sank. Mit ihm fiel auch ihr Rock hinab. Sie wagte kaum, sich umzudrehen. Ihr Blick haftete noch immer auf dem Tisch. Langsam und voller Scham drehte sie den immer noch geneigten Kopf zur Seite und sah in das verbitterte Gesicht von Jakobsens Frau, die Grete wortlos mit einem Nicken aufforderte, sich zurückzuziehen.

Selbstverständlich wusste die Hausherrin, dass Grete keine Schuld an diesem Vorfall traf. Es war schon vorher deutlich zu spüren, dass ihr Mann nur auf eine Gelegenheit wartete, zu seinem – wie er meinte – Recht zu kommen. Nur dem Zufall, dass sie ihre Geldbörse vergessen hatte und Frau Jakobsens kräftiger Schlaghand war es zu verdanken, dass Grete unbeschadet aus dieser Situation entkommen konnte.

Er war mit einer Platzwunde am Hinterkopf davongekommen. Vor allem aber war er sich der ständigen Beobachtung seiner Frau nun sicher. Die Gefahr für Grete war zwar nun nicht mehr allgegenwärtig, doch die Stimmung im Haus war in jeder Hinsicht vergiftet und oft nur schwer zu ertragen.

Es war ein Segen, dass Jakobsen in dieser Zeit einen Unfall hatte, bei dem er sich einen komplizierten Beckenbruch zuzog und eine ganze Weile im Krankenhaus bleiben musste. Grete war dankbar für dieses Geschenk des Himmels. Es machte ihr nichts aus, dass sie nun noch mehr Stunden arbeiten musste, da sie nun auch den Verkauf im Laden übernahm. Zu ihrer großen Freude kam in dieser Woche auch noch ein Paket aus Bernstein. Ihre Mutter hatte einen wunderschönen, warmen Pullover für die kalte Jahreszeit gestrickt. Obwohl die rote Wolle nicht sehr fein war, fühlte sich der Pulli wunderbar flauschig an. Doch richtig warm ums Herz wurde ihr erst, als sie den Brief ihrer Mutter öffnete, dem ein Foto ihrer kleinen Tochter beilag.

Als sie dieZeilen las, konnte sie nicht verhindern, dass ihr die Tränen durchs Gesicht rannen. Ilse hatte ihre ersten Schritte gemacht und entwickelte sich zu einem wahren Sonnenschein. Grete las von dem riesigen Appetit ihres Kindes, das trotzdem kaum an Gewicht zunahm und weiterhin zierlich blieb. Auch ihre helle Haut hatte trotz des Sommers keine Farbe angenommen. Sie konnte sich ihr zartes, hübsches Mädchen bildlich vorstellen und lächelte. Gleichzeitig war sie traurig, dass sie die Entwicklung ihres Mädchens nicht mit erleben durfte.

Diese Zerrissenheit begleitete Grete durch die folgenden Jahre. Nur einmal noch konnte sie ihren Eltern einen Besuch abstatten und ihre Tochter wiedersehen. Es war kurz nach ihrem zweiten Geburtstag. Grete konnte diese Gefühle kaum in Worte fassen. Obwohl das Kind seine Mutter so lange nicht gesehen hatte, lief Ilse ihr gleich auf dem Hof in die Arme. Grete ließ alles, was sie in der Hand hatte, auf der Stelle fallen, ging auf die Knie und hielt ihr Kind fest in den Armen. Für einen Augenblick löste sie die Umarmung, um ihrem Kind ins Gesicht zu sehen. Mit Sommersprossen auf der Nase und großen Augen lachte sie ihre Mutter an. Schnell drückte sie die Kleine wieder an sich und hätte sie am liebsten nicht mehr losgelassen. Das schönste Geschenk, das Ilse ihr an diesem Tag machte, war ein einziges Wort, das sie bislang noch nie aus dem Mund ihres geliebten Kindes gehört hatte: »Mami«. Ein Wunder, dass sie das überhaupt zu ihr sagte.

Umso schlimmer war wieder einmal der Abschied. Denn auch dieser Besuch verging viel zu schnell. Grete übergab ihrer Mutter vor der Abreise ein Kuvert mit dem ersparten Geld und bat sie, es gut für sie aufzuheben. Sie traute Jakobsen nicht über den Weg und wollte nicht riskieren, ihr hart erarbeitetes Geld zu verlieren.

Ida lebte und arbeitete immer noch in Stettin. Auch ihr schrieb Grete regelmäßig und sie tauschten sich vor allem über die bedrohliche Entwicklung an der Front aus. Mehr als einmal hatte Grete überlegt, ob sie zu ihren Eltern und vor allem zu ihrer Tochter ziehen sollte. Doch immer wieder machte ihre Mutter ihr klar, dass es unmöglich sei, für sie eine Stellung zu finden. Ihre Arbeit in der Ferne half ihrer Familie weitaus mehr. Also versuchte sie, so lange wie möglich in Posen auszuhalten.

Ludwig machte ihr Hoffnung. Immer wieder kamen Briefe. Doch die Abstände wurden größer. Im August 1944 erhielt sie einen unförmigen Briefumschlag. Man sah ihm an, dass er außer einem Brief noch etwas anderes beinhalten musste. Aufgeregt versteckte Grete ihn in ihrer Arbeitsschürze, um ihn in einem unbeobachteten Moment zu öffnen. Sie wusste selbst nicht recht, warum sie so misstrauisch war. Die Stimmung in der ganzen Stadt schien zu kippen. Niemand traute mehr dem Nächsten und jeder versuchte, für sich das Beste herauszuholen. Daher hatte sie auch die Schatulle mit ihren Ersparnissen vom Schrank geholt. Beim Nachzählen hatte sie das Gefühl, dass Geld fehlte, doch sie hatte nicht genau notiert, wie viel wirklich darin war. Auch dies bestärkte sie in ihrer ungewollten Stimmung des Misstrauens.

Nach Feierabend schloss sie sich in ihrem Zimmer ein und öffnete den Briefumschlag. Noch bevor sie den Brief herauszog, fiel ihr ein weiches Papiertuch in die Hände. Darin eingewickelt fand sie eine wunderschöne Haarspange für ein Kind. Für ihre gemeinsame, kleine Tochter. Eine Libellenspange.

Die Freude über das schöne Geschenk wich schnell einer tiefen Angst. Ludwigs Zeilen waren nicht wie sonst unbeschwert und liebevoll. Besorgnis sprach aus seinen Worten. Er berichtete von russischen Truppen, die seine Einheit zurückdrängten. Offiziell sprach man in Posen davon, dass der Endsieg nicht mehr in weiter Ferne schien. Doch Ludwigs Brief sprach eine ganz andere Sprache. Auch wenn er versuchte, seine Worte nicht allzu beunruhigend klingen zu lassen, konnte sie seine Angst förmlich spüren. Wie sehr sie sich danach sehnte, in seinem Arm zu liegen.

Sein vorerst letzter Brief, der sie im Januar 1945 erreichte, war hingegen völlig klar. Für sie. Seine Worte waren für Außenstehende nicht deutlich. Er sprach davon, dass sie doch schon immer mal Urlaub in Bernstein bei ihren Eltern machen wollte. Und dass seine Tante Klara in Köln sehr gerne einmal ihr kleines Mädchen kennenlernen würde. Es gab keine Verwandtschaft in

Köln. Grete erkannte die versteckte Botschaft sofort. Durch die Blume forderte er sie auf, Posen sofort zu verlassen, ihre Tochter in Bernstein abzuholen und mit dem ersten Zug, den sie bekommen konnte, in den Westen zu fahren. Auf der Stelle. Es waren unmissverständliche Zeilen, die ihr eine furchtbare Angst einflößten. Doch sie endeten, wie immer, mit seinem Versprechen, dass er bald bei ihnen wäre.

Schon am nächsten Tag war Grete ohne ein Wort aus dem Haus der Jakobsens verschwunden. Ihr schlechtes Gewissen war groß, doch nicht annähernd vergleichbar mit der Sorge um ihre Familie. Also hinterließ sie Frau Jakobsen einen Brief, in dem sie sich entschuldigte und ihre Lage erklärte. Im Laden war ohnehin kaum noch ein Käufer zu sehen, denn immer mehr Menschen packten ihr Hab und Gut, um die Stadt zu verlassen.

Im letzten Monat schon hatte Grete nur einen Teil ihres Gehaltes ausgezahlt bekommen, weil die Geschäfte schlecht liefen. Ihre Ersparnisse hatte sie in der Nacht in den Bund des Pullovers und einen kleinen Teil in das Futter des Koffers eingenäht. Für Ilse hatte sie extra einen kleinen, roten Koffer gekauft. Am Bahnhof gab sie einen kurzen Brief für Ida auf, der sie über ihre Pläne informierte.

Der letzte Brief an ihre Eltern war bereits einige Wochen her und so würde sie unangemeldet dort auftauchen. Doch sie war sich sicher, dass ihre Eltern sich über ihren Besuch freuen. Zumindest so lange, bis sie den Grund ihres Kommens erfuhren. Mit ihrem schweren Koffer suchte sie verzweifelt nach einem letzten freien

Platz im Zug. Eine kleine Lücke zwischen zwei kräftigen Männern ließ sie hoffen und so nahm sie allen Mut zusammen, die Männer um ihr Einverständnis zu bitten, Platz nehmen zu dürfen. Jeder im Abteil hielt sein Gepäckstück auf dem Schoß fest und beäugte den Nachbarn argwöhnisch.

Da Grete überhaupt nur in die Lücke passte, weil sie so zierlich war, gab es keine Möglichkeit für sie, den großen, braunen Koffer hochzunehmen. Den kleinen, roten Koffer legte sie nach oben in die Gepäckablage. Mit einem unguten Bauchgefühl schob sie den schweren Koffer zwischen ihre Beine, die sie für diesen Zweck so weit öffnen musste, wie sie es sonst nie getan hätte. Es ziemte sich nicht. Doch darauf konnte sie keine Rücksicht nehmen.

Während der ganzen Fahrt presste sie die Beine fest gegen den Koffer, um sicherzustellen, dass er an Ort und Stelle blieb. Hin und wieder, wenn ihre Beine eingeschlafen waren, rückte sie mit der Hand den Koffer ein wenig vor oder zurück. Einmal legte sie die Beine auf den Koffer, um sie ausstrecken zu können, doch schnell stieg Unwohlsein in ihr auf und sie stellte ihre Füße zurück auf den Boden. Sie versuchte, ihren Blick entschlossen und selbstsicher erscheinen zu lassen. Alles, was sie besaß, war in diesen beiden Koffern verstaut. Die Fahrt kam ihr vor, wie eine Ewigkeit und sie war erleichtert, als sie zwei Stunden später den Zug verlassen konnte und ihre Füße heimatlichen Boden berührten, der mit einer leichten Schneeschicht bedeckt war.

Kapitel 5

Bernstein, Januar 1945

Auch wenn der Grund für ihre Reise besorgniserregend war, freute Grete sich unbändig darauf, ihre Tochter in die Arme schließen zu können. Nie wieder würde sie Ilse allein lassen. Sie war vollen Mutes, nach ein paar Tagen bei ihren Eltern gut erholt und vorbereitet auf die Reise in den Westen zu gehen und hier ein neues Leben zu beginnen. Entgegen Ludwigs Wunsch würden sie allerdings einen kleinen Umweg machen und Ida in Stettin abholen. Zu dritt würden sie alles gut überstehen. Jetzt war Grete froh, dass ihre Tochter mittlerweile 3 Jahre alt und somit diese große Reise besser bewältigen konnte als noch vor einem Jahr.

Überrascht war Grete von der ungewohnten Stille auf dem Bahnsteig. Fast gespenstisch leer war der Bahnhof. Da ihr diese Stille zunehmend Unwohlsein bereitete, machte sie sich eilig daran, den schweren Koffer in die eine und den kleinen roten Koffer in die andere Hand zu nehmen, und sich schnellstmöglich auf den Weg zum Hof zu begeben.

Nicht nur ihre Beine taten weh nach der langen, unbequemen Fahrt. Immer wieder musste sie den schweren Koffer in die andere Hand wechseln. Erst jetzt wurde ihr klar, dass ein Koffer nicht wirklich gut geeignet war für ihr Vorhaben. Doch sie ging davon aus, dass mit der Ankunft auf dem Hof auch Transportmittel zur Verfügung standen und ihr den Weg erleichtern würden.

Auf halber Strecke musste Grete sich erleichtern. Sie nahm die Koffer mit in das Gebüsch abseits der kleinen Straße und hockte sich hin. Aus der Ferne hörte sie ein Auto herannahen. Ausgerechnet jetzt. In der Hoffnung auf eine Mitfahrgelegenheit bemühte sie sich, ihr Bedürfnis schnell zu beenden und an die Straße zu eilen. Aussichtslos.

Schließlich versuchte sie, wenigstens die Aufmerksamkeit des Fahrzeugs auf sich zu lenken. Das Auto kam näher, war fast neben ihr. Grete hatte schon einen Arm gehoben. Im letzten Augenblick konnte sie den Wagen sehen. Und seine Besatzung. Russische Soldaten.

Das Herz blieb ihr stehen und sie wagte nicht, sich zu bewegen. Hatten die Soldaten ihren Arm bemerkt? Wie versteinert verharrte sie noch einen Augenblick, obwohl auch ihr Bedürfnis schlagartig versiegt war. Der Wagen fuhr weiter. Nicht auszumalen, was ihr hier als Frau allein im Wald mit einer Gruppe Soldaten widerfahren wäre. Blitzartig erschien Jakobsen und sein lüsterner Gesichtsausdruck vor ihren Augen. Schnell schüttelte sie diese Erinnerung ab und richtete ihre Kleidung. Sie musste so schnell wie möglich den Hof ihrer Eltern erreichen. Doch sie würde es nicht wagen, weiter auf der Straße zu gehen.

Mit dem schweren Koffer bahnte die zierliche Frau sich ihren Weg durch Büsche und die kalten Wälder. Ein Stück des Weges an den Seen entlang war ungeschützt und so konnte sie nur hoffen, dass ihr kein weiteres Auto begegnete. Mit zerkratzten Händen und einem Riss in ihrem warmen Mantel erreichte sie schließlich den Hof.

Es dämmerte bereits, daher freute sie sich, die Lichter in den Fenstern der Arbeiterwohnungen zu sehen. Eine heiße Suppe wäre jetzt ein Gottesgeschenk. Oder zumindest ein heißer Kaffee. Sicher würde sich ihre Mutter gleich um sie kümmern. Lachen war vom Hof zu hören und Musik. Ungewöhnliche Musik.

Sie hielt inne. Versuchte, die Eindrücke einzuordnen. Sie waren nicht so vertraut wie sonst. Von ihrem geschützten Standort an der Mauer des Gutshofes beobachtete sie für einen kurzen Augenblick das Geschehen. Bis ein Wagen gestartet wurde. Im Augenblick, wo sie ihn sah, fuhr ihr erneut ein Schrecken in die Glieder.

Das war nicht das Auto, mit dem ihr Vater sie abgeholt hatte. Grete duckte sich hinter der Mauer und wartete. Panik stieg in ihr hoch, je näher das Auto kam. Sie erkannte, dass es der gleiche Wagen war, der vor einer halben Stunde an ihr vorbeigefahren war. Sie hielt die Luft an und schloss die Augen, in der Hoffnung, dass sie im Vorbeifahren nicht bemerkt wurde. Das Motorengeräusch wurde leiser und Grete traute sich endlich wieder, Luft zu holen und sich aufzurichten, als sie eine Hand auf ihrer Schulter spürte.

Zu Tode erschrocken drehte sie sich um und sah direkt in die Augen eines russischen Soldaten. Er amüsierte sich über die verängstigte junge Frau und verstärkte seine Wirkung noch, indem er seine Waffe auf sie gerichtet hielt. Grete bekam kein Wort heraus, sie hatte Todesangst so nahe bei ihren Eltern und ihrem Kind. Nicht nur Angst um ihr eigenes Leben. Sie wusste ja nicht einmal, ob ihre Familie noch lebte. Der Soldat war selbst noch ein relativ junger Mann und hätte ohne seine Uniform und seine Waffe eigentlich gar nicht gefährlich ausgesehen. Doch die Umstände ließen sie einfach nur erstarren. Da sie seine Worte nicht verstand, wusste Grete auch nicht zu reagieren.

Schließlich fuchtelte er mit dem langen Lauf seines Gewehres vor ihr herum und schien sie aufzufordern, den Hof zu betreten. Sie ging vor ihm her und warf hin und wieder einen angsterfüllten Blick zurück. Stets reagierte er mit der gleichen Geste. Seine Aufforderung, weiterzugehen, bis sie das Herz des Hofes, ihr Zuhause, erreichten.

Ihr Elternhaus war erleuchtet. Zu ihrer Verwunderung allerdings auch die Scheune. Um diese Zeit war eigentlich dort schon das Vieh untergebracht und es herrschte Stille. Nicht heute. Das Tor war fast komplett zugeschoben, und so konnte sie nicht sehen, was sich dahinter verbarg. Im Inneren des Hofes befanden sich einige, wenige Männer. Sie waren unter Aufsicht von mindestens 8 Soldaten damit beschäftigt, Holz zu hacken.

Plötzlich bemerkte sie in der Gruppe der Männer ihren Vater. Ohne nachzudenken lief sie los und stürmte auf ihn zu. Sofort hoben zwei der Soldaten ihre Gewehre und nahmen Grete ins Visier. Sie bemerkte es in ihrer Aufregung gar nicht und fiel ihrem Vater in die Arme. »Papa, wie geht es dir? Wo sind die anderen?« Sie überschlug sich mit ihren Fragen und ließ ihm gar keine Gelegenheit, zu antworten. Er ließ die Axt fallen und schlang die Arme um seine kleine Tochter. »Gott sei

Dank, du lebst«, war alles, was er sagen konnte. Das Geschrei der Russen unterbrach sie. Wild gestikulierend wurde er aufgefordert, weiter zu arbeiten. »Geh schnell rein. Deine Mutter ist da.« Als Grete sich nach links wandte, um zur Wohnung ihrer Eltern zu gehen, umfasste ihr Vater ihr Handgelenk, schloss kurz die Augen und deutete auf das Tor zur Scheune für das Vieh.

»Dort.« Verunsichert machte Grete kehrt und ging auf das Tor zu. Der junge Soldat, der sie erwischt hatte, rief ihr noch etwas nach, was die älteren Soldaten lachend kommentierten. Doch Grete verschwand ohne einen Blick zurück in der Scheune. Und blieb erst einmal auf der Stelle stehen, um sich ein Bild der entsetzlichen Lage zu machen. Dutzende verängstigte Augen blickten sie an. Einige Arbeiter des Hofes samt Frauen und Kindern saßen auf Strohballen. Im hinteren Teil der Scheune hörte sie Kinder weinen. Ilse. Sie hörte auch Ilse weinen. Da war sie sich ganz sicher. Zumindest wusste sie nun, dass ihr Kind noch lebte.

Hektisch bahnte sie sich einen Weg durch die Scheune, kletterte über Heuballen und lief um Geräte herum. Bis sie endlich ihre Familie in der rechten, hinteren Ecke fand. Sie hatten einige Strohballen kreisförmig angeordnet, so dass sie ein wenig Schutz für die Kleinen boten. So gut es eben ging.

Ihre Mutter stieß einen Schrei aus. Ob vor Freude oder Entsetzten konnte man nicht erahnen. Sie sprang auf, um ihrer Tochter entgegenzulaufen, doch eine Verletzung an ihrem Fuß hinderte sie daran. Schnell sprang Grete über den letzten Heuballen und nahm ihre Mutter in ihren Armen auf. Noch niemals zuvor hatte sie ihre Mutter weinen sehen. Hemmungslos ließen beide ihren Gefühlen freien Lauf.

Erst nachdem sie sich ein wenig beruhigt hatten, bemerkte Grete, dass ihre Tochter direkt neben ihr stand und ihren Kopf an ihr Bein lehnte. Schnell beugte sie sich herab, hob ihr Kind hoch und drückte es fest an ihre Brust. »Ich lass dich nie wieder allein. Jetzt bin ich bei dir. Mein kleiner, großer Engel.«

Ihr Herz erfüllte sich mit einer unfassbaren Wärme angesichts der Umstände. Sie wog die kleine Ilse immer wieder hin und her, bis beide schließlich ruhig auf einem der Strohballen Platz nahmen. Sie setzte Ilse auf ihren Schoß, dem Gesicht ihrem zugewandt. Diese grünen Augen leuchteten trotz allem immer noch wie bei ihrer Geburt. Beide strahlten sich einfach an und lächelten. »Mami.« »Ja, das bin ich. Und du bist mein Engel. Und Papa wird auch bald da sein. Dann wird alles gut!«

Grete hatte alles um sich herum ausgeblendet. Als sie nun wieder einen Blick für ihre Umgebung hatte, bemerkte sie, wie befremdlich ihr Verhalten auf die anderen Bewohner gewirkt haben musste. Sie waren hier im Viehstall eingesperrt, russische Soldaten mit Gewehren vor der Tür. Einige der Arbeiter wiesen Verletzungen auf. Pepe, einer der Stallburschen, hatte augenscheinlich eine Schussverletzung erlitten. Mehrere Frauen hatten Schrammen im Gesicht, eine gar ein übles Hämatom am linken Auge. Der Krieg hatte Mark Brandenburg und ihren Hof erreicht und sie sprach mit ihrer Tochter über die rosige Zukunft einer heilen Familie.

Plötzlich bemerkte sie, dass sie ihren Koffer nicht mitgenommen hatte. Bevor sie allerdings wieder hinaus gehen wollte, fragte sie ihre Mutter nach allen Familienmitgliedern. Sie vermisste Marie und ein ungutes Gefühl machte sich in ihr breit. Ihre Mutter versicherte ihr, dass es Marie gut ginge. Sie wurde von den Soldaten damit beauftragt, sich weiterhin um die ganzen Kinder des Hofes zu kümmern. Im Gegensatz zu den anderen Frauen auf dem Hof genoss sie ein erträgliches Leben hier. Die meisten mussten in aller Frühe die Kühe melken und Arbeit auf dem Feld verrichten. Niemand aus ihrer eigenen Familie war ernsthaft verletzt. Nur ihr Vater war den Anstrengungen seiner ungewohnt harten Arbeiten kaum gewachsen, versuchte aber sein Bestes, um durchzuhalten.

Ilse sah mit Schrecken, dass ihre Mutter aufstand und sprang sofort hoch. »Keine Angst, Kleines. Ich hole nur meinen Koffer. Bin gleich wieder da. Für dich habe ich ein Geschenk mitgebracht.« Ein Strahlen machte sich auf dem Gesicht des Kindes breit und erwartungsvoll nahm sie wieder auf dem Strohballen Platz.

Zwischenzeitlich war es spät geworden und die Augen gewöhnten sich nur schwerfällig an die Dunkelheit. Der Wachposten hob gleich aufmerksam sein Gewehr, als Grete durch das Tor kam. Sie sah dem älteren Mann freundlich in die Augen und sagte »Koffer«. Gleichzeitig malte sie mit den Händen die Umrisse ihres großen Koffers in der Luft nach, in der Hoffnung, er würde ihr Anliegen verstehen. Sein Gesichtsausdruck ließ es nicht erkennen.

Also ging sie schließlich zielstrebig, wenn auch vorsichtig, auf die Stelle zu, wo sie dachte, ihren Koffer abgestellt zu haben. Nichts. Sie sah sich um und rief noch einmal dem Soldaten zu: »Koffer?« Wieder malten ihre Hände einen Koffer in die Luft. Bis sie schließlich seitlich, an der Außenwand der Scheune ihren geöffneten Koffer liegen sah.

Wütend bemerkte sie, dass der komplette Inhalt wohl ausgeschüttet, durchsucht, und am Ende wieder lieblos hineingeworfen worden war. Gleich wich ihre Wut einer Angst. Angst, dass man ihr Geld gefunden hatte, das sie so fein säuberlich in das Futter eingenäht hatte. Sicher nicht die ausgefallenste Idee. Ihre Befürchtung bestätigte sich. Das Futter war aufgeschnitten und ihr mühsam erspartes Geld war weg. Am liebsten hätte sie vor lauter Wut geschrien und wäre dem Verbrecher an den Hals gesprungen.

Sie wusste, dass es nicht hilfreich sein würde, hier und jetzt ihren Gefühlen freien Lauf zu lassen. Schließlich tröstete sie sich damit, dass sie den größten Teil des Geldes noch an ihrem Körper trug. Am besten wäre es wohl, sich so unauffällig wie möglich zu verhalten und auf eine Chance zu warten, mit ihrer Familie fliehen zu können.

Ihr Blick ging weiter umher, bis sie im Schneematsch auch den kleinen roten Koffer fand, der den schönen, grünen Schal enthielt, den sie für Ilse gestrickt hatte. Mühsam schleppte sie den großen Koffer in die Scheune und holte anschließend auch den kleinen. Ilse musste die Augen schließen. Vor wenigen Tagen hatte die Kleine ihren 3. Geburtstag und nun endlich konnte Grete ihr das Geschenk überreichen. Schon beim Anblick des roten Koffers war Ilse sofort verliebt.

Sie wollte ihn gar nicht mehr weglegen. Ging damit in der Scheune umher, so dass sich schließlich auch die anderen Familien ein Lächeln nicht verkneifen konnten und sich mit ihr freuten. Selbst angesichts der Tatsache, dass ein Koffer in diesen Tagen nicht unbedingt ein Freudenzeichen bedeutete. Doch alle genossen die Unbeschwertheit dieses hübschen Mädchens. Der Schal, den sie schließlich noch darin fand, war nur noch ein nettes Beiwerk.

Irgendwann am Abend kam ihr Vater in die Scheune. Erschöpft sah er aus. Schon einmal hatte er einen Krieg miterlebt. War in Gefangenschaft geraten und hatte schwer verletzt überlebt. Er war froh, dass der Gutsherr ihm auf diesem Hof solch eine erträgliche Arbeit und ein gutes Zuhause für seine Familie gegeben hatte.

Was mit dem Gutsherrn und seiner Familie geschehen war, wusste er nicht. Die russischen Soldaten hatten sie nach der Belagerung des Hofes mit dem Auto weggebracht. Er versuchte, die Gedanken aus seinem Kopf zu verbannen. Immer hatte er dafür gebetet, nicht noch einmal einen Krieg erleben zu müssen. Um sich selbst sorgte er sich nicht. Zu viel hatte er schon überstanden. Aber um seine Familie machte er sich große Sorgen. Bis auf Ida waren nun Gott sei Dank alle hier um ihn vereint. Die Kinder schliefen bereits im Schutz der Strohballen auf den wenigen Decken, die sie ergattern konnten.

Schließlich erschien auch Marie und schloss ihre Schwester dankbar in die Arme. Bevor auch die Erwachsenen ihr Lager auf den Strohballen errichteten, saßen sie eng beieinander, reichten sich die Hände und beteten. Für alle Menschen, die dieser Krieg gewollt oder ungewollt in Mitleidenschaft gezogen hatte. Und für die Chance auf eine Zukunft. Von Glück wagte niemand zu sprechen.

Kapitel 6

Schnell war klar, dass Grete die perfekte Arbeitskraft für das Melken der Kühe war. Die Russen waren beeindruckt von ihrer Arbeit und so wurde sie weitestgehend von Schikanen der Soldaten verschont. Sehnsüchtig wartete sie auf eine Nachricht von Ida. Was ursprünglich als Reise zu ihrer Schwester gedacht war, musste nun in aller Sorgfalt heimlich geplant werden. Bevor Grete jedoch kein Lebenszeichen von Ida hatte, konnte sie den endgültigen Zeitpunkt ihrer Flucht nicht festlegen.

Mit der Zeit schlich sich so etwas wie *Normalität* in ihren Alltag ein. Grete fand es bizarr und immer wieder wehrte sie sich dagegen. Andererseits war es so erträglicher, die Zeit bis zu Idas Nachricht zu überbrücken. Sie setzte sich selbst eine Frist, wie lange sie auf einen Brief warten wollte. Wenn sie in den nächsten 4 Wochen kein Zeichen erhalten hatte, würde sie trotz allem ihren Plan in die Tat umsetzen.

In vielen abendlichen Gesprächen versuchte sie, ihre Eltern und Marie zu überreden, gemeinsam mit ihr zu fliehen. Doch ihre Eltern waren schon rein körperlich nicht in der Lage, diesen Weg mit ihr zu gehen. Und Marie teilte ihr schweren Herzens mit, dass sie ihre Eltern nicht allein lassen wolle und dass sie ohnehin mit 4 Kindern kaum eine Chance zur Flucht hätte. Ihr Leben hier war halbwegs auszuhalten und sie hoffte vor allem für die Kinder, dass es so bliebe.

Es stimmte, zurzeit war das Leben hier erträglich. Meistens. Was Grete sehr genoss, war die Nähe ihres

Kindes in der Nacht. Es war völlig neu für sie, mit einem kuschelnden Kind an ihrer Seite einzuschlafen. Da nahm sie gerne die Unbequemlichkeit eines Strohballens in Kauf. Schon bald war es für sie unvorstellbar, jemals wieder auf ihr Kind verzichten zu müssen.

Wenn sie tagsüber Ilse auf dem Hof begegnete, kam das Mädchen zu ihr gelaufen und gab ihr einen Kuss. Die Russen sahen es nicht gerne, wenn man die Frauen von der Arbeit abhielt, daher schickte Grete ihre Tochter stets schnell wieder zu ihrer Großmutter.

Die mittlerweile fast beruhigende Routine auf dem Hof wurde jäh zerstört, als Grete mitbekam, dass die Russen über sie sprachen. Eine der Frauen, die mittlerweile Bruchstücke der Sprache verstand, ließ sie wissen, dass man darüber sprach, Grete mit nach Russland zu nehmen, da sie so eine gute Arbeitskraft sei. Nun konnte sie einfach nicht länger warten. Die endlos erscheinende Zeit des Wartens zermürbte sie und so fasste sie den Entschluss, ihren Plan früher als erwartet umzusetzen.

»Du gute Frau, mit nach Russland«, sprach sie am nächsten Tag einer der Soldaten auf dem Hof an. Um ihm zu zeigen, dass sie wegen ihrer Tochter hier nicht weg könne, rief sie Ilse zu sich und antwortete: »Mein Kind. Ich hier arbeiten.« Ihr Zeigefinger richtete sich bekräftigend auf den Boden und sie kniete sich hinab, um ihre Tochter in den Arm zu nehmen.

Der Soldat schüttelte den Kopf und wollte sie trennen. Marie beobachtete die Situation und kam beunruhigt näher. »Nein«, sagte er und deutete mit seiner Hand auf Marie, »das Mama«. Verzweifelt versuchte Grete ihm klar zu machen, dass Ilse ihr Kind sei, doch es war nicht verwunderlich, dass man ihr nicht glaubte. Schließlich gehörten die meisten Kinder hier auf dem Hof zu Marie und die kleine Ilse war schon lange vor der Ankunft ihrer Mutter immer nur in Maries Nähe gewesen.

Als Grete sich in dieser Nacht schlafen legte, nahm sie Ilse besonders fest in ihren Arm. Sie fand kaum in den Schlaf. Plötzlich spürte sie etwas Hartes in ihrem Rücken. Vorsichtig drehte sie sich um und sah in den Lauf eines Gewehres. Der Soldat, der sie bereits am Nachmittag im Visier hatte, stand hinter ihr und forderte sie auf, ihm zu folgen. Verzweifelt suchte sie in ihrem Kopf nach einer Möglichkeit, dieser Situation zu entkommen. Das Ziel dieses Ausflugs war ihr klar. Es gab keinen Ausweg. Der Schaden, den sie davontragen würde, wenn sie mitginge, war höchstwahrscheinlich nicht vergleichbar mit dem, wenn sie sich wehrte. Übelkeit stieg in ihr hoch. Und nackte Angst.

Vorsichtig versuchte sie, ihren Arm unbemerkt vom Körper ihres Kindes zu lösen. Ilse hatte ihr Gesicht abgewandt und so konnte Grete nicht sehen, ob sie wach wurde. Einen Augenblick hielt sie inne, um sicherzugehen, dass ihr Kind nichts mitbekam. Doch die Geduld des Soldaten war nicht grenzenlos. Schließlich schaffte sie es mit einer behutsamen Drehung, sich auf den Strohballen zu setzen und dann aufzustehen. Sie sah in das Gesicht des Mannes. Keine Spur von Mitgefühl.

Plötzlich schien sein Blick an Grete vorbei hinab auf den Strohballen zu gehen. Grete wandte den Kopf zurück. Ilse stand wie in Zeitlupe auf, stellte sich neben die beiden und hängte sich mit aller Kraft an Gretes Bein. »Mami«. Der verzweifelte Schrei des Mädchens war markerschütternd.

Ungeduldig beobachtete der Russe die Situation, um dann die Hand des Kindes vom Bein der Mutter lösen zu wollen. Ilse wehrte sich nach Kräften. Bis schließlich Grete reagierte und den Mann vorsichtig beiseiteschob. Nicht, ohne seinen Blick festzuhalten. Sie sah ihm fest in die Augen. »Warte!« Grete setzte sich auf den Strohballen und zog Ilse zu sich herab. »Leg dich hin! Ich komme wieder. Du musst schön brav sein! Tust du das für mich?« Ilse nickte mit dem Kopf, ließ sich von ihrer Mutter zudecken und wartete angsterfüllt, bis sie wieder den warmen Körper ihrer Mutter in ihrem Rücken spürte.

***

Die Erinnerung an diese Nacht hatte sich schmerzlich in ihren Kopf eingebrannt. Jeden Abend musste sie Angst haben, dass wieder jemand hinter ihr stand. Lange konnte sie das nicht mehr durchstehen. Es musste etwas geschehen.

Grete hatte ihren Koffer gegen zwei Rucksäcke der anderen Gefangenen getauscht. Sie musste noch etwas von ihrem Ersparten drauflegen, um ein paar notwendige Dinge zu besorgen und um sicherzugehen, dass niemand, der davon Wind bekam, sie verriet. Nach und nach schafften sie, ihre Mutter und Marie etwas Essen beiseite und bereiteten die Rucksäcke vor. Wenn es soweit war, musste alles ohne Verzögerung gehen.

Einen Tag, bevor Grete aufbrechen wollte, entstand eine große Unruhe in der Scheune. Es ging das Gerücht um, dass Fred, der 17jährige Sohn eines Arbeiters, bei dem Versuch der Flucht angeschossen wurde. Niemand wusste etwas Genaues und seine Eltern kamen um vor Angst. Fast hätte Grete den Mut verloren. Ilse schlief bereits und ahnte nicht, dass dies ihre vorletzte Nacht auf dem Hof sein würde, der zu ihrem Zuhause geworden war. Fest umschlungen saß Grete mit ihren Eltern auf dem Boden, im Schutz der Strohballen um sie herum. Sie weinte bitterlich und ihr Vater versuchte vergeblich, sie zu trösten.

Ihre Eltern in den Händen der Russen zurückzulassen fühlte sich an, als wenn jemand ein Stück ihres Herzens abschnitt. »Irgendwann ist dieser dumme Krieg vorüber und wir werden wieder zusammen sein.« Grete wollte ihrem Vater so gerne glauben. Schluchzend verbarg sie ihr Gesicht an seiner Brust. »Kind, du musst dich zusammenreißen! Wir können nicht riskieren, dass jemand Verdacht schöpft.« Grete nickte, nahm das Taschentuch, das ihre Mutter ihr reichte und schnäuzte sich die Nase.

Die Augen ihrer Mutter waren ebenso gerötet von unzähligen, vergossenen Tränen. Als Grete sie an diesem Abend aufmerksam betrachtete, bemerkte sie, wie alt ihre Mutter geworden war. Sie war ohnehin nicht die Jüngste gewesen, als Grete und Ida auf die Welt kamen. Doch diese letzten beiden Jahre hatten tiefe Spuren in ihrem Gesicht und an ihren Händen hinterlassen. Erst jetzt fiel ihr auf, wie gezeichnet die Hände ihrer Mutter waren. Die Knöchel geschwollen von der Gicht und der harten

Arbeit auf dem Feld. Die Haut dünn wie Pergament. Übersät von Altersflecken. Der schlichte, goldene Ehering an ihrem Finger. Sie nahm die Hände ihrer Mutter in ihre eigenen und konnte den Blick nicht abwenden. Dieses Bild würde sie bis ans Ende ihres eigenen Lebens begleiten. Nie hatte sie etwas gesehen, das mehr Güte ausstrahlte als diese Hände.

Sie küsste zärtlich den Handrücken beider Hände. Dann kniete sie sich vor ihre Mutter und legte deren Hände um ihr eigenes Gesicht. Grete schloss die Augen und prägte sich die Berührung so fest ein, wie es nur ging. Atmete den Duft ihrer Haut tief ein und öffnete die Augen wieder. Dann gab sie ihr einen sanften Kuss auf die Stirn und legte sich wortlos schlafen.

Der nächste Tag verging wie im Flug und immer wieder ging Grete in Gedanken durch, wie sie mit Ilse unbemerkt vom Hof fliehen könne. Der nicht enden wollende Schnee würde es ihr nicht leicht machen, sich durchzuschlagen. Immer neue Szenarien spielten sich in ihrem Kopf ab und sie versuchte, für alle Situationen eine mögliche Lösung zu finden.

Ihr Ziel war Stettin. Niemals in ein oder zwei Tagen zu erreichen. Zu Fuß mit einem dreijährigen Kind. Also konnte sie nur versuchen, sich so weit wie möglich erst zum Bahnhof und dann Richtung Westen von Tag zu Tag durchzukämpfen. Sie wusste, dass sie nicht einfach in einen Zug steigen und eine Fahrkarte nach Stettin kaufen konnte. Der Bahnhof war zwischenzeitlich in russischen Händen. Zur Orientierung wollte sie sich jedoch nahe der Bahnschienen Richtung Westen vorarbeiten.

Wieder und wieder zerbrach sie sich den Kopf darüber, wo sie einen Unterschlupf zum Schlafen finden würde. Bei dieser Kälte würden sie erfrieren, wenn sie nicht irgendwo unterkriechen konnten. Oder jemand sie aufnehmen würde. Doch wer sollte ihnen Schutz bieten? Die meisten Häuser, die im Besitz der Deutschen waren, waren beschlagnahmt oder die Bewohner waren bereits Hals über Kopf geflohen.

Polnische Mitbürger, die damals nicht von den Deutschen vertrieben wurden, waren mit Sicherheit nicht gut auf deutsche Flüchtlinge zu sprechen. Grete hatte keine Wahl. Sie war fest entschlossen, Ludwigs Aufforderung zu folgen und so musste sie einfach darauf vertrauen, dass Gott ihnen beistehen würde. Wenn es ihn denn gab. Angesichts ihrer Situation fiel es ihr heute sehr schwer, daran zu glauben.

Vor allem der Anblick ihrer Eltern machte Grete immer wieder fassungslos. Nach einem Leben voller Arbeit und Aufopferung, dem Überleben eines Weltkrieges in ihrer eigenen Jugend. Hatten sie es da nicht verdient, im Kreise ihrer Familie verwöhnt zu werden und ihren Ruhestand zu genießen? Hunger, Schmerzen, harte Arbeit und die Angst um das eigene Leben und das der Kinder und Enkelkinder bestimmten jetzt ihren Tag.

Als ob der Vater ihre Gedanken lesen konnte, nahm er sie in den Arm und machte ihr Mut. »Es ist der richtige Weg. Du musst ihn gehen! Für Ilse. Und für Ida. Pass gut auf beide auf! Du bist stark! Du schaffst das!« Gretes Tränen waren fast versiegt. Zu viel hatte sie in den vergangenen Wochen geweint. Meist heimlich nachts, wenn alle schliefen. Oft hörte sie aus einer anderen Ecke der Scheune ebenfalls leises, verzweifeltes Wimmern.

Alles war in diesen maroden Holzwänden allgegenwärtig: Die Sorge um Angehörige, die hier arbeiteten oder auf der Flucht waren. Die Hoffnung auf das Eintreffen deutscher Soldaten, die sie befreiten. Die Verzweiflung, wenn einer der Arbeiter geschunden oder verletzt abends zurückkam. Wenn ein Vater eines Abends nicht zurückkam. Der Zusammenhalt, wenn aus Willkür der Soldaten nur diejenigen, die für die harte Arbeit benötigt wurden, etwas zu essen bekamen. Wenn, wie eines Nachts, unter diesen Umständen sogar einem Kind auf die Welt geholfen wurde.

Grete musste tatsächlich allen Mut und alle Kraft aufwenden. Und sie durfte nicht zögern. Als sie Ilse an diesem Abend schlafen legte, zog sie der Kleinen einen warmen Pulli an. Warme Unterwäsche. Wenn sie kurz nach Mitternacht, wenn auch die Soldaten meist schlafen gegangen waren, losging, brauchte sie ihr nur Stiefel und Jacke anzuziehen und den kleinen Rucksack umzuschnallen. Beide Rucksäcke versteckte sie zwischen den Strohballen wo auch der schöne, rote Koffer stand. Für diesen hätten sie allerdings leider keine Verwendung. Viel zu wenig ging hinein und der Weg würde unnötig erschwert.

Von Marie verabschiedete sich Grete zuerst. Die große Schwester konnte es nicht ertragen, den beiden im Augenblick des Aufbruchs gegenüberzustehen. Also nahm sie Grete fest in die Arme, strich sich eine Träne aus dem Augenwinkel und gab ihr ein weiches Päckchen mit der

Aufforderung, es sofort auszupacken. Sie hatte drei Mützen gehäkelt, alle mit dem gleichen roten und gelben Muster. Die beiden für Ida und Grete sahen etwas feiner aus und Ilses kleine Mütze hatte einen sonnengelben Bommel obenauf. Dankbar nahm sie das Geschenk an und drückte Marie noch einmal fest an sich, bevor sie sich zu ihrem Schlafplatz begab.

Da niemand wusste, ob und zu welcher Zeit die Soldaten kamen, um sich die Frauen für ihr Vergnügen zu holen, konnte Grete nicht riskieren, schon fertig für den Aufbruch angezogen zu sein. Niemand durfte Verdacht schöpfen. Also legte sie ihren warmen, roten Pulli, in dem noch immer der Rest ihres Ersparten verborgen war, und alle anderen, warmen Sachen unter der Wolldecke bereit. Sie hoffte inständig, dass sie nicht noch einmal geholt wurde. Als sich die Tür des Schuppens öffnete, kniff sie fest die Augen zusammen und hielt die Luft an. *Bitte, lieber Gott, verschon mich!* Die Schritte kamen näher. Jemand ging hinter ihr vorbei. Grete wagte kaum, zu atmen.

Die Schritte entfernten sich wieder, aber nur kurz und verweilten. Bloß nicht bewegen. Hinter ihr lag eine Familie mit einem 14jährigen Mädchen. *Gott bewahre. Lass diesen Kelch an ihr vorübergehen! Bitte! An uns allen.* Doch ihr war klar, dass dieses Gebet nicht erhört wurde. Irgendjemand musste dran glauben. Die Vorstellung, dass dieses junge Mädchen auf solche Art ihre Unschuld verlor, gab ihr einen tiefen Stich ins Herz. Es dauerte nicht lange, und Gretes Befürchtung wurde Gewissheit. Sie hätte am liebsten geschrien vor Wut. Doch sie konnte nicht riskieren, aufzufallen. Nicht heute Nacht. Dem Mädchen würde sie ohnehin nicht helfen können. Ihre Ohnmacht legte sich schwer auf ihr Herz und war kaum zu ertragen. Wie müssen sich die Eltern dieses Mädchens fühlen?

Wie es aussah, hatten sie vorerst nichts vom Verschwinden ihrer Tochter mitbekommen. Grete kam jede Minute ihrer Abwesenheit vor wie eine Ewigkeit. Sie hatte gar kein Zeitgefühl mehr. Viel später erst öffnete sich leise die Tür der Scheune. Schluchzend schleppte sich das Mädchen ganz allein zu ihrem Schlafplatz und sank dort in sich zusammen. Grete hatte sich schon aufgesetzt, um zu ihr zu eilen mit dem Versuch, ihr Trost zu spenden. Doch im gleichen Augenblick war deren Mutter erwacht.

Als sie die Situation begriff, schluchzte sie laut auf, wodurch schließlich auch der Vater aus dem Schlaf aufschreckte. Hasserfüllt sprang er auf und rannte auf die Scheunentür los. Doch seine Frau lief hinter ihm her, um ihn aufzuhalten. So hart die Erkenntnis war, er musste sich ihr stellen: Gar nichts konnte er für seine Tochter tun. Wenn er sich mit den Soldaten angelegt hätte, würden diese nicht zögern, ihn einfach zu erschießen. Es wäre nicht das erste Mal, dass Grete in der Nacht einen Schuss hörte. Mit allen Kräften zog die Frau ihren Mann zurück und konnte ihn schließlich davon überzeugen, sein Vorhaben aufzugeben.

Verschämt und verzweifelt setzte sich der Mann auf den Strohballen und verbarg das Gesicht in seinen Händen. Er konnte seine Tochter nicht trösten. Er hätte es nicht ertragen, den Schmerz in den Augen seines Kindes zu sehen. Aufmerksam geworden durch den Tumult in der Scheune öffnete sich noch einmal die Tür der Scheune. Zwei Soldaten mit Gewehren im Anschlag standen in der Tür und suchten nach der Ursache der Unruhen. Da der Grund für die Aufregung augenscheinlich erkennbar war, gingen sie zielstrebig auf die betroffene Familie zu und machten eindrucksvoll klar, dass hier auf der Stelle Ruhe einzukehren habe. Der Vater, getrieben von seiner unbändigen Wut, stand auf und ging auf die beiden zu. Seine Frau stellte sich ihm in den Weg und versuchte, ihn aufzuhalten. Dann fiel ein Schuss. Der gerade aufkeimenden Unruhe des ein oder anderen, der geweckt worden war, folgte Totenstille.

Das Mädchen lag wimmernd auf dem Boden neben den Strohballen und legte schützend die Arme über ihren Kopf. Die Mutter stand mit dem Rücken zu den Russen. Der Vater sah an ihr vorbei in die Augen der abwertend grinsenden Männer. Die Kugel hatte sich neben seinen Fuß in den Boden gegraben. Noch einmal würden sie ihn nicht warnen. Das machten sie klar, indem einer von ihnen aus zwei Metern Entfernung direkt zwischen seine Augen zielte. Der andere richtete seine Waffe auf das auf dem Boden kauernde Kind.

Nach einigen weiteren ungewissen Sekunden ergab sich der Vater schließlich in seine Verzweiflung und sank zurück auf seinen Schlafplatz. Die Mutter stellte sich schützend vor ihr weinendes Kind. Endlich machten die beiden Soldaten auf dem Absatz kehrt und verließen die Scheune mit einem siegessicheren Grinsen im Gesicht.

Kapitel 7

Grete hatte schon befürchtet, ihre Pläne verschieben zu müssen, da es lange gedauert hatte, bis so etwas wie Ruhe eingekehrt war und alle schliefen. Noch lange hallten das Weinen des Mädchens und die tröstenden Worte der Mutter in ihren Ohren nach. In welche Welt hatte sich ihr Zuhause verwandelt? Nicht einmal Kinder blieben verschont. Ob es im Westen tatsächlich besser war, wusste sie nicht. Doch wenn es nur einen Funken Hoffnung gab, so musste sie es versuchen. Jetzt.

Gegen halb drei stand sie vorsichtig auf. Kleidete sich Schicht für Schicht an und holte die beiden Rucksäcke aus dem Versteck. Ihre Mutter war eingenickt, doch ihr Vater saß bereits neben seiner schlafenden, jüngsten Enkeltochter. Das Kind sah genauso zerbrechlich aus wie seine Großmutter. Sanft streichelte er dem Mädchen mit seinen rauen Händen über die Wange und strich ihr eine Haarsträhne aus dem Gesicht. Wieder einmal musste er lächeln angesichts ihrer roten Locken. Jedes seiner Enkelkinder war einzigartig. Aber Ilse hatte sich auf eine besondere Art in sein Herz geschlichen und sich dort mit ihrem Lachen fest eingebettet.

Ihre Mutter war schnell hellwach und gab Grete noch einige ermutigende Worte mit auf den Weg. Keine von beiden wurde schwach und vergoss erneut Tränen. Es war alles gesagt. Alle Tränen waren geweint. Um diese Zeit zu überstehen brauchten sie alle eine Unmenge an Mut und Vertrauen. Sie nahm Gretes Gesicht in ihre Hände und küsste ihr behutsam erst das rechte, dann das linke, geschlossene Auge. Ihr Vater gab ihr einen sanften Kuss auf die Stirn. Nachdem Grete beide Eltern fest in die Arme genommen hatte, weckte sie ihr kleines Mädchen.

Völlig schläfrig und verwirrt versuchte die Kleine, sich aufzusetzen. Großvater nahm sie auf seinen Schoß und drückte sie sanft an seine Brust. »Du machst jetzt mit Mami eine große Reise. Pass gut auf sie auf und sei ganz brav! Versprichst du mir das?« Ilse nickte, obwohl sie nicht wirklich verstand, was ihr Großvater ihr mitteilen wollte. Eine Reise? Davon hatte Mami ihr gar nichts gesagt. Sie wollte nicht weg von ihren Großeltern, ihrer Tante und ihren ganzen Freunden.

Dann kam die Großmutter zu ihr und nahm sie auf den Schoß. Auch sie drückte das blasse Mädchen an sich und gab ihr einen Kuss auf das Haar. »Wir haben dich sehr lieb und sind immer bei dir. Hier«, sprach sie leise, nahm Ilses Hand und legte sie auf ihr Herz.

Ilse wusste nicht, was hier geschah. Ohne ein Wort ließ sie sich von ihrer Mutter anziehen. Schließlich zog Grete ihrem Kind den kleinen Rucksack an und war bereit für den Aufbruch. »Roter Koffer«, sagte Ilse, die mit einem Mal schlagartig wach zu sein schien. »Den können wir nicht mitnehmen.« Sie nahm Ilse bei der Hand, um sich zu der Ecke der Scheune zu begeben, in der sie einige Bretter gelöst hatten, um ungesehen in der Nacht zu entkommen.

»Nein, roter Koffer«, rief das Mädchen nun lauter und begann, zu weinen. Grete wusste, dass Ilse diesen Koffer liebte. Sie war ständig damit auf dem Hof herumspaziert.

Doch sie konnte keine Rücksicht nehmen. Schnell hielt sie ihrer Tochter den Mund zu und sah sich mit großen Augen um, ob sie Aufmerksamkeit erregt hatten. Hier und da bewegte sich eine Decke auf den Strohsäcken, doch niemand wurde wirklich wach. Zumindest ließ es sich niemand anmerken. Grete war selbst erschrocken über die Unbarmherzigkeit in ihrer Stimme, als sie Ilse klarmachte, dass sie den Koffer hier lassen musste. Das Mädchen wagte schließlich nicht mehr, etwas zu entgegnen.

Obwohl die Scheune nicht beheizt war, stockte Grete der Atem, als ihr die eiskalte Luft beim Öffnen des Schlupfloches entgegenschlug. Doch sie durfte nicht zögern.

Es gab zwei Zeitpunkte, die besonders gefährlich für sie waren. Jetzt, da sie den Hof verließen und der Tagesanbruch, wenn man ihre Abwesenheit bemerkte. Je nachdem, wie groß die Verärgerung über das Verschwinden war, suchte man nach ihr. Schon allein zur Abschreckung für die anderen Bewohner. Ihr blieben nur wenige Stunden, um ein erstes Versteck zu finden.

Um das erste, ungeschützte Stück über das Feld möglichst schnell zu überwinden, nahm sie die Kleine auf den Arm und lief so schnell es ging bis an den Waldrand. Dort waren ihre Schritte nicht mehr so einfach nachzuvollziehen, denn der Schnee kam nur hier und da durch die Äste der dicht gewachsenen Bäume. Völlig außer Atem ließ sie Ilse hinab und musste sich mit den Händen auf ihre Knie stützen, um wieder Luft zu bekommen. Mein Gott. Wenn sie schon nach wenigen hundert Metern so erschöpft war, wie sollte sie die Strecke von nahezu hundert Kilometern bis nach Stettin schaffen? Ilse sah ihre Mutter wortlos an.

»So, mein Schatz. Wir müssen jetzt ein langes Stück laufen.« Grete öffnete zielsicher die Schnalle im vorderen Teil des Rucksacks und holte eine Taschenlampe hervor. Während der Mond sich auf dem schneebedeckten Feld spiegelte und für eine gute Sicht sorgte, waren sie hier nahezu von völliger Dunkelheit umgeben.

Im Schein der Taschenlampe bahnten sie sich ihren Weg über umgestürzte Bäume, dichte Sträucher und einen kleinen Bachlauf, den die flinke Ilse mühelos übersprang. Sie war es gewohnt, den ganzen Tag an der frischen Luft zu toben und nicht so zerbrechlich wie ihr Äußeres vermuten ließ.

Grete war froh, dass sie gut voran kamen und erst mit der Morgendämmerung machten sie die erste Pause. Hier, mitten im Wald schien es ungefährlich, sich auf einen Baumstamm zu setzen, um sich kurz auszuruhen und eine Kleinigkeit zu essen. Die nächste Rast durften sie erst machen, wenn sie einen unauffälligen Unterschlupf gefunden hatten.

Während sie mit Ilse frühstückte, hatte man auf dem Hof ihr Verschwinden bemerkt. Wutentbrannt schlugen die Soldaten ihrem Vater den Gewehrlauf in den Bauch. Ihre Mutter und Marie bekamen immer wieder unbarmherzige Schläge ins Gesicht bei dem Versuch, etwas aus ihnen herauszulocken. Doch die Familie hielt zusammen und ertrug alle Schmerzen. Erst als der Soldat, der gestern das junge Mädchen zu seinem Vergnügen geholt hatte, sich eine von Maries Töchtern schnappte und ihr schmerzhaft den Arm auf den Rücken drehte, wäre sie fast schwach geworden. Schreiend vor Angst lief sie auf ihr Kind zu und ließ sich vor dem Soldaten auf die Knie fallen. Sie faltete die Hände zusammen und bat den Soldaten, ihr Kind loszulassen. Noch einmal rief er: »Grete«, doch Marie zuckte verzweifelt mit den Schultern, denn sie wusste tatsächlich nicht, in welche Richtung sie geflohen war.

Als der Russe das Mädchen mit aller Kraft von sich weg schubste, brach er ihr den Arm. Die ganze Familie betete, dass Grete weit genug weg war, um nicht gefunden zu werden.

Zwei Reiter wurden Richtung Bahnhof losgeschickt, weil dies aus ihren Augen das wahrscheinlichste Ziel war. Einer von ihnen ritt entlang der kleinen Straße, der andere quer durch den Wald, der Grete auf dem Hinweg noch Schutz geboten hatte. Genau das war der Grund, warum Grete in die entgegen gesetzte Richtung geflohen war. Sie wollte einen großen Bogen um den Hof machen und einen Umweg in Kauf nehmen, um dann etwas weiter westlich an die Bahnschienen zu gelangen.

Ilse lehnte sich müde an die Schulter ihrer Mutter und schloss die Augen. So gerne Grete ihr ein Nickerchen gegönnt hätte – sie mussten so schnell wie möglich wieder aufbrechen. Kurz nach ihrer Rast wurde der Wald lichter und die Gefahr, entdeckt zu werden, stieg. Viel zu nah waren sie noch an ihrem Hof. Also munterte sie ihre Tochter auf und beide liefen mit schnellem Schritt weiter. Zwei oder drei Stunden konnten sie noch schaffen. Dann mussten sie versuchen, ein Lager zu finden, etwas auszuruhen und am Abend weiterzugehen. Es war sicherer, nachts zu laufen.

Grete trichterte der Kleinen ein, dass sie sich nur leise unterhalten könnten, wenn sie im Schutz des Waldes unterwegs waren. Sobald sie an den Rand einer Lichtung traten, legte sie den Finger an die Lippen und Ilse verstand, dass sie bis zum Erreichen der nächsten Bäume schweigen und ihre Schritte schneller werden mussten. So schafften sie Kilometer um Kilometer, bis Grete das Gefühl hatte, sie könnten nun einen Unterschlupf für einige Stunden Schlaf suchen.

Sie hatte auf eine unbewohnte Hütte gehofft, aber nichts dergleichen fand sich auf ihrem Weg. Erschöpft gingen sie noch eine kleine Weile weiter. Doch noch immer war nichts in Sicht, das ihnen ein Dach über dem Kopf bot.

Die Kleine quengelte vor Hunger, Durst und Müdigkeit. Es half nichts. Sie mussten sich mit einem Schlafplatz unter freiem Himmel zufrieden geben. Kurz vor einer weiteren Lichtung waren Baumstämme aufgestapelt. Nicht weit von hier musste das nächste Dorf sein. Doch sie konnten nicht riskieren, gesehen zu werden. Grete inspizierte den Platz hinter den Baumstämmen. Hier waren sie einigermaßen geschützt. Wenn es nur nicht schneien würde.

Gerne hätte sie mit einigen Ästen und der eingerollten Decke, die an ihrem Rucksack befestigt war, ein provisorisches Lager aufgebaut. Doch das würde sofort auffallen, wenn jemand durch den Wald ging oder ritt. Also blieb ihr nichts übrig, als sich und die Kleine in die Decke einzuhüllen und nach Kräften warmzuhalten.

Der Tee, den sie am Vorabend in die Thermoskanne gefüllt hatte, war kalt, aber dennoch wohltuend. In den nächsten Tagen wären sie froh, wenn sie Wasser zu trinken bekämen. Das Leberwurstbrot schmeckte köstlich. Grete war selbst erstaunt darüber, wie zuversichtlich sie gerade in diesem Augenblick war. Der erste Schritt war geschafft. Doch der Weg würde schwerer werden. Dessen war sie sich bewusst.

Nachdem Ilse ein Ei und ihr Brot gegessen hatte, bat sie um ein weiteres. Doch Grete musste die Vorräte einteilen. Als sie den verständnislosen Blick ihres Mädchens sah, hätte sie weinen können. Noch nie war es vorgekommen, dass die Kleine sich nicht satt essen konnte. Sie konnte eine Menge verdrücken, doch in den nächsten Tagen mussten sie ihre Portionen rationieren. Ihr fiel nichts ein, mit dem sie ihrem Kind die Lage hätte schonend erklären können.

»Das ist für morgen.« Damit packte sie das Essen weg. Sie musste hart bleiben. Bevor sie es realisierte, hatte Ilse fast die ganze Flasche Tee getrunken. Sie holte einmal tief Luft, denn sie konnte ihrem Kind nicht auch noch verbieten, zu trinken. Schließlich musste sie bei Kräften bleiben. Doch Grete musste für Nachschub sorgen.

Ein Bach war weit und breit nicht in Sicht. Es blieb ihr also nichts anderes übrig, als an den Waldrand zu gehen, wo etwas Schnee durch die Bäume fiel. Sie befahl Ilse, regungslos hinter den Bäumen sitzen zu bleiben. »Nein«, schrie die Kleine. Sie hatte panische Angst, hier allein gelassen zu werden. Schnell hatte Grete ihr die Hand auf den Mund gelegt. »Du musst leise sein. Sie dürfen uns nicht finden. Setz dich!« Ilse tat, wie ihr befohlen wurde, doch als Grete nach einigen Metern hinter sich sah, bemerkte sie, dass Ilse ihr gefolgt war.

Schnell lief sie zurück, schnappte sich das Kind und versteckte sich wieder hinter den Baumstämmen. Nur wenige Augenblicke später ritt jemand nahe ihres Verstecks an ihnen vorbei. Fest drückte sie ihr Mädchen an sich und spürte, wie schnell ihr kleines Herz schlug.

Eine Weile noch blieben sie regungslos dort sitzen. Dann musste Grete einen neuen Versuch wagen. Mit strengem Blick und hartem Tonfall befahl sie ihrer Tochter erneut, sich nicht zu rühren. »Du zählst jetzt zehnmal bis zehn! Dann bin ich zurück.«

Vorsichtig hob Grete den Kopf gerade so hoch, dass sie über die Baumstämme sehen konnte. Die Luft schien rein zu sein. Schnell lief sie mit der Thermosflasche in der Hand durch den Wald. »Eins, zwei, drei...«, zählte die Kleine immer wieder. Ilse zerbrach sich den Kopf darüber, wie oft sie jetzt schon bis zehn gezählt hatte. Und Grete hatte nicht bedacht, ihrer Tochter zu sagen, dass sie nur in Gedanken zählen solle. Und nicht laut, wie sie es automatisch tat, weil sie es vom Versteckspiel auf dem Hof so gewohnt war. Und weil es ihr half, die Geister der Stille besser aushalten zu können.

»... acht, neun, zehn.« Jetzt musste es genug sein. »Ich komme.« Auch das kam irgendwie automatisch über ihre Lippen. Die Kleine war sich einfach der Gefahr nicht bewusst, in die sie beide brachte.

In dem Augenblick, als Ilse aufstehen wollte, sprang etwas über das Holz direkt neben sie. Sie erschrak zu Tode. Schnell legte sich eine Hand auf ihren Mund. Die Hand ihrer Mutter. Erleichtert sackten beide zu Boden und Grete hielt ihre Tochter fest in ihren Armen. Die Kleine begann leise, zu weinen. Ihr Herz schlug bis zum Hals.

Es dauerte eine ganze Weile, bis sie sich beruhigt hatten. »Du musst keine Angst haben. Ich komme immer wieder. Auch wenn es mal etwas länger dauert, als gedacht. Ich komme immer wieder.« Grete hatte nicht damit gerechnet, wie viel Zeit es beanspruchen würde, den Schnee in die Thermosflasche zu pressen. Doch jetzt war alles gut und sie konnten sich darauf einrichten, einige Stunden zu schlafen. Grete zog ihrer Tochter die neue Wollmütze über die andere Mütze. Den Rest des Körpers würde sie mit ihrem eigenen warm halten. Sie legte Ilse dicht an das Holz und ihren Körper schützend um die Kleine. Die Decke legte sie über beide. Schnell hörte sie den gleichmäßigen Atem ihres Kindes und war froh, dass sie zur Ruhe gekommen war.

Sie selbst fiel nur kurz in einen tiefen Schlaf und schreckte durch ein Geräusch auf. Erstarrt blieb sie liegen und wartete ab, ob sich etwas bewegte. Nichts. Wahrscheinlich nur ein Tier auf seinem Streifzug durch den Wald. Immer wieder nickte sie ein, doch ihr Schlaf war nur oberflächlich, weil die Decke in ihrem Rücken nur knapp bemessen war und die Kälte langsam hochstieg. Außerdem fand sie einfach nicht die Ruhe, sich tiefer fallen zu lassen. Der Feind war allgegenwärtig.

Kapitel 8

Bevor der Morgen dämmerte, weckte sie Ilse aus ihrem Tiefschlaf. Nur widerwillig richtete sie sich auf. »Wir essen jetzt eine Kleinigkeit und dann machen wir uns wieder auf den Weg.« »Wohin gehen wir denn?« Grete überlegte kurz, was sie ihrer Kleinen sagen konnte. »Wir gehen zu Tante Ida und dort kannst du richtig ausschlafen und dich satt essen.«

Als wäre dies das Stichwort gewesen, reagierte Ilse sofort: »Ich hab Hunger.« Grete packte die Lebensmittel aus dem Rucksack aus und teilte sie in weitere Portionen für die nächste Rast um die Mittagszeit. Falls Ilse so lange aushielt. Erschrocken stellte sie fest, dass die Vorräte bis morgen gar nicht reichten. Sie konnte nur beten, dass sich unterwegs irgendeine Gelegenheit ergab, an etwas Essbares zu gelangen.

Ilses geforderten Nachschlag konnte sie nicht hergeben und versuchte sie zu beschwichtigen. »Lass das Essen erst mal ankommen. Dann wirst du schon satt sein.« Verständnislos sah Ilse ihre Mutter an. Die Kleine war zwar nicht gewohnt, Essen im Überfluss zu haben, doch Brot gab es immer genug, um satt zu werden. Und sie verstand auch nicht, warum sie hier ganz allein durch den Wald laufen mussten. Im Dunkeln. Sie war müde. Und erschöpft.

Grete versuchte es im Guten, ihr Kind zum Weitergehen zu motivieren. Sie wollte dem Kind nicht den Ernst der Lage erklären. Aber sie war darauf angewiesen, dass sie zügig vorankamen. Eine Weile ging es auch gut. Bis

Ilse sich nach zwei Stunden strammer Wanderung ganz unerwartet auf den feuchten Waldboden plumpsen ließ und keine Anstalten machte, wieder aufzustehen.

»Wir können hier keine Pause machen, ein kleines Stück müssen wir noch weiter.« Grete versuchte, ihre Tochter am Arm hoch zu ziehen. Doch so zierlich das kleine Mädchen war, sie ließ sich hängen wie ein nasser Sack. So konnte sie unmöglich weiterkommen. Mit ernstem Gesicht kniete sich die Mutter vor ihr Kind. »Wir gehen jetzt SOFORT weiter. In einer halben Stunde machen wir Pause und essen etwas.« Ihr Blick ließ keine Widerworte zu.

Ilse versuchte, die Tränen zu unterdrücken. Ihr Gesicht wurde mit einem Mal trotzig. Sie wollte nicht weg von Oma und Opa. Sie wollte wieder zurück. Selbst wenn es nur auf den unbequemen Strohsack war. In den Arm ihrer liebevollen Mutter. Warum hatte sie sich so verändert? Doch sie wagte nicht, ihrer so entschlossen wirkenden Mutter etwas entgegenzusetzen. Wortlos stampfte sie weiter neben ihr her und würdigte sie vorerst keines Blickes mehr.

In der nächsten Pause verschlang die Kleine das knapp bemessene Brot und den Apfel, den ihre Mutter ihr reichte. Es war höchste Zeit, eine Bleibe für ein paar Stunden Schlaf zu finden. Aber noch viel wichtiger war es, etwas Essbares aufzutreiben.

Grete hatte der Kleinen schon einen großen Teil ihrer Ration abgegeben, weil sie befürchtete, dass sie sonst kaum die Kraft für einen weiteren langen Marsch habe. Sie hoffte, bald auf ein bewohntes Haus zu stoßen, wo sie plante, ihre Vorräte aufzufüllen. Auf welche Art und Weise auch immer. Niemals in ihrem Leben hätte sie sich vorstellen können, zu stehlen. Doch je nachdem, wer in dieser Gegen wohnte, konnte sie kaum an die Tür klopfen und um eine Unterkunft und Verpflegung bitten.

Es war für sie auch unvorstellbar, jemanden mit ihrem kleinen Messer zu bedrohen oder gar zu verletzen, um an Essen zu kommen. Die Frage war: Welche Wahl hatte sie? Sie wusste es selbst nicht. Mit dieser Ungewissheit im Hinterkopf beschloss sie, als sie endlich am Rande eines Feldes ein Haus entdeckte, ihrem Gespür zu folgen.

Bis zu den Büschen, die das Haus umringten, nahm sie Ilse mit. Sie versteckte die Kleine darin und trichterte ihr ein, sich nicht zu rühren, bis sie zurück war. Erst nachdem Grete ihr versprach, mit Essen zurückzukehren, gab sie nach und hockte sich hinter den Busch. Grete schlich um das Haus herum in der Hoffnung, eine Speisekammer zu entdecken. Oder irgendetwas, das sie für die Kleine mitnehmen konnte.

Vorsichtig öffnete sie die Tür zu einem Schuppen. Im Haus bellten plötzlich Hunde. Grete erschrak und huschte schnell ins Innere des Schuppens. Sie verharrte einen Augenblick. Die Hunde bellten ununterbrochen weiter. Da sie befürchtete, entdeckt zu werden, schaltete sie schnell ihre Taschenlampe ein, um hastig etwas einzustecken und wieder zu verschwinden. Als der Schein der Lampe den Raum erhellte, sah sie Flaschen. Unzählige Flaschen in Regalen. Ohne Beschriftung. Schnell öffnete sie einen Verschluss, um an der Flüssigkeit zu riechen.

Sofort begannen ihre Augen, zu brennen und Übelkeit stieg in ihr hoch. Das war hochprozentiger Schnaps. So einer, wie die Russen auf dem Hof ihn immer tranken, bevor sie die Mädchen holten.

Hektisch stellte sie die Flasche zurück und sah sich um, ob noch irgendetwas Brauchbares für sie zu finden wäre. Das Hundegebell kam bedrohlich näher. Oh mein Gott, wenn die Hunde hier frei herumliefen. Ihre Kleine. Eine Wahnsinnsangst stieg schlagartig in ihr hoch. Sofort lief sie zurück zur Tür und riss sie auf. Und sah in den Lauf eines Gewehres.

Die Hunde standen mit triefenden Lefzen vor ihr, bereit zum Angriff. Der kleinere der beiden, ein Mischlingshund, schnappte nach ihr und zerriss ihr die Hose. Den Schmerz spürte sie kaum, viel zu groß war die Angst vor dem Jagdhund, der ihr knurrend in die Augen starrte. Und die Angst vor demjenigen, der sich hinter dem Gewehrlauf verbarg. Sie konnte nicht erkennen, ob es einer der russischen Soldaten war.

Vor Schreck hatte sie ihre Taschenlampe fallen lassen. Sie strahlten die klobigen Schuhe eines Mannes an. Automatisch hob Ilse die Hände und hoffte inständig, dass sie eine Möglichkeit finden konnte, zu flüchten und dass ihr Kind unentdeckt blieb. Der Mann brüllte etwas, das sie nicht verstand. Doch sie war sicher, dass es polnische Worte waren. Ängstlich zuckte Grete mit den Schultern. »Bitte, ich wollte nur etwas zu essen.« Ihre Hände führten zur Erklärung unsichtbares Essen zum Mund.

Der wütende Mann forderte sie mit dem Lauf des Gewehres auf, den Schuppen zu verlassen. Ihre Augen nahmen automatisch die Büsche ins Visier, in denen sie ihre Tochter versteckt hatte. Ohne den Kopf in diese Richtung zu drehen.

Er durfte das Mädchen nicht entdecken. Im Augenwinkel sah sie mit Schrecken etwas Gelbes leuchten. Ilses Bommel auf ihrer Mütze, der eigentlich einen fröhlichen Lichtblick in düstere Wintertage bringen sollte, brachte sie gerade in Lebensgefahr. Grete versuchte, den Mann abzulenken, indem sie schnurstracks auf das Haus zuging, weg von ihrer kleinen Tochter.

»MAMA«, schrie Ilse lauthals hinter ihr und kam direkt auf sie zugerannt. Tränenüberströmt kam sie bei ihr an und vergrub ihr Gesicht im Schoß der Mutter. Nun brach auch Grete in Tränen aus. Ihr Knöchel schmerzte, sie war völlig übermüdet und hungrig bis zum Umfallen. Erschöpft ergab sie sich in ihr Schicksal und sackte mit der Kleinen zu Boden.

Die Hunde standen immer noch kläffend neben ihnen, bis der Mann ihnen ein lautes Kommando gab, das sie zum Schweigen brachte. Sie setzten sich ruhig, aber immer noch aufmerksam neben ihr Herrchen. Grete konnte nicht einmal einen Gedanken daran verschwenden, was nun mit ihnen geschehen würde.

Sie kauerte einfach hier auf dem Boden, ihre Tochter fest im Arm. Langsam senkte der Mann sein Gewehr zu Boden. Er forderte sie auf, ihm voran die Treppenstufen zu seinem Haus hinaufzusteigen. Die Wärme des Flurs erfüllte Grete mit Dankbarkeit. Wortlos standen sie dort und warteten auf weitere Anweisungen. Der Mann schickte seine Hunde mit einem weiteren Befehl in den

Wohnraum. Mit seinem Kopf schob der Jagdhund die Tür einen Spalt weit auf und verschwand dahinter. Köstlicher Duft wehte Grete um die Nase. Essen. Es roch nach Kartoffeln. Und nach Schinken. Ihr lief das Wasser im Mund zusammen.

Doch sie wagte nicht, etwas zu sagen. Fest rubbelte sie die Arme ihrer Kleinen, damit sie wieder warm wurde. Dann nahm sie ihr die Mütze ab und strich ihr die wilden Locken aus dem Gesicht, das vor Kälte ebenfalls ganz rot war. Nachdem der Mann wortlos seinen Mantel aufgehängt hatte, stellte er seine Waffe hochkant an die Wand mit den Kleiderhaken.

Er drehte sich zu beiden herum und seine Gesichtszüge schienen sich zu entspannen. Ein Lächeln zuckte um seinen Mund. Grete wusste nicht, ob das ein gutes Zeichen war. Sie wartete besorgt ab, und in ihrem Kopf wirbelten die düstersten Gedanken umher, was er wohl mit ihnen vorhabe.

Mit einem Nicken forderte er Grete auf, die Stube zu betreten. Als Ilse den üppig gedeckten Tisch erblickte, stürmte sie sofort darauf zu und griff schnell nach einer Scheibe Brot. Grete stürzte hinter ihr her, nahm dem protestierenden Kind das Brot ab und legte es eilig zurück auf das Holzbrett. Schallendes Lachen entfuhr dem großen Mann. Grete war verwirrt und blieb stocksteif mit Ilse stehen. Sie hielt ihrer Tochter die Arme fest, damit sie nicht einen erneuten Versuch unternahm, ungefragt nach dem Essen zu greifen.

»Elzbeata«, rief er. Grete hatte keine Ahnung, was er damit sagen wollte. Vielleicht hatte er auch einmal eine

Tochter, die diesen Namen trug. Mit seiner großen Hand strich er dem Mädchen durch die Locken und zog einen Stuhl zurück, damit sie Platz nehmen konnten. Grete nahm auf dem Stuhl Platz und ihre Tochter auf ihren Schoß.

Sie wusste nicht, ob sie diesem Mann trauen konnte. Als Ilse erneut nach dem Essen greifen wollte, hielt sie deren Arm so lange fest, bis der Mann ihr ein Stück Brot auf den Platz vor ihr legte. Dann konnte sie ihr Kind nicht mehr halten. Die Kleine stopfte sich eine halbe Scheibe Brot in den Mund und hatte Mühe, es zu kauen. Wieder lachte der Mann. Dann stand er auf. Ging hinter die beiden und blieb stehen. Grete hielt die Luft an und schlang die Arme um den Bauch ihrer Tochter. Daher sah sie auch nicht, dass der Mann den Schrank öffnete, der hinter ihr stand, und zwei Teller hervor holte.

Erst als er diese vor Grete auf den Tisch legte und wieder Platz nahm, war sie in der Lage, ihre Tochter loszulassen und schließlich sogar auf einen eigenen Stuhl zu setzen. In diesem Augenblick öffnete sich die Tür und eine Frau erschien. Zu Gretes Erleichterung war es augenscheinlich die Ehefrau des Mannes. Sehnsüchtig fiel ihr Blick auf die Kartoffeln. Schnell wurde ihr Blick bemerkt und mit einer einladenden Handbewegung bot die kräftige, gütig aussehende Person ihnen an, alles zu kosten, wonach ihnen der Sinn stand.

Noch nie im Leben hatte Grete sich so über eine Mahlzeit gefreut. Die Kartoffeln waren von einer Qualität, wie man sie in Posen nie gefunden hätte. Wahrscheinlich waren sie selbst geerntet. Und erst der

Schinken. Grete musste sich zügeln, nicht zu gierig über die Köstlichkeiten herzufallen. Ilse konnte sich nicht zurückhaltend. Sie verschlang ein Stück Brot nach dem anderen, häufte sich Kartoffeln auf den Teller und nahm die dickste Scheibe Käse, die auf dem Brett zu finden war.

Immer wieder schüttelte der Mann lächelnd den Kopf. Dass so viel Essen in so ein kleines Mädchen passte, hätte er mit Sicherheit nie geglaubt, wenn er es nicht mit eigenen Augen gesehen hätte. Liebevoll ergriff er die Hand seiner Frau auf dem Tisch. Grete war immer noch angespannt, da sie keine Ahnung hatte, wie es nach dem Essen weitergehen würde.

Ein Königreich für ein Bett. Doch konnte sie – wenn er es ihnen überhaupt anbot – ruhigen Gewissens hier übernachten? Wer sagte ihr, dass nicht am Morgen die Russen vor der Tür ständen? In ihre Gedanken meldete sich Ilse: »Mama, mein Bauch tut weh.« Es war kein Wunder. Wieso hatte sie ihre Tochter nicht gemäßigt, nicht so viel zu essen? Kein Wunder, sie war selbst froh, sich endlich wieder satt essen zu können. Sie nahm die Kleine auf ihren Schoß und strich ihr sanft über den Bauch.

Elzbeatas Gesicht schien besorgt und so verschwand sie, um wenige Minuten später mit einer Wärmflasche zurückzukehren. Damit blieb sie an einem Sofa neben dem Kamin stehen und lud Grete ein, mit ihrer Tochter hier Platz zu nehmen. Dankbar nahm Grete ihr Angebot an und noch bevor sie sich weitere Gedanken über die

Nacht und den nächsten Morgen machen konnte, waren beide in einen tiefen Schlaf gefallen.

***

Am kommenden Morgen wurden sie vorsichtig von Elzbeata geweckt und in ein Zimmer im Keller geführt, das für die nächsten Tage ihr Zuhause werden sollte. Wie sich herausstellte, war der Mann ein in der Gegend bekannter Schnapsbrenner. Die russischen Soldaten zählten zu seinen besten Kunden, denn sie kauften reichlich und zahlten gut. Während des Tages war daher viel Betrieb im Haus und das hilfsbereite Ehepaar machte Grete klar, dass sie tagsüber im Keller bleiben mussten.

Nicht nur zu ihrem eigenen Schutz. Wenn die Soldaten Wind davon bekamen, dass sie hier deutsche Flüchtlinge versteckten, würden auch sie um ihr Leben bangen müssen. Nur nachts durften die beiden herauskommen und an die frische Luft gehen. Für Ilse, die es gewohnt war, sich während des Tages fast ausschließlich draußen aufzuhalten, war dies nur schwer erträglich. Doch Grete konnte ihr vermitteln, dass sie gut daran taten, sich hier noch solange auszuruhen, bis die Bisswunde an ihrem Knöchel verheilt war.

Auch Ilse hatte eine Verletzung des Knöchels, wie sich später herausstellte. Anscheinend war sie umgeknickt und hatte sich dabei diese Verstauchung zugezogen. Die Stiefelchen, die Grete ihr angezogen hatte, boten anscheinend nicht genügend Halt für die Umstände, unter denen sie flohen. Überall fanden sich Wurzeln, die aus dem Waldboden hervorstachen oder Löcher unter den Blättern. Grete war dankbar, dass sie genau zu diesem Zeitpunkt auf so hilfsbereite Menschen gestoßen war. So konnten sie Kraft tanken für die nächsten drei bis vier Tage, die sie wohl noch bis nach Stettin benötigen würden.

Am Sonntagmorgen machte sich der Schnapsbrenner mit seiner Frau auf den Weg in die Kirche. Wiederholt beschworen sie Grete, im Keller zu bleiben und wie gewohnt niemandem die Tür zu öffnen. Bevor sie mit Ilse wieder hinunterging, fragte sie Elzbeata, ob sie ihr bei der Arbeit behilflich sein konnte. Sie verstanden sich, obwohl beide kaum ein Wort der Sprache des anderen kannten. Dankbar gab Elzbeata ihr eine Schüssel Kartoffeln und ein Messer mit und Grete war froh, dass sie helfen konnte.

Kurze Zeit später war Grete so in ihre Tätigkeit vertieft und in Gedanken bei ihren Eltern auf dem Hof, dass sie gar nicht mitbekam, wie Ilse die Treppe nach oben stieg. Es war so ein schöner Wintertag. Der Himmel war azurblau und es hatte frisch geschneit. Die Kleine wollte nur einen Blick aus dem Fenster auf die schöne, unberührte Schneedecke werfen.

Die Treppe knarrte bei jedem Schritt. Auf der obersten Treppenstufe angekommen, erstarrte Ilse zu Eis, denn es klopfte an der Tür. Sie konnte weder vorwärts, noch zurück gehen, ohne ein Geräusch zu verursachen. Grete hatte mit Schrecken das Klopfgeräusch vernommen und mit noch größerem Schrecken erkannt, dass ihre Tochter auf der obersten Treppenstufe stand. Schnell legte sie ihren Zeigefinger auf die Lippen. Ihr Gesicht war gezeichnet von Angst. Ganz langsam setzte sich Ilse auf die Treppenstufe. Fast geräuschlos.

Wieder klopfte es. Erneut tippte Grete mit ihrem Finger auf ihre Lippen und blieb stocksteif stehen. Die Sekunden erschienen ihr wie eine Ewigkeit. Das Klopfen wiederholte sich nicht. Trotzdem wartete Grete noch einige, weitere Minuten ab, bevor sie Ilse zu sich winkte. Am liebsten hätte sie mit ihr geschimpft. Immer wieder hatte sie ihr eingetrichtert, unten zu bleiben und wie gefährlich es wäre, wenn man sie entdeckte. Doch sie war einfach zu froh, dass der liebe Gott sie in diesem Augenblick wieder einmal beschützt hatte.

Wenige Tage später bereitete Grete sich und die Kleine darauf vor, dass sie nun wieder aufbrechen müssen. Der Proviant war reichlich bemessen und müsste sie sorglos bis nach Stettin bringen. Der Rucksack war schwerer als zu Beginn ihrer Flucht in Bernstein. Das nahm sie gerne in Kauf, wenn sie dafür nicht erneut Hunger leiden mussten. Grete bedankte sich gebührend für die uneigennützige Hilfe des Ehepaares, doch diese winkten nur ab. Wenn sie es richtig verstanden hatte, baten sie Grete, dafür jemand anderem zu helfen, der in Not geraten war.

Die Gelegenheit sollte schneller kommen, als Grete lieb war. Schon nach der ersten Nachtwanderung trafen sie auf eine Gruppe von 6 Deutschen, die ebenfalls auf der Flucht waren. Es stellte sich heraus, dass der große, stattliche Mann ein Arzt aus Köln war. Otto. Die anderen schienen eine Familie zu sein. Mutter und Tochter anscheinend. Und deren drei Kinder zwischen drei und zehn Jahren. Allesamt sahen sie sehr angeschlagen aus. Sie schienen länger nichts zu essen bekommen zu haben und fanden es nicht wichtig, sich namentlich vorzustellen. Sehnsüchtig starrten sie auf den prallen Rucksack auf Gretes Rücken. »Hast du was zu essen?« Grete nickte mit dem Kopf.

Grete konnte nicht einmal in Ruhe Platz nehmen, da standen sie schon um sie herum, um ihr den Rucksack abzunehmen. Mit einer raschen Bewegung drehte sie sich herum und schleuderte den Rucksack in ihre Arme. »Ihr bekommt etwas. Einen Augenblick.« Gerne teilte sie ihr Essen mit anderen Bedürftigen. Doch sie wollte auch sichergehen, dass sie genügend Essen für Ilse hatte, um die drei Tage durchzuhalten.

Wie lange die Familie wohl schon ohne Nahrung ausgekommen war? Sie mussten sich genauso fühlen, wie Grete bei der Ankunft im Schnapsbrennerhaus. Wie im Schlaraffenland.

Nein, es war nicht das Schlaraffenland. Es war ein Land, das ihre Heimat war, weil deutsche Machthaber es sich erkämpft hatten und es ihnen nun wieder fortgenommen wurde. Ein Land, in dem man ihnen mit aller Macht und Grausamkeit verdeutlichte, was man von ihnen hielt. Den Deutschen. Was hatte sie denn mit diesem Krieg zu tun. Gar nichts. Und alles.

Die Augen der Kinder waren schon ein wenig in die Augenhöhlen eingefallen. Trotzdem strahlten sie Hoffnung aus, als Grete ihnen von der üppigen Mahlzeit anbot, die sie mit sich führte. Die Mutter der Kinder brach aus Dankbarkeit in Tränen aus. Sie nahm nur ein großes Stück Brot und ließ ihrer Mutter Schinken und Käse. Im Gesicht der Ältesten waren die Spuren ihrer Reise am Deutlichsten zu sehen. Grete zweifelte, ob diese eine weitere mehrtägige Reise überstehen würde. Das Ziel war das Auffanglager in Friedland, das auch Gretes Ziel sein sollte, sobald sie Ida abgeholt hatten.

Der Arzt sammelte etwas Holz, um das kleine Lagerfeuer noch für einige Stunden in Gang zu halten, bevor sie weiterziehen wollten. Im Gegensatz zu Grete ruhten sie nachts und liefen tagsüber. In Gretes Herz fand ein unbarmherziger Kampf statt. Sie konnte nicht zusehen, wie diese Menschen verhungerten. Doch sie musste einen Teil ihres Essens im unteren Teil des Rucksacks verstecken, um selbst zu überleben.

Als sie sich ans Feuer schlafen legte, das Otto freiwillig bewachte, wusste sie nicht, ob sie den Rucksack oder ihr eiskalt gefrorenes Mädchen näher an sich legen sollte. Die Sorge um ihr Kind siegte. So versuchte sie, Ilse an ihrer Brust zu wärmen und den Rucksack zwischen den Füßen festzuhalten. Noch niemals hatte sie solch eine kalte Nacht erlebt. Als sie am nächsten Morgen steif vor Kälte aufstand, bemerkte sie, dass ihr Rucksack ein Stück weit geöffnet war. Otto war eingeschlafen und die Familie war verschwunden. Und mit ihr die gesamten Vorräte. Bis auf zwei Stücke Brot.

Laut und verzweifelt begann Grete, zu weinen. Erschrocken erwachte Otto und setzte sich mühsam auf. Als Grete ihm vom Diebstahl erzählte, zuckte Otto mutlos die Schultern. »Erst kommt der Hunger und dann die

Moral.« Entsetzt über die Undankbarkeit dieser Menschen weinte sie erneut laut auf. Tief in ihrem Herzen wusste sie, dass auch diese Mutter nur dafür sorgte, dass ihre Familie nicht verhungerte. Doch es konnte sie nicht trösten. Es konnte sie nicht sättigen.

Sie gab Ilse das erste Stück Brot und verzichtete selbst auf ihr Frühstück. »Mama, hast du Käse?« Grete schluckte den Knoten in ihrer Kehle hinunter und sagte: »Nein, Kleines, heute nur Brot.« Eine Mahlzeit würde sie Ilse noch geben können, dann musste auch sie befürchten, erneut zu hungern.

Wieder hatte es geschneit. Und wieder presste Grete Schnee in ihre Flasche, die sie über dem Feuer etwas aufzuwärmen versuchte. Damit sie Ilse wenigstens etwas Warmes zu trinken geben konnte. Jetzt und unterwegs. Die Kleine schnatterte vor Kälte. Obwohl die Flasche schnell heiß wurde, war sein Inhalt nur lauwarm. Grete ließ die Kleine trinken, füllte und erhitzte die Flasche erneut und machte sich mit Otto auf den Weg. Ilse humpelte schon wieder. Diesmal war es der andere Knöchel, der betroffen war. Wenn sie wenigstens schnell hätte laufen können, wäre ihr etwas wärmer geworden. Grete wusste nicht, was ihr mehr Sorgen bereitete: die Gefahr, entdeckt zu werden, weil sie so langsam vorankamen oder die Tatsache, dass Ilse gar nicht warm zu werden schien? Oder dass sie ab Mittag nichts mehr zu essen haben würden?

Sie versuchte, alle Gedanken zu verdrängen und sich auf den Weg zu konzentrieren. Ihre Tochter etwas aufzumuntern und abzulenken. Von Kilometer zu Kilometer wurde es immer schwieriger für sie. Und auch der Weg wurde immer beschwerlicher. Sie trug Ilse ein Stück weit Huckepack und den Rucksack auf ihrer Vorderseite. Schon nach einem Kilometer durch tiefen Schnee bemerkte Grete, dass ihre Beine sie nicht mehr trugen. Außerdem kühlte Ilse auf diese Art noch schneller aus. Also kämpften sie sich Meter für Meter voran.

An diesem Abend gab es weder ein Feuer, noch ein Stück Brot und kaum einen Funken Hoffnung. Grete nahm ihr frierendes Kind ganz nahe an sich heran und ließ es zu, dass Otto sich auf die andere Seite legte, um Ilse auch von seiner Seite vor der Kälte zu schützen.

Nach dieser Nacht erwachte Grete und sah mit Panik in ihrem Gesicht die kleine Ilse an. Sie sah aus, als wenn sie erfroren war. »Ilse«, schrie sie panisch. Immer wieder. Otto schreckte hoch und bemerkte die Gefahr.

Die Augen der Kleinen waren geschlossen und zuckten nicht einmal. Noch war die Kleine nicht erfroren, doch viel fehlte nicht. Ohne zu zögern schnappte Otto sich die Kleine und zog sie aus. Mit einem Aufschrei erhob sich Grete und schlug auf den großen Mann ein. »Was machst du da? Lass sie in Ruhe! Ilse«, schrie sie in ihrer Verzweiflung immer wieder.

Otto hielt ihre Faust fest und sah Grete in die Augen. »Ich reibe sie mit Schnee ein. Nur so kann sie überleben.« Grete ließ sich neben ihr Kind in den Schnee fallen und weinte bitterliche Tränen. Otto kniete neben ihr und rieb das nackte Kind wieder und wieder mit dem so unschuldig aussehenden, weißen Schnee ein. Bis der Körper des Mädchens knallrot angelaufen war. Dann zog er sie wieder an und nahm sie auf seinen Schoß. Nach einigen Sekunden öffnete Ilse langsam ihre Augen. Sie war kraftlos, doch sie lebte.

Grete konnte sich gar nicht beruhigen. Sie hatte Todesängste ausgestanden und wahrscheinlich war die Gefahr noch nicht vorbei. Otto legte das Mädchen in ihre Arme, gab ihr etwas aus einer braunen Glasflasche zu trinken und bereitete alles für den Aufbruch vor. Alles, was nicht unbedingt benötigt wurde, blieb hier.

Sie verteilten die Lasten so, dass beide es zusammen irgendwie schafften und Otto nahm das Mädchen auf seine Arme, als sie losgingen. Die Stiefelchen des Kindes gaben ihr nicht genügend Wärme, das bemerkte Otto schnell. Für die Wärme in ihrem Körper waren warme Füße überlebenswichtig. Leider waren sie auf dem Weg immer wieder an erfrorenen Menschen vorbeigekommen, ging Otto durch den Kopf. So sehr er sich wünschte, dass ihnen dies erspart blieb, so sehr hoffte er, an noch wärmere Kleidung und Stiefel für das Mädchen zu kommen.

Wenige Stunden später fanden sie einen leblosen Körper auf dem Weg. Es war die Großmutter der Kinder, mit denen sie gestern das Lager geteilt hatten. Verzweifelt schüttelte Grete den Kopf. Niemals zuvor hatte sie einen erfrorenen Menschen gesehen. Und sie hatte auch niemals damit gerechnet, überhaupt jemanden zu sehen, der durch Kälte den Tod gefunden hatte.

Was für eine Welt. Otto übergab Grete das Mädchen und durchsuchte die Manteltaschen der alten Frau. Wie erwartet fand er nichts darin. Man hatte ihr sogar Schal und Handschuhe ausgezogen. Natürlich wusste Grete, dass der Frau auch ein Schal nicht mehr half, da sie bereits erfroren war. Doch sie so ungeschützt und wehrlos auf dem eisigen Boden liegen zu sehen, setzte ihr sehr zu. Es gab nichts, was es zu rauben gelohnt hätte. Grete war trotz ihrer verzweifelten Lage froh darüber.

Doch schon einen Kilometer weiter gab es das nächste, unvorstellbar grausame Bild. Der zehnjährige Sohn der Familie lag mit einer Kugel im Kopf neben einem Busch. »NEIN«, schrie Grete erneut auf. Dann fand sie keine Worte mehr. Selbst ihr Ärger über den gestohlenen Proviant war bedeutungslos geworden. Dieser Junge war nicht verhungert, nicht erfroren. Er war einfach erschossen worden. Ein Kind.

Grete musste sich umdrehen, als Otto dem Kind Jacke und Socken auszog, um es der Kleinen überzuziehen. Bei dieser Gelegenheit flößte sie Ilse einige Schlucke des Wassers ein, das zwischenzeitlich so kalt war wie der Schnee um sie herum. Wie lange konnten sie das noch aushalten?

Mitten in ihrer Verzweiflung sah sie plötzlich Ludwigs Augen vor sich. »Aufgeben ist keine Option!« Tränen rannen ihr übers Gesicht. Ihre Sehnsucht verursachte unvorstellbare Schmerzen in ihrer Brust. »Was ist?« Es war nicht Ludwigs Stimme. Es war Otto, der neben ihr kniete und zu ihr sprach. Ein Fremder. Der ihr trotzdem wie selbstverständlich half.

Kapitel 9

So schnell wie möglich verließen sie diesen Ort des Grauens. Doch schon kurz darauf mussten sie erneut eine Pause einlegen. Mittlerweile merkte Grete auch dem ansonsten so stark wirkenden Mann die Strapazen an. »Ich hab Hunger.« Das zarte Stimmchen ihrer Tochter zerriss ihr ein weiteres Mal das Herz. Sie teilte das letzte Stück des mittlerweile trockenen Brotes, um eine Hälfte an Otto abzugeben, der bei Kräften bleiben musste, um Ilse zu tragen. Das andere Stück gab sie ihrer Kleinen. Brach sich selbst nur eine winzige Ecke ab, die sie in ihren Mund legte und hin und wieder mit der Zunge daran herumstrich, um so lange wie möglich das Gefühl von Essen in ihrem Mund zu haben.

Otto machte es ihr gleich und nahm nur eine kleine Ecke. Den Rest des Brotes gab er ihr zurück. »Heb es für die Kleine auf!« Gierig hatte Ilse ihr Brot verschlungen und sah ihre Mutter erwartungsvoll an. »Wir gehen erst noch eine Weile und dann bekommst du wieder etwas.« Zu gerne hätte die Kleine auch den Rest auf der Stelle gegessen, doch sie wagte nicht, ihrer entschlossen wirkenden Mutter etwas zu entgegnen. So setzten sie ihren Weg fort. Kilometer für Kilometer. Schritt für Schritt. Jeder einzelne Schritt in diesem unbarmherzigen Schnee war so anstrengend, dass sie es nicht schafften, bis zur Dämmerung weiterzugehen.

Sie waren möglichst immer im Schutz der Bäume unterwegs und es fand sich kein Unterschlupf, der sie in der Nacht vor der Kälte geschützt hatte. Oder davor, von

Soldaten entdeckt zu werden. Hinter einem stattlichen Baum setzte sich Grete mit ihrer Kleinen auf dem Arm und wartete, während Otto die Umgebung absuchte. Nach Schutz. Nach Essen. Nach irgendetwas, das ihnen hätte helfen können.

Hektisch erschien er nach einer Viertelstunde und teilte ihr aufgeregt mit, dass nur einen Kilometer weiter Truppen stationiert seien. Sie müssten wohl oder übel noch mindestens zwei oder drei Kilometer in die entgegengesetzte Richtung schaffen.

Völlig kraftlos versuchte Grete aufzustehen. Wenn Ilse doch nur ein wenig laufen könnte. Otto half der kleinen Frau auf und obwohl er sich selbst kaum auf den Beinen halten konnte, wollte er Ilse auf seinen Arm nehmen. Grete hielt seinen Arm fest. »Warte!« Dann richtete sie ihr Wort an ihre Tochter. »Kannst du ein Stückchen selbst laufen?« Ilse nickte sofort mit dem Kopf und gab ihrer Mutter die Hand.

»Jeden Schritt geht Gott mit uns mit«, sagte sie, während sie gemeinsam losstapften. Sie wusste selbst nicht, woher sie plötzlich diese Worte und den Mut schöpfte. Otto stieß bei diesen Worten verächtlich Luft durch die Nase aus und schüttelte kaum merklich den Kopf. Wortlos schleppte er seinen kraftlosen Körper neben ihr her. »Aua.« Ilse stieß einen Schrei aus. Schon wieder war sie umgeknickt und ließ sich in den Schnee fallen

Kurzerhand hob Grete sie mühsam auf und ging weiter. Nach wenigen Metern schien das Gewicht der Kleinen sie selbst zu Boden zu zwingen. Otto nahm das Kind auf seine Arme. Immer wieder wechselten die beiden das

Kind auf die Arme des anderen. Schon nach einer kurzen Strecke hatten sie keine andere Wahl, als aufzugeben und sich an Ort und Stelle niederzulassen.

Es gab nur vereinzelt Büsche. Otto nahm ein Messer aus seinem Rucksack und schnitt Äste ab, um sie neben einen etwas größeren Busch so anzuordnen, dass er ein wenig Schutz bot. »Ich hab Hunger.« Grete hatte diesen Satz gefürchtet. Nun gab sie ihrer Tochter das letzte Stück Brot. Ein Feuer war undenkbar. Sie waren nicht weit genug gekommen. Es würde sie verraten. Der Boden wurde so gut es ging vom Schnee befreit und mit Ästen ausgelegt. Trotzdem blieb er unbarmherzig hart und kalt. Wortlos bildeten die drei Körper auf dem Boden eine Einheit, in der Arme sich umschlangen und Beine sich anwinkelten in dem Versuch, Wärme und Geborgenheit zu erzeugen.

Das Kind lag an ihrer Brust, der Rücken an Ottos Brust. Grete konnte seinen Atem in ihrem Gesicht spüren. Es war das einzig Warme, das sie spürte. Ihre Gesichter waren sich so nahe, wie es sich für Fremde eigentlich nicht schickte. Aber hier ging es lediglich darum, die Nacht zu überleben. »Hast du noch was zu essen?« Der Tonfall des zierlichen Stimmchens ließ erahnen, dass sie die Antwort kannte. Trotzdem musste die Kleine fragen. Es konnte doch nicht sein, dass sie nicht wenigstens noch ein Stück Brot bekam.

Mit fester Stimme antwortete ihre Mutter: »Morgen, wenn wir bei Tante Ida ankommen, dann können wir uns richtig satt essen.« Das hoffte sie. Sie hoffte, morgen früh hier wieder zu erwachen. Es bis nach Stettin zu schaffen. Und dort von ihrer Schwester gerettet zu werden.

Grete versuchte, zu schlafen. Ottos Griff war zuerst noch fest, was auch ihr ein Gefühl der Sicherheit gab. Mit dem leichten Schlaf, in den er fiel, entspannten sich seine Muskeln, bis sein Arm schließlich kraftlos über ihrem Arm lag. Trotz ihrer großen Erschöpfung nickte Grete nur kurz ein. Ottos Körper zuckte mit einem Mal zusammen. Ein Schrei entfuhr ihm und ruckartig setzte er sich auf, zitternd am ganzen Körper. »Schscht.« Grete nahm seinen Arm und versuchte, ihn zu beruhigen. Er wischte sich verschämt einige Tränen aus den Augen und holte einen tiefen Atemzug, bevor er sich wieder zu ihnen legte. Seinen Augen waren sofort wieder verschlossen. Grete hatte den Eindruck, dass er es nicht ertragen konnte, ihrem Blick und womöglich ihren Fragen ausgeliefert zu sein.

»Schlechte Träume?« Er antwortete nicht sofort. Nun war sie es, die ihren Arm um seinen legte. Er hatte sich so aufopferungsvoll um sie gekümmert. Ob er keine eigene Familie hatte? So eng und so vertraut lagen sie beieinander. Waren aufeinander angewiesen. Und wussten nichts voneinander. Bisher erschien es ihr nicht wichtig, ihre Wege würden sich in Kürze wieder trennen. Aber in diesem Augenblick wollte sie sehr gerne wissen, welchen Schutzengel der Himmel ihr hier geschickt hatte.

»Jeden Schritt geht Gott mit uns?«, fragte er in die Stille. Seine Stimme klang verbittert. »Wo ist er denn, dieser liebe Gott? Und warum lässt er das alles zu?« Gretes Hand strich über seinen Arm. »Ich verstehe…« Otto unterbrach sie barsch: »Gar nichts verstehst du.« Seine Bitterkeit verwandelte sich in tiefe Verzweiflung und Tränen rannen ihm über das zerfurchte Gesicht. Grete schwieg. Erst als er sich etwas beruhigt hatte, wagte sie, zu fragen: »Was ist passiert?« Leise und zögernd begann er zu erzählen: »Ich habe auch ein Kind. Einen Sohn. So alt, wie der Junge, den man heute erschossen hat.« Grete war geschockt. Wie schwer muss es ihm gefallen sein, diesem Jungen die Kleider auszuziehen. »Wo ist er?« Wieder stieß er einen verächtlichen Laut aus. »Im Arbeitseinsatz.«

Grete verstand nicht, doch fragte nicht nach, sondern wartete geduldig ab. »Als ich vor einer Woche nach Hause kam, waren sie schon weg. Ich wollte alles vorbereiten, um mit meiner Frau und Hans zu flüchten und nach Amerika auszuwandern. Als ich in die Straße einbog, zog eine Nachbarin mich in ihren Hausflur und berichtete weinend, wie sie die beiden und andere Nachbarn auf einen Wagen verfrachtet und abtransportiert hätten. Angeblich zum Arbeitseinsatz, wo alle Juden hingebracht werden sollen. Angeblich.«

Grete war verunsichert. Sie hatte zwar mitbekommen, dass in Posen die jüdischen Bewohner eine weiße Armbinde tragen mussten. Auch, dass diese Nachbarn nicht überall willkommen waren. Doch von Transporten hatte sie nichts mitbekommen. Ludwig hatte auch nichts dergleichen geschrieben. Aber seine Zeilen waren auch von Mal zu Mal karger geworden.

»Was denkst du, wo sie sind?« Grete hatte tatsächlich keine Vorstellung. »Es gibt Gerüchte.« Da Grete immer noch auf seine Antwort wartete, fuhr er fort: »Sie werden mit Zügen weggebracht. In Lager. Man sagt, es kommt niemand von dort zurück.« Grete wusste nicht, ob sie eine weitere Frage stellen durfte und ob sie eine weitere Antwort darauf ertragen könnte. Aber sie konnte auch nicht schweigend hier bei ihm liegen.

»Was hast du vor?« »Ich werde versuchen, herauszubekommen, wohin sie gebracht wurden und sie dort rausholen.« Grete nickte verständnisvoll mit dem Kopf. Sie wünschte sich so sehr, dass er die beiden fand. Und dass sie noch lebten. Sie verstand diesen ganzen Krieg immer weniger. Sie wollte einfach nur, dass es vorbei war. Wenn sie es morgen tatsächlich bis in die Stadt schafften, würden sich ihre Wege trennen.

***

Zuerst waren es nur vereinzelte Menschen, die ihren Weg kreuzten, und bei deren Auftauchen sie sich schnell in einem Gebüsch versteckten. Doch schnell wurde klar, dass es sich um einen Strom von Flüchtlingen handelte, der immer größer zu werden schien und der das gleiche Ziel wie sie hatte: den Bahnhof von Stettin und die Weiterfahrt in sichere Gebiete.

So blieben sie auf ihrem Weg und wurden immer wieder von Gruppen überholt, die noch kräftig genug für einen strammen Schritt waren, oder einen Handwagen mit sich führten, der die Schwachen unter ihnen und das Gepäck geladen hatte. Zweimal fragte Grete, ob sie ihre Kleine mit auf den Wagen setzen konnte, denn beide waren kaum noch in der Lage, Ilse zu tragen. Einmal musste sie einsehen, dass der Platz selbst für ihre schmächtige Tochter nicht ausreichte und ein weiteres Mal wurde sie gefragt, was sie zu bieten hätte für einen Platz auf dem Wagen. Kurz überlegte Grete, ob sie es wagen sollte, einen Schein aus ihrem Pullover herauszutrennen, doch sie befürchtete angesichts des linkischen Blicks des jungen Mannes, der der Anführer zu sein schien, dass sie um ihr gesamtes Hab und Gut gebracht würde.

Sie brauchte ihr Erspartes für die Zugfahrkarten. Also vertraute sie weiter darauf, dass sie bald an ihrem Ziel ankommen würden. Hunger und Kälte waren kaum noch zu übertreffen. Sie fragte die vorüberziehenden Menschen nach einer Kleinigkeit zu essen, wurde jedoch immer wieder abgewiesen. Niemand hatte etwas zu essen. Oder etwas zu verschenken.

Otto lief stumm und kraftlos neben ihnen her. Ilse humpelte jammernd vor Schmerzen neben ihr. Am Wegesrand lagen immer öfter leblose Körper alter Menschen oder abgemagerter Kinder. Grete versuchte, der kleinen Ilse diesen Anblick zu ersparen und drückte sie an sich, als sie sich am Wegesrand niederließ.

»Wir machen eine kleine Pause, dann versuche ich, dich wieder zu tragen.« Durch die Bäume blitzte ein Schein des blauen Himmels dahinter. Grete erhob sich wieder, um wenigstens bis an den Waldrand zu gelangen und zu sehen, wie es dort weiterging. Ilse nahm sie auf den Arm für diese letzten fünfzig Meter. Es verschlug ihr den Atem und die Sprache, als sie durch die letzten

Bäume hindurchging. Grete musste sich setzen, weil dieser Anblick sie schier überwältigte. Blauer Himmel. Die Sonnenstrahlen erzeugten ein wenig Wärme in ihrem Gesicht. Doch sie blendeten auch derart, dass sie sich auf der Stelle hinsetzte und die Augen schloss. Sie drückte ihre Kleine an ihre Brust und spürte ihren Herzschlag. Gott sei Dank. Die Stadt war in greifbarer Nähe.

Als ihr Blick sich langsam klärte, sah sie sich um. Otto hatte sich neben ihr niedergelassen und ebenfalls die Augen geschlossen. Immer größer werdende Menschengruppen zogen auf der befestigten Straße an ihnen vorüber. Hin und wieder ein Wagen, der von einem klapprigen Pferd gezogen wurde. Und in der Ferne sah sie die Umrisse der Stadt.

Grete versuchte, ihren Blick weiter zu schärfen, um etwas zu erkennen, was sie während einem ihrer Besuche bei Ida gesehen hatte. Mit ihrem immer klarer werdenden Blick erkannte sie nach und nach das Ausmaß der Zerstörung. Was hatte sie denn erwartet? Dass Ida sie winkend und lachend mit einem Blumenstrauß in der Hand am Bahnhof empfing? Erst jetzt schoss ihr durch den Kopf, wie groß die Gefahr war, dass Ida diesen Bombenhagel gar nicht überlebt hatte.

NEIN! Sie durfte diesen Gedanken nicht zulassen. Sie war froh, dass ihre Eltern diesen Anblick nicht ertragen mussten. Ihre Mutter würde ihr sagen, dass sie vertrauen muss und die Hoffnung nicht aufgeben darf. Sie musste ihre Schwester finden.

Kraftlos saßen sie eine ganze Weile am Straßenrand. Hier zu bleiben hieße, die Nacht nicht zu überleben.

Hunger und Erschöpfung so übermächtig, dass Grete sich nicht mehr in der Lage sah, sich auf ihre Beine zu stellen. Ihr Geist wollte sie mobilisieren und wieder hörte sie die Stimme ihrer Eltern. Diese Zerrissenheit zwischen ihrem Willen, aufzustehen und der fehlenden Macht über den eigenen Körper war kaum zu ertragen. Sie schluchzte verzweifelt.

Schwerfällig erhob Otto seinen hageren Körper zuerst auf seine Knie, um sich dann, an einen Baum gestützt, auf die wackeligen Beine zu stellen. Einige Sekunden blieb er stehen, bevor er Grete die Hand reichte. Noch bevor sie versuchen konnte, sich aufzurichten, ertönte ein Donnern am Himmel, das die Menschenmasse aufschreckte.

Schreiend begannen die, die noch dazu in der Lage waren, in den Wald zu laufen, bevor die Bomben auf die Erde fielen. Otto warf sich schützend über sie und ihre kleine Tochter. Sie waren nicht in der Lage, sich zu bewegen und verharrten in diesem furchtbaren Getöse am Boden neben diesem dicken Baumstamm. Betend.

Der Angriff war schnell vorüber und genauso schnell schienen die Menschen zu ihren Habseligkeiten zurückzukehren. Für Grete war es unfassbar, dass sofort nach solch einem Angriff so etwas wie Normalität wieder einkehrte. Sie schüttelte den Kopf. Gott sei Dank waren die Bomben weit genug weg eingeschlagen. Nur einige hundert Meter hinter ihnen waren Verluste zu erkennen. Die schreienden Menschen konnte man nicht ignorieren. Doch helfen konnte Grete ihnen auch nicht. Nichts hätte sie lieber getan, doch sie war kaum in der Lage, sich auf ihre eigenen Füße zu stellen.

Sie musste ihre Tochter hier wegschaffen. Otto startete einen neuen Versuch und schaffte es, zuerst sich und dann Grete auf die Beine zu bringen. Kraftlos schlurften sie am Wegesrand Schritt für Schritt vorwärts. Bei diesem Tempo würden sie bis zur Dämmerung keinen Kilometer geschafft haben. Aber Aufgeben war keine Option. »Jeden Schritt, jeden Tritt...«

Zwei Arme fingen sie auf, bevor sie zu Boden ging und hoben sie auf den vorüberfahrenden Wagen, der von einem Pferd gezogen wurde. »Ilse«, schrie sie verzweifelt. Dann gab man ihr die Kleine in den Arm. Sie hielt ihre Tochter ganz fest und vergrub deren Gesicht in ihrem Arm. Versuchte ihr die Ohren zuzuhalten. Es gab keinen Platz, um sich zu bewegen und keine Möglichkeit, den vor Schmerzen wimmernden, verwundeten Menschen um sich herum zu helfen. Nicht einmal einen Schluck Wasser hätte sie noch anbieten können.

Für Otto war kein Platz auf dem Wagen, doch er konnte sich auf ein Brett hochziehen, das hinten heraus hing, stellte seine Füße darauf und hielt sich an den Brettern der Seitenteile fest. So gelang es ihm tatsächlich, auf dem Wagen zu bleiben, bis dieser die Seitenstraße des Bahnhofs erreichte. Die Knöchel seiner Finger waren weiß von der Kälte und der Anstrengung und er hatte Mühe, seine Hände zu lösen, als sie am Ziel angekommen waren. Wie ein alter Mann stieg er vom Brett hinab auf den Boden und setzte sich an Ort und Stelle auf die Straße.

Grete hatte ein wenig Kraft schöpfen können und war einfach nur dankbar für diese Rettung. Ohne den Wagen und ohne Otto hätte sie es nicht mehr bis zum Bahnhof geschafft. Sie fühlte sich stark genug, um auf die Suche nach Ida zu gehen. Doch sie ahnte, dass sowohl Otto, als auch Ilse nicht mehr in der Lage waren, kreuz und quer durch die Stadt zu laufen.

Was war die Lösung? Sollte sie Ilse bei Otto lassen und allein auf die Suche gehen? Undenkbar. Otto wäre in seiner Verfassung nicht in der Lage, Ilse zu beschützen. Ihn hier allein lassen und Ilse mit ihrem geschwollenen Knöchel tragen? Beim Gedanken daran fühlte sie sich furchtbar. Plötzlich hörte sie ein weiteres Mal das unheilvolle Donnern am Himmel, das erbarmungslos näher kam. Sie konnte nicht einfach tatenlos hier auf der Straße stehen bleiben.

»Grete.« Sie vernahm den Klang ihres Namens nur ganz schwach. Zu stark war die Geräuschkulisse der schreienden Menschen um sich herum, der mittlerweile schrill ertönenden Warnung des Fliegeralarms und das Weinen derjenigen, die bereits verletzt auf dem Boden saßen und sich nicht mehr in Sicherheit bringen konnten. »Grete.« Die Stimme war vertraut, jedoch nicht in dieser verzweifelten Tonlage. Grete drehte sich herum und sah ihre Schwester, die ihr entgegenrannte. Ida. Auch wenn sie nur ein Schatten ihrer selbst war, erkannte Grete schon von Weitem das Gesicht ihrer geliebten Schwester. Sie streckte ihr beim Laufen den rechten Arm entgegen und riss sie und Ilse ohne ein weiteres Wort mit sich. Ida schien ein Ziel zu haben.

»Warte!«, entfuhr es Grete. Hektisch riss sie sich von Idas Arm los und rannte zurück zu Otto, der immer noch auf dem Boden saß und sich seinem Schicksal zu ergeben schien. »Du musst kommen! Komm jetzt!«, schrie Ida sie immer wieder an. Mit aller Kraft zog Grete an Ottos Armen, bis dieser akzeptierte, dass sie nicht ohne ihn gehen würde. Erst dann schleppte er sich, gestützt auf Gretes kleinen Körper, in das Haus, zu dem Ida sie geführt hatte. Die letzten Treppenstufen zum Keller hin fiel er hinab, in dem Augenblick, als die Bomben nebenan einschlugen.

Zusammengekauert lagen sie auf dem Boden. Otto, die kleine Ilse und über ihnen die Zwillingsschwestern, die schützend die Arme um beide gelegt hatten. Ein unvorstellbarer Lärm und Nebel aus Staub erfüllte den Kellerraum, der bis zum letzten Platz mit Menschen überfüllt war, die alle das gleiche Schicksal teilten. Nur diesen Tag zu überleben.

Der Lärm hallte noch lange in ihren Ohren nach und sie verharrten am Boden, die Gesichter ineinander vergraben. Irgendwann hob Ida den Kopf und sah in das lächelnde, abgemagerte Gesicht ihrer Schwester, die sie so sehr vermisst hatte. Sie mussten nichts sagen. Beide nahmen das Gesicht der anderen in ihre Hände und sahen sich dankbar in die Augen. Dankbar dafür, dass sie sich gefunden hatten und dass sie diesen Angriff überlebt hatten.

Kapitel 10

Stettin, Frühling 1945

Die ersten warmen Sonnenstrahlen des Frühlings waren wie eine Erlösung aus diesem grausamen, kalten und unendlich andauernden Winter. Gretes ursprünglicher Plan, Stettin so schnell wie möglich mit Ida und Ilse zu verlassen, verpuffte schnell in der Wirklichkeit. Zum einen war sie viel zu erschöpft für die Weiterreise, zum anderen war es nicht so einfach wie gedacht, unversehrt einen Platz in einem der überfüllten Züge zu bekommen. Vorerst waren die Frauen froh, am Leben zu sein.

Das Ziel eines jeden Tages bestand darin, etwas zu essen zu erhalten und einen Schlafplatz. Hatten sie in einem zerstörten Gebäude noch ein Zimmer gefunden, in dem sie einige Tage leben konnten, so wurde es kurz darauf von Soldaten beschlagnahmt oder bei einem weiteren Luftangriff in Schutt und Asche gelegt. Otto hatte sich nach einigen Tagen auf den Weg gemacht, seine Familie zu finden und sich verabschiedet.

Grete hätte gerne gewusst, ob sie sich jemals wiedersehen würden, unter anderen Umständen. Doch für den Augenblick war sie einfach dankbar, dass ihr dieser Mann zum richtigen Zeitpunkt begegnet war. Sie wünschte ihm von Herzen, dass er sein Ziel wohlbehalten erreichte.

Hin und wieder kamen Frauen aus den umliegenden Höfen mit großen Körben in die Stadt und verteilten Brot und Malzkaffee an die Flüchtlinge. Ida konnte ihr Glück kaum in Worte fassen, als sie an einem dieser gesegneten

Tage einen Becher des köstlichen, heißen Getränks bekam und vorsichtig daran nippte. Wenn sie früher auch nur Bohnenkaffee mochte, gab es an diesem Tag nichts, was ihr je besser geschmeckt hätte. Sie versprach der Bäuerin, die die Becher wieder einsammeln wollte, ihn so schnell wie möglich zurückzubringen, weil sie ihren Kaffee so gerne mit Grete teilen wollte.

Die Ruine, in der sie seit zwei Tagen schliefen, hatte kein Dach, sondern bestand nur aus drei Wänden und einigen Brettern, die sie zum Schutz an die offene Seite gelegt hatten. Hinter einigen Holzstücken hatte Grete sich mit der Kleinen versteckt. Sie war überglücklich, als Ida ihr den halbvollen Becher Malzkaffee reichte. Auch Ilse musste das warme Getränk probieren und verzog das Gesicht. Sie konnte gar nicht verstehen, dass die beiden Frauen so in Verzückung gerieten beim Anblick dieser schmutzig aussehenden und bitter schmeckenden Brühe. Über die belegten Brote jedoch fiel sie her wie ein Tiger, der seit Wochen keine Beute mehr erlegt hatte.

Manchmal half ihnen das wenige Geld, das Grete zwischenzeitlich aus dem Saum ihres Pullovers getrennt hatte. Manchmal wurde es jedoch zur Gefahr für die Frauen. Kein Tag in dieser Stadt war wie der andere und kein Tag war kalkulierbar. Es war völlig unklar, ob der Krieg beendet war oder nicht. Ebenso wie die Frage, wer nun die Herrschaft über die Stadt hatte.

Soldaten vieler Nationalitäten zogen durch Stettin oder versteckten sich in den Gemäuern. Deutsche ebenso wie britische Soldaten oder die der roten Armee. Die Frauen wussten nicht, wem sie überhaupt trauen konnten, und so verging Monat um Monat, in denen der außergewöhnliche Winter von einem ebenso gnadenlosen Sommer abgelöst wurde. Hitze und Gestank waren jenseits der Schmerzgrenze.

In vielen Gesprächen der anderen flüchtenden Menschen, die oftmals ihre Behausungen teilten, erfuhren sie, dass die meisten von ihnen ein Ziel hatten: das Auffanglager für Flüchtlinge in Friedland. Das *Tor zur Freiheit,* wie sie es nannten. Es hieß, dass man dort gut versorgt würde und von den alliierten Soldaten mit Zügen in das sichere Heimatland im Westen geschickt würde.

Für die Zwillinge war schnell klar, dass dies auch ihr erklärtes Ziel sei und im Spätsommer machten sie sich bereit für den Aufbruch. Um nicht zu viele Gepäckstücke tragen zu müssen, packten sie alles Nötige in einen großen, braunen Koffer und in einen Rucksack, den immer diejenige trug, die sich um Ilse kümmern musste.

Die Züge waren immer noch überfüllt. Aussichtslos, einen Platz zu ergattern, geschweige denn drei Plätze. Auf dem kleinen Bahnhof, oder besser gesagt, was davon übrig war, warteten Menschentrauben darauf, sich irgendwo zwischen die ausgehungerten und geschundenen Menschen quetschen zu können. Es spielte keine Rolle, ob das Abteil ein geschlossenes war oder einfach ein offener Anhänger. Jede Möglichkeit hier fortzukommen wurde genutzt – notfalls mit Gewalt. Schließlich fassten sie den Entschluss, an den Schienen entlang bis zu dem Ort zu laufen, an dem der Zug den letzten Halt vor dem Bahnhof in Stettin einlegte. Hier erwarteten sie bessere Chancen.

Was sie nicht erwartet hatten, war der Anblick, der sie auf ihrem Weg aufs Tiefste schockierte: Menschen, die die Fahrt mit dem Zug nicht überlebt hatten, wurden einfach aus dem fahrenden Zug geworfen. Achtlos lagen sie neben den Schienen. Vor allem ältere Menschen, die in ihrem Leben zwei Kriege durchleben mussten. Ihr Leben endete achtlos neben den Schienen eines Zugs, der sie in Sicherheit bringen sollte. Grete hätte schreien können angesichts dieser unbarmherzigen Bilder. Doch sie versuchte, sich zu beherrschen und die beiden Frauen nahmen das Kind in ihre Mitte und versuchten, ihr diesen Anblick so gut es ging zu ersparen.

Zwischen den Körpern fanden sich immer wieder offene Koffer und Taschen, die auf verwertbare Dinge durchsucht und geplündert und anschließend ebenso achtlos aus dem Zug geworfen worden waren. Grete schämte sich zutiefst, als sie im Vorbeigehen einige Kleinigkeiten aufhob, die aus dem Koffer eines Kindes gefallen sein mussten: Etwas Unterwäsche, ein Kleid und eine Strickjacke für Ilse. Sie sah die Dinge gar nicht genauer an. Stattdessen stopfte sie die Kleidung nur schnell in Ilses kleinen Rucksack. Mit einem tiefen Seufzer setzten sie ihren Weg fort. Tatsächlich kamen sie am Ende des Tages an der Station an und fanden ein kleines Eckchen in einem offenen Wagen, in das sie sich setzten und bei den Händen hielten.

Der nächste Halt war der Stadtkern von Stettin. Die Frauen ahnten, dass sie ihren Platz angesichts der Massen, die versuchen würden, sich einen Platz zu erkämpfen, erbarmungslos würden verteidigen müssen. Aber sie waren bereit dazu. Und tatsächlich schafften sie es, auf dem Wagen zu bleiben, als dieser sich wieder in Bewegung setzte.

Kaum, dass er dies getan hatte und Ilse erschöpft auf dem Schoß ihrer Mutter eingeschlafen war, kletterten plötzlich drei junge, bewaffnete Männer auf den Wagen. Zwei von ihnen forderten mit den Gewehren im Anschlag alle Anwesenden auf, ihre Wertsachen an den dritten von ihnen abzugeben.

Kaum einer der Flüchtlinge hatte noch etwas bei sich, das er hätte abgeben können. Bei einer älteren Frau hatten die Männer wohl Zweifel, und ahnten, dass sie etwas vor ihnen versteckte. Die Reaktion war ein Schlag mit dem Gewehrknauf in ihr Gesicht. Grete legte schützend die Arme über ihre Kleine und ihre Gedanken überschlugen sich, ob sie es wagen könnte, das restliche eingenähte Geld zu verheimlichen. Sie war noch niemals gut darin gewesen, zu lügen.

Nachdem die Burschen einen jungen Mann, der sich weigerte, seine Uhr herauszugeben, einfach erschossen hatten, brauchte es nur einen Blick der Verbrecher, um ihren Koffer zu öffnen, an dem Bund ihres schönen Pullovers zu nesteln und so schnell sie konnte, das Geld herauszugeben. Es brachte ihr gar nichts, die Heldin zu spielen.

Um sicher zu gehen, dass sie auch wirklich alles herausgeholt hatte, nahm der Mann ein Messer und schnitt den Bund des Pullovers unsanft auf. Enttäuscht warf er ihn achtlos beiseite und durchwühlte den Koffer, bevor er sich dem nächsten Opfer zuwandte. Ilse wurde durch das Geschrei der Menschen, die hier ausgeraubt wurden, wach. Doch schnell drückte Grete ihren Kopf zurück in ihre Armbeuge und versuchte mit leisem Summen und Schaukeln von der Gefahr, die sie umgab, abzulenken.

Ilse kannte dies schon aus vielen Situationen. Immer, wenn sie sich aus unerklärlichen Gründen unwohl fühlte oder Angst bekam, drückte ihre Mutter sie an ihre Brust und summte dieses Lied für sie. Früher hatte ihre Großmutter dieses Lied vor dem Schlafengehen gesungen, daher kannte Ilse die Worte auswendig. Und immer, wenn ihre Mutter die Melodie summte, sang Ilse in Gedanken die Worte mit: »Weißt du, wie viel Sternlein stehen, an dem blauen Himmelszelt. Weißt du, wie viel Wolken gehen, weithin über alle Welt.«

Als die brutalen Männer endlich den Wagen verlassen hatten, war die Nacht über sie hereingebrochen und der Himmel klar. Grete nahm Ilse unter den Armen hoch und setzte sie so auf ihren Schoß, dass sie ihr Gesicht sehen konnte. »Möchtest du etwas trinken?« »Ja, und essen.« Doch die Männer hatten nicht nur jegliches Geld, sondern sogar alle Vorräte der Menschen gestohlen. »Wenn wir ankommen, dann bekommst du etwas zu essen.« Eine Träne lief aus Ilses Augenwinkel. Sie trank einen Schluck und legte sich dann so auf den Schoß ihrer Mutter, dass sie den Sternenhimmel sehen konnte.

»Wo ist Papa?« Grete traf diese Frage wie ein Blitz, der durch ihren ganzen Körper fuhr. Gerade in diesem Augenblick hatte auch sie an Ludwig gedacht. »Ich weiß es nicht, mein Schatz. Aber eins ist sicher: Er sieht von dort aus genau die gleichen Sterne wie wir beide und er denkt an uns. Dein Papa wird alles dafür tun, um bald bei uns zu sein.« Sogleich setzte sie ihr Gutenachtlied fort: »Gott, der Herr hat sie gezählet, dass ihm auch nicht eines fehlet. An der ganzen großen Zahl. An der ganzen großen Zahl.«

Grete summte das Lied bis zum Ende und war erleichtert, dass die Kleine von ihrer Erschöpfung übermannt wurde und bald in einen tiefen Schlaf fiel. Ida musste sich eine Träne aus dem Gesicht wischen und nickte ihr zu als Zeichen, dass Grete nun ebenfalls die Augen schließen konnte. Sie übernahm die erste Wache. Einer von beiden wäre immer wachsam, während der andere sich ausruhen konnte. Das hatten sie zu Beginn ihrer Reise beschlossen.

***

Die Sonne schien strahlend vom Himmel, als die das *Tor zur Freiheit* erreichten. Sie hörten, wie eine helle Glocke erklang. Diese wurde bei jeder Ankunft eines weiteren Zuges geläutet. Als wollte sie die ankommenden Menschen willkommen heißen und ihnen Mut machen, dass nun ein neues Leben für sie begann. Dieses Gefühl stellte sich auch tatsächlich bei den Schwestern ein. Hoffnung.

Mühsam kletterten sie von ihrem Wagen. Der große Koffer war viel zu schwer, als dass Ida ihn hätte auffangen können und so landete er unsanft auf dem Boden. Sein ganzer Inhalt lag auf der staubigen Erde verteilt. Mit letzter Kraft sammelten sie alle Dinge ein und folgten schleppend dem Strom der zahllosen Menschen, die durch den Schlagbaum des Geländes liefen. Den Anblick, der sich ihnen bot, würden die Frauen niemals mehr in ihrem Leben vergessen.

Rotkreuzschwestern begrüßten sie mit den Worten: »Willkommen in der Heimat.« Sie boten ihnen Brote an. Schwarzbrot mit Erdbeermarmelade beschmiert. Gretes Gedanken überschlugen sich. Konnte das wirklich wahr sein? Tränen der Freude und Dankbarkeit liefen der jungen Mutter übers Gesicht, als ihre Tochter völlig ausgehungert in das Brot biss und ihr kleines, zartes, schmutziges Gesicht über und über mit roter Marmelade beschmiert war. Grete konnte nicht anders. In all ihrer Aufregung und Dankbarkeit nahm sie die fremde Helferin fest in die Arme. Eine der Rotkreuzschwestern strich dem Mädchen ergriffen durch die roten Locken.

Angesichts der immer weiter strömenden Menschenmassen war Grete schnell gezwungen, wieder einen klaren Kopf zu bekommen und den Anordnungen zu folgen. Nach dieser ersten Stärkung wurde das Routine-Programm vollzogen: Unterbringung in einer der Nissenhütten, Entlausungspulver und notdürftige Reinigung, Registrierung. Zu mehr waren die drei körperlich nicht mehr in der Lage.

Am Ende dieses Tages saßen sie aufgewühlt und völlig erschöpft zusammen. Sie waren unendlich dankbar. Abschied – Ankunft – Neubeginn. All das wurde hier vereint. Das Lager bot ihnen Unterkunft, Essen und vor allen Dingen Sicherheit.

Nachdem sie die erste Nacht seit Langem auf einer frisch bezogenen Schlafstelle verbracht hatten, begann der neue Tag für sie wie ein neues Leben. Die Zwillinge fielen, wie schon früher immer, in der Menschenmasse auf. Ein Lächeln huschte über beide Gesichter, als sie am Morgen aus ihrer Hütte traten.

Der Anblick der Menschen machte sie betroffen und traurig, doch die Schwestern versuchten, sich gegenseitig Mut zu machen. Ihr erster Weg führte sie zur Essensausgabe. Ilse brauchte dringend regelmäßige Mahlzeiten, um zu Kräften zu kommen und auch Ida hatte es dringend nötig. Doch anstatt sich anzustellen, um eine Mahlzeit zu erhalten, gingen sie an die Seite, an der das Essen durch die britischen Soldaten portioniert wurde. Sie selbst hatten nie Englisch gelernt, doch schnell war den Soldaten die Absicht der beiden Schwestern klar. Sie wollten helfen.

Dankbar für jede Hand nahmen sie ihr Angebot zuerst zögerlich an. Doch schnell wurde es zur Gewohnheit, dass beide zu jeder Ausgabe erst einmal halfen, bevor sie sich schließlich selbst anstellten. Grete war froh, dass sie etwas Sinnvolles tun konnte, bis sie einen Passierschein für die Weiterfahrt in den Westen erhielten.

Jeden und jeden Tag dachte sie an Ludwig. Womöglich war er selbst hier angekommen und sie liefen sich irgendwann über den Weg. Jeden Tag machte sie sich innerhalb des Lagers auf die Suche und versuchte, bei jedem weiteren, einfahrenden Zug einen Blick auf die unzähligen Menschen zu erhaschen.

Am dritten Tag erblickte sie eine Frau mit zwei großen Stöcken in der Hand. Dazwischen hatte sie ein Tuch gespannt, auf dem etwas geschrieben stand. Grete folgte ihr in einigem Abstand, um zu erkennen, was darauf wohl stand. Bei einer umgedrehten Holzkiste blieb die Frau stehen, kletterte darauf und breitete die Arme aus, so dass der Stoff sich spannte und die Schrift zu lesen war: »WER HAT MEINEN MANN GESEHEN? JOHANN KUNZIG«.

Grete schossen die Tränen ins Gesicht. Wie schrecklich. Wie viele dieser Frauen auf der Suche nach ihren Männern oder Söhnen waren. Nachdem sie einmal solch ein Transparent gesehen hatte, häuften sie sich von Tag zu Tag. Obwohl sie zuerst davon schockiert war, hatte sie dennoch irgendwann die Hoffnung, dass auch sie auf diese Art ihre Suche erfolgreich beenden und Ludwig in ihre Arme schließen konnte.

Sie fand ein Pappschild, das beiseite geworfen worden war und änderte einfach den Namen des Mannes auf dem Schild. Ludwig war nicht ihr Mann. Aber er war ihr Verlobter. Was machte das schon für einen Unterschied. Ob dieses Schild hier lag, weil ihre Vorgängerin erfolgreich bei der Suche war? Oder aufgegeben hatte? Wenn sie ehrlich zu sich selbst war, hatte sie nicht ein einziges Mal erlebt, dass sich auf diese Art ein Paar hier je wiedergefunden hätte. Aber aufgeben war keine Option.

So stellte sich im *Tor zu Freiheit* eine Art Tagesablauf ein, der bald zur Routine wurde. Durch ihre selbstverständliche Hilfe im Lager bekam Ida immer eine kleine extra Portion Essen auf den Teller. Sie hatte es auch wirklich nötig. Und Grete bekam hin und wieder von Sam, einem der jüngeren Soldaten, ein Bonbon für Ilse zugesteckt. Sie konnten sich nicht beklagen.

Der Spätsommer war mit seinen sinkenden Temperaturen gut zu ertragen. Oft schien die Sonne und erwärmte sanft Körper und Seele. Auch Ilse fühlte sich sichtlich wohl. Sie hatte sich mit der kleinen Martha angefreundet, die ebenfalls mit ihrer Mutter Hede und 5 weiteren Geschwistern auf die Weiterfahrt wartete. Die beiden Familien verstanden sich blendend und saßen abends oft noch zusammen, um sich zu unterhalten oder mit den Kindern gemeinsam zu singen.

Mit der Zeit hatte das Lager tatsächlich etwas Vertrautes. *Frieden* konnte man es nicht nennen. Doch wenn die Menschen abends am Feuer saßen und die alten Lieder sangen, durchströmte eine wohltuende Ruhe und ein Hoffnungsschimmer ihre Seelen.

Jeden Tag trafen Ilse und Martha sich zum Spielen, bauten mit den Bettdecken in der Unterkunft Höhlen und verbrachten eine fast unbeschwerte Zeit miteinander. Das Elend, das sie teilweise umgab, konnten die Kinder ganz gut ausblenden. Was sie nicht ausblenden konnte, waren die Auseinandersetzungen mit Marthas großem Bruder. Der Sechsjährige Fritz hatte einen Heidenspaß daran, die Mädchen zu ärgern, wann immer er konnte. Gemeinsam konnten die Mädchen sich noch verhältnismäßig gut wehren. Doch eines Morgens hatte der Junge seine Gelegenheit gefunden, Ilse ganz allein zu begegnen und sich schnell überlegt, wie er ihr eins auswischen konnte.

Beide waren auf dem Weg zum Holzhäuschen, in dem sie ihre Notdurft verrichten wollten. Fritz legte einen Endspurt hin, um schneller zu sein und schloss sich erfolgreich ein. Ilse konnte ihn durch das ausgeschnitzte Herz in der Tür lachen hören. »Beeil dich! Ich muss mal.« Das Lachen wurde nur noch lauter. Fritz hatte seine helle Freude dabei, dem kleinen Mädchen dabei zuzuhören, wie es immer verzweifelter nach ihm rief.

Ihre Verzweiflung wechselte in Wut und schließlich brüllte sie das Holzhäuschen aus Leibeskräften an: »Jetzt komm endlich raus! Ich kann nicht mehr einhalten.« Dabei kniff sie die Beine zusammen und trippelte abwechselnd von einem Fuß auf den anderen. Die Augen hatten sie vor Anstrengung ebenfalls zusammengekniffen. Bis die Erlösung kam. Jedoch kam sie nicht durch eine geöffnete Tür, sondern zu ihrer tiefen Beschämung in Form eines kleinen gelben Baches an ihrem Bein herab. Ilse weinte vor Scham und Wut und schlich sich davon, um ihr schmutziges Höschen irgendwo unbemerkt verschwinden zu lassen.

Wenn ihre Mutter mitbekommen hätte, dass sie ein Kleidungsstück einfach achtlos wegwarf, wäre sie außer sich gewesen. Ilse wusste, dass ihre Mutter zwar liebevoll, aber auch äußerst streng war, wenn es um ihre Habseligkeiten ging. Schnell hatte die Kleine unbemerkt eine neue Unterhose aus dem Koffer herausgesucht und angezogen.

Grinsend kam Fritz viel später zurück und suchte förmlich nach Ilse, um seinen Hohn in aller Form auszukosten. Sie versteckte sich in der Höhle und schaffte es für den Rest des Tages erfolgreich, ihm aus dem Weg zu gehen. Doch auf Dauer ließ sich eine Begegnung nicht vermeiden.

Als sie aufeinandertrafen, grinste Fritz ihr hämisch ins Gesicht. Ilse hätte ihm am liebsten ins Gesicht geschlagen, doch sie war viel zu klein. Außerdem wollte sie kein Aufsehen erregen und riskieren, dass ihre Mutter von ihrem Missgeschick erfuhr. Vor lauter Wut ballte sie ihre Fäuste, was Fritz nur ein weiteres, überhebliches Lachen entlockte. »Blödmann«, schrie sie ihm ins Gesicht, was bei dem um einen Kopf größeren Jungen ziemlich lächerlich ankam. Dann trat sie ihm mit all ihrer Kraft auf seinen Fuß und suchte schnell das Weite.

Für Fritz war der Vorfall am nächsten Tag erledigt, doch Ilse sollte eine Chance für ihre Rache bekommen. Es war tatsächlich ein Zufall, dass nur wenige Tage später beide wieder zur gleichen Zeit auf dem Weg zu dem einzigen Örtchen waren, das für ihren Teil des Lagers vorgesehen war. Diesmal hatte Ilse ein wenig Vorsprung. Blitzschnell rannte sie auf das Häuschen zu. Fritz, der Ilses Absicht schnell erahnte, rannte wie der Teufel hinter ihr her. Mit seinen langen Beinen hätte er sie fast erreicht. Aber nur fast. In letzter Sekunde schloss Ilse die große Tür und verriegelte sie.

Sie benötigte einen Augenblick, um wieder zu Atem zu kommen. Dann begann das gleiche Spiel – nur andersherum. Fritz versuchte zuerst, nach außen hin gelassen zu bleiben und nichts zu sagen. Doch er hatte nicht mit Ilses Ausdauer gerechnet. Wenn er nur ein kleines Geschäft verrichten müsste, wäre es halb so wild. Dann hätte er sich verbotenerweise schnell ins Gebüsch verkrümelt. Aber hier ging es um deutlich mehr. Deutlich war auch zwischenzeitlich der Druck auf seinen Schließmuskel. Seine bisherige Gelassenheit schwand irgendwann, bis er Ilse schließlich lautstark beschimpfte. »Mach doch in die Hose!«, schlug ihm Ilse mit einer unfassbaren Gelassenheit vor. Dieser Junge da draußen war schließlich fast doppelt so alt wie sie und einen ordentlichen Kopf größer und stabiler. Doch sie fühlte sich sehr sicher durch die Türe, die sie trennte und harrte aus. Bis zum Schluss. Bis Fritz und schließlich sein Schließmuskel aufgaben und sich ein brauner Streifen in seiner Hose befand.

Fritz trieb es die Tränen in die Augen. Leise schlich er sich davon und versuchte unbemerkt, seine Hose zu wechseln. Nachdem Ilse eine Weile nichts mehr gehört hatte, bemühte sie sich, aus dem Herzchen einen Blick vor das Häuschen zu werfen. Doch sie war einfach zu klein. Also entriegelte sie mutig die Tür und öffnete sie zaghaft. Ein Mädchen stand davor und schob sie gleich beiseite, um hinein zu gelangen. Ilse strahlte über das ganze Gesicht. Dem hatte sie es gezeigt. Sie würde sich von niemandem etwas gefallen lassen. Egal ob Junge oder Mädchen. Egal wie groß.

Fröhlich hüpfend erreichte sie ihre Unterkunft. Und blieb erschrocken stehen, als sie Fritz und ihre beiden Mütter mit verschränkten Armen dort stehen sah. Doch es war zu spät. Sie hatten Ilse bereits gesehen und Grete forderte sie mit ihrem Zeigefinger auf, zu ihnen zu kommen. Ein ungutes Gefühl machte sich in ihr breit.

Kein schlechtes Gewissen, nein. Fritz hatte ihre Rache verdient. Angst beschlich sie. Diesen Blick hatte sie an ihrer Mutter noch nie gesehen. Zumindest nicht ihr gegenüber.

»Was hast du gemacht?« Fritz grinste sie an. Hede und Grete standen erwartungsvoll vor ihr. »Ich war auf dem Klo.« Das war nicht gelogen und eine einleuchtende Erklärung. Sie ahnte, dass Fritz gepetzt hatte. »Du bist extra lange drin geblieben, damit ich in die Hose mache«, warf Fritz ihr nun frech entgegen.

Ilse war zu klein und zu ehrlich, um sich mit irgendeiner Geschichte herauszureden. »Ja, weil du das auch mit mir gemacht hast«, schrie sie wütend mit ihrem hohen Stimmchen zurück. Ihre kleinen Hände ballten sich in ihrer Wut zu Fäusten. Sie hoffte inständig, dass ihre Mutter ihr beistehen würde.

Doch beide sollten eines Besseren belehrt werden. Kurzerhand nahmen beide Mütter ihre Kinder und versohlten ihnen den Hintern.

Als die Familien am Abend draußen zusammen saßen und sangen, lagen die beiden Kinder in den Hütten auf ihren Schlafplätzen. Lange hatte Ilse sich nicht so allein gefühlt wie an diesem Abend. Es sollte nicht das letzte Mal sein, dass das Mädchen zerrissen war zwischen dem Wunsch, ihrer Mutter keinen Kummer zu machen und für sich selbst und ihren Gerechtigkeitssinn einzustehen.

Kapitel 11

Auffanglager Friedland, Winterbeginn 1945

Der Alltag wurde mehr und mehr überschattet von den Gerüchten, dass die russischen Soldaten weiter vordrangen. Nachts begann es bereits zu frieren und die Schwestern sehnten sich nach einem richtigen Zuhause. Es wurde Zeit, dass sie ihre Papiere für die Weiterreise bekamen.

Ida hatte sich mit einem jungen Soldaten angefreundet und hoffte, dass er ihnen helfen würde, damit alle drei einen Platz im gleichen Zug bekamen. Das Ziel war zweitrangig, solange sie nur zusammen bleiben konnten. Er versprach ihr in einem Moment der Zweisamkeit, dass er sich gerne um ihren Wunsch kümmern werde.

Als an diesem Wintermorgen die Nachricht kam, dass sie nun an der Reihe seien, sich die Transportscheine abzuholen, schöpften sie erneut Hoffnung. Nun würden sie bald ein Zuhause haben. Aufgeregt machten sie sich gemeinsam auf den Weg zur Schlange, an deren Ende sie das Papier für die Reise in ihre Zukunft erhielten.

Ida hielt Ausschau nach ihrem jungen Freund. Sie hoffte, dass er sie bereits erwartete und ihnen mit einem Augenzwinkern das ersehnte Papier überreichte. Doch schon bald erkannte sie, dass am Tisch zwei ältere Soldaten saßen. Ihren Gesichtern nach zu urteilen waren sie für Wünsche oder Diskussionen nicht offen. Grimmig nahmen sie das jeweilige Registrierungspapier entgegen, trugen etwas auf dem Transportschein ein und wuchteten einen Stempel darauf. Schnell wurden die Menschen weitergewunken, um der übermächtig erscheinenden Menschenmasse Herr zu werden.

Vorsichtig lächelnd übergab Grete ihren Registrierschein. Der Mann sah sie kurz an, ohne jegliche Regung seiner Gesichtszüge. Dann blickte er zu Ilse, die sich schnell ans Bein ihrer Mutter klammerte und seinem strengen Blick auswich, indem sie auf den Boden sah. Mit einem Knall donnerte er den Stempel auf den Schein, hielt ihn Grete wortlos hin und forderte sie gleich mit den Händen auf, Platz zu machen.

Normalerweise ernteten sie immer lächelnde Gesichter, wenn die Zwillingsschwestern erschienen, doch seine Gesichtszüge blieben regungslos. Stolz betrachtete Grete ihren Schein, der sie und ihre Ilse nach Bergisch Gladbach bringen würde. Sie war nur ein kleines Stück weiter gegangen, um auf Ida zu warten.

Diese tat es Grete gleich und überreichte ihren Schein mit einem Lächeln im Gesicht. In Sekundenschnelle hatte er ihren Namen auf das Papier gekritzelt, seinen Stempel darauf geknallt und hielt es ihr hin. Auch jetzt winkte er wieder hektisch mit den Armen, um sie zum Weitergehen zu bewegen. Schnell nahm sie ihn entgegen und hüpfte strahlend in Gretes Arme.

Erst Sekunden später stellten beide fest, dass hier etwas ganz ganz falsch gelaufen war. Das Ziel auf ihrem Zettel war nicht Bergisch Gladbach. Ihr Zug fuhr erst zwei Tage später und das Ziel war: Köln. Sämtliche Farbe wich aus Idas Gesicht. Doch sie war vor lauter Verzweiflung nicht in der Lage, sich zu bewegen.

Wieder einmal war es Grete, die einen klaren Kopf behielt und einen Versuch unternahm, noch einmal zu diesem grimmigen Offizier vorzudringen. Mit beiden Zetteln in der Hand schlich sie vorsichtig an den Tisch und wartete geduldig, bis er das Papier, das er gerade bearbeitete, abgestempelt und übergeben hatte. Mit einem einzigen, kleinen Papier und mit einem Stempel war er in der Lage, ihre ganze Zukunft zu verändern.

Ihr Englisch war nicht sehr gut, doch ein Wort genügte, um dem Mann ihren Wunsch klarzumachen: »Sisters«, sagte sie nur und deutete auf Ida, die nur wenige Meter entfernt stand und mit Gretes Worten einige Schritte auf sie zu machte. Ilse blieb brav an ihrer Hand. Grete hielt ihm die beiden Papiere hin und deutete auf die beiden Orte, die an ihrem bisherigen Weg gemessen gar nicht so weit auseinander lagen, doch für sie bedeutete, dass sie sich so schnell nicht wiedersehen konnten. Sie würden alles dafür tun, in der gleichen Stadt untergebracht zu sein.

Er schaute sich die Papiere gar nicht an. »Go!«, war alles, was er dazu sagte. Sein Blick blieb fest auf seinem Stempel geheftet. Grete versuchte, ihrer Bitte Nachdruck zu verleihen. »Bitte«, rief sie mit verzweifelter Stimme. »Please«, versuchte sie es nachdrücklicher und erst dann sah der Mann auf. Sein Blick war zornig.

Die Menschen in der Schlange schienen den Atem anzuhalten. Er stand von seinem Stuhl auf und schrie sie an: »GO NOW!« Er sagte noch mehr, doch sie verstand es nicht. Sie musste seine Worte auch nicht verstehen. Seine Reaktion war eindeutig. Schnell wandte sie sich ihrer

Familie zu und verschwand mit ihnen in ihrer Unterkunft.

Ida weinte bitterlich und stützte den Kopf an die Schulter ihrer Schwester. »Mach dir keine Sorgen. Sie werden uns nicht trennen.« »Aber wie soll das gehen?« Grete hatte einen Plan. Als sich der Zug nach Bergisch Gladbach am nächsten Tag in Bewegung setzte, war Grete nicht an Bord.

Sie hatte den ganzen Tag über versucht, jemanden zu finden, der den Transportschein mit ihr tauschte. Der für sie nach Bergisch Gladbach fuhr und ihr den Schein für Köln gab. Erfolglos. Jeder war einfach nur dankbar, eine Eintrittskarte für ein neues Leben erhalten zu haben. Sie war zu kostbar, um eine illegale Aktion zu unterstützen und zu riskieren, hier nicht wegzukommen.

Am Vorabend von Idas Abreise saßen die beiden Frauen an einem Lagerfeuer zusammen mit vielen anderen Menschen, die nun ein Ziel hatten. Unter anderem auch Hede, deren Zettel ebenfalls das ersehnte Wort *Köln* enthielt. »Kein schöner Land in dieser Zeit…«, sangen sie diesmal leise und voller Hoffnung auf einen Weg, der sie zusammenhielt. »Gott mag es schenken, Gott mag es lenken, er hat die Macht.« Wenn er morgen bei ihnen ist, dann würde ihr Plan funktionieren.

***

Beide hatten den roten Wollpulli angezogen. Sie hatten keine gleichen Jacken, der Pulli müsste genügen, um ihr Vorhaben zum Erfolg zu bringen. Lang war die

Schlange vor dem Zug. Viel Geduld war nötig, die beide Frauen kaum aufbringen konnten. Ida war ganz schlecht vor lauter Aufregung. Mit ihrem Papier konnte heute eine Frau in dem Zug Richtung Köln Platz nehmen.

Das erste Problem war, Ilse unterzubringen. Die einzige Möglichkeit, sie unbemerkt hineinzuschmuggeln, war der Gepäckwagen. Der Riegel Schokolade, den Ida von ihrem jungen Soldaten einmal zugesteckt bekam, wurde an diesem Tag unbezahlbar. Er war die Eintrittskarte für Ilse, sich inmitten der ganzen Koffer zu verstecken. Es war immer der gleiche Mann, der den Gepäckwagen unter Aufsicht bestückte. In der Minute, als der Soldat, der ihn beaufsichtigte, verschwand um auszutreten, sprang Grete aus dem Gebüsch und hob die Kleine hoch in den Wagen.

Sie hatte ihrer Tochter eingetrichtert, dass sie – egal, was auch passierte – zwischen den Koffern hocken bleiben muss, bis sie oder Ida kämen, um sie abzuholen. Auch wenn die Angst sie zerfraß, würde Ilse sich nicht wagen, sich irgendwo andershin zu bewegen.

Lächelnd nahm der alte Mann den Schokoladenriegel entgegen. Er wünschte ihnen alles Glück der Welt. Schnell drückte Grete ihrer Tochter einen festen Kuss auf die Stirn und verschwand so schnell, wie sie gekommen war, im Gebüsch. Sie wünschte sich so sehr, dass sie bei ihrem Kind bleiben könnte, um ihm die Angst zu nehmen. Aber es war unmöglich.

Unbemerkt gelangte Grete in die Menschenmasse neben dem Zug und versuchte, Ida hinter einer Scheibe zu erblicken. Sie hatten vereinbart, dass Ida mit dem großen

Koffer durch die Abteile bis ans Ende des Zugs ging und dort versuchte, ihr den Transportschein durch ein Fenster zu geben. Unter dem Vorwand, dass sie noch einmal draußen war, dürfte es ganz problemlos funktionieren, dass sie wieder den Zug bestieg. Soweit die Theorie. Womit sie nicht gerechnet hatten, war die Tatsache, dass die Fenster verriegelt waren.

Verzweifelt erblickte Ida ihre Schwester dort draußen. Erwartungsvoll stand Grete unter dem Fenster. Bis ihr klar wurde, dass es keine Möglichkeit gab, an den Transportschein zu gelangen. Die Schlange lichtete sich. Immer mehr Menschen waren jetzt bereits im Zug. Unablässig kreisten Gretes Gedanken um eine Idee, wie sie hineingelangen könnte. Jetzt verlor sie nicht nur ihre Schwester. Auch ihr Kind war in diesem Zug und würde – egal was käme – auch dort bleiben.

Nur eine Handvoll Menschen stand noch vor dem Zug. Ein lautes Pfeifen ertönte. Es signalisierte, dass der Zug sich in Kürze auf den Weg machte. Grete war nach und nach mit zum ersten Wagen aufgerückt, unschlüssig, wie sie hineinkommen konnte. Vielleicht sollte sie es ohne das Papier versuchen und darauf bauen, dass man sich an ihr Gesicht und ihren roten Pullover erinnerte. Ihr vermeintliches Gesicht, das eigentlich Idas Gesicht war. Ein fast aussichtsloses Unterfangen. Sie hätte nur eine einzige Möglichkeit, es zu versuchen.

Nur noch zwei ältere Männer, eine Frau und ein Junge von 10 Jahren standen vor der Tür des Abteils. Sobald diese vier drinnen wären, würde der Zug sich in Bewegung setzen. Grete versuchte, sich wie selbstverständlich hinter die vier zu stellen. Doch sie wurde von einem Soldaten aufgehalten. »Paper?«, fragte er wohl zum hundertsten Mal an diesem Morgen und hielt die Hand auf. »Ich war schon drin, hab nur etwas vergessen«, versuchte Grete zu erklären.

Der junge Mann schüttelte den Kopf. »Paper!«, forderte er sie erneut auf und Grete tat so, als würde sie in ihren Taschen kramen. Dann nahm sie ihren Rucksack ab und öffnete ihn. Wühlte ein wenig darin herum und bat ihn wieder um Einlass. »Please!« Ihre eindringlichen Worte beeindruckten den jungen Mann nicht.

Plötzlich kam wie aus dem Nichts der kleine Fritz aus dem Zug geschossen und lief direkt an ihr vorbei. Völlig überrascht sah sie ihm nach. Auch der junge Soldat beobachtete verwirrt die Situation, denn sogleich sprang auch Hede aus dem Zug und folgte ihrem jüngsten Sohn. Im Vorbeilaufen steckte sie Grete etwas in die Hand. Völlig überrumpelt von der Situation fiel das Stück Papier auf den Boden.

Dann überschlugen sich die Ereignisse. Der Zug setzte sich in Bewegung. Erst noch behäbig. Schnell hatte Hede ihren Sohn eingeholt, der irgendetwas ergriff, das auf dem Boden lag. Sie lief mit Fritz auf dem Arm schnell zum Zug und sprang hinein. Hede stand nun in der offenen Tür und sah Grete eindringlich an. Mit Tränen in den Augen bückte sich Grete hinab und faltete schnell den Zettel, der nun neben ihrem Rucksack lag, auseinander. Der Zug entfernte sich Meter um Meter.

Die Tränen tropften auf das Papier und verwischten die Schrift, die Grete nur schwer entziffern konnte: Köln.

Schnell winkte sie mit dem Zettel vor den Augen des Soldaten und wartete ungeduldig auf seine Zustimmung. Viel zu lange brauchte der Soldat, um das Papier zu prüfen und ihr schließlich gönnerisch zuzunicken, dass sie nun einsteigen könnte, falls sie es denn noch schaffen würde.

Mit dem Zettel in der Hand packte sie so schnell sie konnte, ihren offenen Rucksack unter den Arm und lief so schnell es ihre Beine zuließen. Sie konnte kaum Schritt halten mit dem Tempo, das der Zug mittlerweile aufgenommen hatte. Immer wieder dachte sie, sie hätte die Stufe erreicht, um im letzten Augenblick den erlösenden Schritt nicht zu schaffen. Hände reichten aus der Tür, um ihr zu helfen.

Im wirklich letzten Augenblick ergriff sie eine Hand, die mit aller Kraft an ihr zog. Grete stolperte regelrecht mit einem Fuß auf die unterste Stufe und fiel dabei fast zurück auf den Boden. Die Hand, die sie hielt, zog sie ein weiteres Stück hinauf, so dass sie endlich mit den Knien auf der Stufe dort zusammenbrach. Tränen der Erlösung liefen über ihr Gesicht und sie war nicht in der Lage, von diesen Stufen aufzustehen, bis Hede und ein älterer Mann ihr auf die Beine halfen. Im Inneren des Wagens angekommen, sank Grete erneut zu Boden und weinte hemmungslos.

Gott mag es schenken, Gott mag es lenken, er hat die Macht. Ida saß am Ende des Zuges auf ihrem Sitz und weinte ebenso hemmungslos. Sie hatte am Fenster beobachtet, wie Grete erfolglos versucht hatte, den Soldaten zu überreden, ihn hineinzulassen. Wie Hede mit Fritz nach vorne gelaufen war, um ihr zu helfen. Als der Zug sich in Bewegung setzte, verlor sie den Blickkontakt. Verzweifelt hatte sie den Kopf in ihren Händen vergraben und malte sich aus, was nun aus ihrer Schwester würde.

Der Transportschein für Bergisch Gladbach war verfallen. Einen neuen würde sie nicht erhalten. Und die kleine Ilse wartete im Gepäckwagen. Die Gedanken überschlugen sich. Bis zwei Hände ihre Handgelenke umfassten und ihre Hände von ihrem Gesicht lösten. Noch bevor sie sie durch den Schleier aus Tränen erkannt hatte, nahm Grete ihre Schwester so fest in den Arm, dass beide kaum Atem holen konnten. Ihre gesamte Gefühlswelt entlud sich in diesem Augenblick in Tränen und Lachen und in Schreien aus Verzweiflung und Freude.

***

Sobald es ging, hatte Grete ihre kleine Tochter aus dem Gepäckwagen befreit. Doch eine turbulente und aufregende Fahrt stand ihnen bevor, während der Ilse immer wieder versteckt werden musste, bis sie an ihrem endgültigen Ziel angekommen waren.

Es gab geplante Pausen, bei denen die Passagiere ihre Notdurft verrichten konnten. Anschließend wurden sie wieder gezählt. Grete versteckte sich bei dieser Gelegenheit mal im Gepäckwagen, mal unter einem Sitz, verborgen von den Menschen, die mit in ihrem Abteil saßen. Den Zug verlassen konnten die Schwestern nur abwechselnd, da es nur diesen einen Transportschein gab. Doch das konnten sie gut aushalten. Weniger gut aushalten konnten beide, dass sie es nicht schafften, die Tasse Bouillon und das trockene Brötchen, das für jeden Passagier vorgesehen war, zweimal zu erschwindeln. Man konnte sich an Idas Gesicht und den auffallenden roten Pulli erinnern.

Als dann Grete in der Schlange stand, schickte man sie erbost fort, da man vermutete, sie würde unrechtmäßig eine zweite Portion erhalten wollen. Somit blieb den beiden Frauen und Ilse als Mittagsmahlzeit nur eine einzige Tasse Brühe und ein einziges Brötchen. Sie durften nicht riskieren, aufzufallen und womöglich doch noch getrennt zu werden.

Immer wieder gab es auch ruhige Phasen, in denen Ilse bei ihrer Mutter bleiben konnte. Oft saß sie zu ihren Füßen auf dem Boden des Abteils mit den anderen Kindern. Nachdem sie einmal aus dem Gepäckwagen heraus war, machte sie überhaupt keinen verängstigten Eindruck mehr. Im Gegenteil. Grete hatte es tatsächlich geschafft, dass ihr Liebling darauf vertraute, was ihre Mutter ihr sagte. Dass alles gut werden würde.

Ein kleines Mädchen von zwei Jahren saß neben ihr auf dem Boden und begann plötzlich bitterlich zu weinen, weil ihre Mutter sich ebenfalls zur Essensausgabe aufgemacht hatte. Ilse nahm das Mädchen auf ihren Schoß und tröstete sie: »Mama kommt. Alles wird gut!« Die Zwillinge lächelten, als sie die Kinder beobachteten und Grete war glücklich, dass sie solch ein liebevolles und starkes Mädchen hatte. Und Fritz? Ilse betrachtete den Jungen immer noch nicht als ihren Freund. Schließlich war er Schuld an der Tracht Prügel. Doch sie hatte zumindest stillschweigend Waffenstillstand mit ihm geschlossen. Sie ahnte nicht, dass ihr Zusammensein nur ihm zu verdanken war. Das sollte sie erst viel später erfahren.

Neben den geplanten Unterbrechungen gab es unerwartete. Der Zug wurde von Soldaten angehalten und kontrolliert. Oder ein Luftangriff zwang ihn zu einem Stopp. Man konnte nie wissen, wann die nächste gewaltsame Unterbrechung der Fahrt folgte und konnte nie wirklich zur Ruhe kommen.

Am Tag vor Heiligabend wurde der Zug erneut langsamer. Die Menschen, die zwischenzeitlich vor Erschöpfung kaum noch aufrecht sitzen konnten, fragten sich, wo sie nun Halt machten. Die Blicke aus den Fenstern gaben keinen Aufschluss über ihren Aufenthaltsort. Die bedrohlich wirkenden Ruinen der Häuser sahen in jeder Stadt gleich aus. Unsicher nahmen die Schwestern ihre Rucksäcke, als sie aufgefordert wurden, den Zug zu verlassen. Noch in der Tür des Zuges erblickten sie das eindrucksvolle Gebäude, das sie bislang nur aus Büchern kannten. Den Kölner Dom. Sie hatten tatsächlich ihr Ziel erreicht.

Doch es blieb keine Zeit zum Verweilen. Gleich wurden sie weitergeleitet und in die kleinen Bummelzüge gesteckt, die sie an ihr endgültiges Ziel bringen sollten: Meckenheim. Schnell hatten Ida, Grete und Hede ihre Kinder und Habseligkeiten untergebracht und saßen aufgeregt in der Bahn, die sie in ihre neue Heimat brachte. Doch nach Heimat sah die kleine Stadt nicht aus. Der größte Teil war genau so zerstört wie Köln. Hier hatten im Frühjahr derart heftige Luftangriffe stattgefunden, dass kaum noch ein Stein auf dem anderen war.

Trotz all dieser schrecklichen Bilder versuchten die Frauen, einen Funken Mut und Hoffnung zu bewahren. Sie hielten sich fest an den Händen und lächelten sich an, als sie am Bahnhof in Meckenheim die Bauern mit ihren Fahrzeugen sahen. Diese Menschen brachten sie nun nach Hause.

Kapitel 12

»Tut mir leid, darauf sind wir nicht vorbereitet.« Die Worte des Bauern Schenk machten sich wie Gift in Gretes Brust breit. »Eine kann bleiben.« Damit deutete er auf Ida. Es würde ohnehin schwierig, einen Tag vor Heiligabend eine Unterkunft zu finden. Dass alle drei zusammen bleiben konnten, wäre zu schön um wahr zu sein. Wie konnten sie nur so naiv sein, dies zu glauben.

Dann wandte sich der Bauer an Grete: »Arbeiten kannst du von mir aus hier. Nach Weihnachten.« Grete nickte mutlos mit dem Kopf. Nun stand sie da. Ihre Habseligkeiten waren im großen Koffer, der neben Ida stand. Die kleine Ilse sah sie fragend an. »Wo soll ich denn jetzt eine Unterkunft finden?« »Ich weiß es auch nicht. Versuchen Sie es im Dorf. Ich glaube, der Sohn von Muchs ist noch nicht zurück. Vielleicht haben die Platz. Das ist das Lebensmittel-Geschäft. Oder was davon übrig ist.« Wieder nickte Grete stumm mit dem Kopf.

»Hätten Sie einen Koffer für uns? Oder einen Beutel?« Nun war Ida es, die die Initiative ergriff. Flink öffnete sie den Koffer und entnahm alle Dinge, die ihr gehörten. Schloss den Koffer wieder und gab ihn ihrer Schwester. »Versuch es bitte bei der Familie Much, Grete. Und wenn sie euch nicht aufnehmen, dann kommt zurück. Vielleicht könnt ihr dann für eine Nacht hier bleiben.«

Ohne eine Antwort nahm Grete den Koffer in die eine Hand, ihre Tochter an die andere und begann schweren Schrittes, durch den Schnee in Richtung des Dorfkerns zu stapfen.

Eine Geschichte ging ihr durch den Kopf. Eine Geschichte, die sich vor 1946 Jahren zugetragen hatte. Man hatte dem Paar einen Tag vor dem Heiligen Abend eine Unterkunft verweigert. Sie war zwar nicht schwanger, doch der Weg, den sie hinter sich hatte, war mit Sicherheit ebenso hart gewesen und der Weg, der vor ihr lag, war ungewiss.

Dann schalt sie sich selber, solche Vergleiche zu ziehen. Sie konnte sich nur daran erinnern, wie unbarmherzig sie die Menschen fand, die eine Frau kurz vor der Niederkunft abwiesen. Doch andererseits waren diese Menschen hier ebenso an der Grenze dessen, was sie zu leisten imstande waren.

Das beschädigte Haus war gut an der Beschriftung des Schaufensters erkennbar. *Lebensmittel Much*. Sie sahen ein schwaches Licht durch das Fenster im Erdgeschoss und Grete drückte auf den Klingelknopf. Um etwas bitten zu müssen fiel ihr unendlich schwer. Es dauerte eine Weile, bis sich die Tür öffnete.

Beim Anblick des großen Mannes wich sie automatisch ein kleines Stück zurück. Nicht aber Ilse. Sie blieb fest vor ihm stehen und selbst seine schwarze Augenklappe schüchterte die Kleine nicht ein. Erwartungsvoll sah sie dem stattlichen Mann ins Gesicht. Nach einigen Sekunden der Stille, während der der Mann seine Augen fest auf die Kleine geheftet hielt, unterbrach Grete das Schweigen. Inzwischen erschien auch eine zierliche Frau im Türrahmen.

»Wir sind auf der Suche nach einem Zimmer. Bauer Schenk meinte, Sie könnten uns vielleicht helfen.« In

Gedanken ging Grete schon weiter durch das Dorf und war der Verzweiflung nahe. Was sollte sie tun, wenn niemand sie hier haben wollte. Dieses kleine Stück Papier, das sie hierher gebracht hatte, war so hart erkämpft gewesen. Sollte das alles umsonst gewesen sein?

»Unser Klaus ist noch nicht heimgekommen. Solange können Sie sein Zimmer haben.« Gretes Gesicht erhellte sich. »Verstehen Sie mich nicht falsch. Wir hoffen natürlich, dass unser Sohn bald nach Hause kommt und dann müssten Sie sich etwas Neues suchen.« Natürlich wünschte Grete dem Ehepaar, dass ihr Kind bald wohlbehalten aus dem Krieg zurückkehrte. Doch für heute war sie einfach froh, ein Dach über dem Kopf zu haben. Mit wenigen Handgriffen hatten sie Klaus′ persönliche Dinge ausgeräumt und nur das Bett und einen Schrank im Zimmer gelassen. »Morgen werden wir Ihnen einen Ofen hineinstellen, mit dem Sie heizen und kochen können.« Grete konnte ihr Glück kaum fassen.

Sie war so erschöpft von den Strapazen der Reise, dass sie nur das Nötigste aus dem Koffer nahm und sich gleich mit Ilse in das Bett legte. Zwar hatten sie eine Bettdecke, doch diese war nicht sehr dick. So hatte sie Mühe, ihrer kleinen Ilse genügend Wärme zu geben, um endlich einschlafen zu können. Sie drückte den unterkühlten Körper des Mädchens eng an ihren und konnte es nicht erwarten, morgen den Ofen zu heizen und einen wohlig warmen Raum zu haben an Heiligabend.

Früh war Grete wach und kleidete sich an, um dem Ehepaar Much beim Hinauftragen des schweren Ofens zu helfen. Bestücken musste sie ihn allein. Doch zuerst musste sie zu Ida eilen. Sie würde bestimmt umkommen vor lauter Sorge, ob jemand sie aufgenommen hatte. Das kleine bisschen Wärme, das Ilse in der Nacht aufgetankt hatte, schwand, sobald sie die ersten Schritte durch den Schnee gingen. Völlig durchgefroren kamen sie auf dem Bauernhof an.

»Grete, Gott sei Dank! Da bist du ja.« Ida schlang die Arme um ihre Schwester und drückte sie fest an sich. Beim Anblick ihrer blassen Nichte sprudelte es sofort aus ihr heraus: »Ich hab so ein dickes, warmes Federbett.« Und an Bauern Schenk gewandt: »Können wir die Kleine hineinlegen, zum Aufwärmen?«

Dieser schien alles andere als begeistert. Man sah ihm an, dass er befürchtete, fortan die ganze Familie versorgen zu müssen. »Das eine Mal, ja«, räumte er gleich alle Zweifel aus dem Weg. »Aber ich brauch dich gleich hier unten zum Arbeiten.«

Dankbar liefen sie hinauf ins Idas Zimmer und packten die Kleine in das dicke Federbett. Sie war kaum wiederzufinden unter diesem wuchtigen Teil, doch wie erhofft wurde ihr schnell warm und sogleich fiel die Kleine in einen erholsamen Schlaf.

In die weiß gefrorenen Fingerspitzen und Zehen kam langsam die Farbe zurück. Die Schwestern setzten sich ans Kopfende des Bettes – des einzigen Möbelstücks in Idas Zimmer - und ließen vorsichtig ihre kalten Beine unter die warmen Federn gleiten. Glücklich betrachteten sie das friedlich schlafende Kind. Grete nahm Idas Hand in ihre. Seit sehr sehr langer Zeit machte sich ein Hauch von Frieden in ihrem Herzen breit. Gleichzeitig schien eine große Last von ihrer Seele zu fallen. Als sie Ida in die Augen sah, liefen ihr unwillkürlich die Tränen über das Gesicht. Sie brauchten nichts zu sagen. Sie dachten dasselbe. Wie so oft. Sie waren dankbar, dass sie Hunger, Angst, Schmerzen und alle Schrecken, die dieser Krieg mit sich brachte, überlebt hatten. Sie waren angekommen. Unverletzt. Zumindest körperlich nahezu unversehrt.

Lange saßen sie still in dieser Vertrautheit. Nur das leise Atmen des Kindes war zu hören. Und hin und wieder das Schnäuzen in ein Taschentuch. Unten hörten sie den Bauern Holz hacken. Es würde nicht mehr lange dauern und er würde Ida rufen, damit sie ihrer Pflicht nachkam. Daher versuchten sie, einen letzten, ruhigen Augenblick zu genießen.

»Denkst du, unseren Eltern geht es gut?« Diese Frage hatte sich Grete so oft in den letzten Wochen gestellt. »Ich hoffe es«, antwortete Grete. »Gleich morgen werde ich einen Brief schreiben und ihnen mitteilen, dass wir angekommen sind. Ich hoffe, wir bekommen dann bald eine Antwort.«

Da sie das Kind so lange wie möglich liegen lassen wollten, zogen sie behutsam ihre Beine unter dem Federbett hervor und bewegten mühsam ihre geschundenen Knochen. »Ich habe noch etwas zwischen meinen Sachen gefunden.«

Ida nahm den Beutel, in dem immer noch ihre Habseligkeiten lagen und nahm ein Stofftaschentuch heraus. Grete faltete es auseinander und fand darin: die Libellenspange. Fast hätte sie dieses kostbare Geschenk vergessen. Sie war so dankbar, dass sie gerade in diesem Augenblick Ludwigs Geschenk wieder in den Händen halten konnte und beschloss, es ihrer kleinen Tochter heute Abend als eine Art Weihnachtsgeschenk zu geben. Selbst wenn sie in diesem Jahr kein anderes Geschenk für ihre Tochter hatte. Das Leben war Geschenk genug.

Als sie später am Tag zurückkehrte, bot sie Frau Much ihre Hilfe an. Doch diese wehrte dankend ab und schlug ihr vor, sich heute nur um ihr Kind zu kümmern und darum, dass sie es warm und ein wenig gemütlich hatten an diesem Abend. Sie erlaubte ihr sogar, dass Ida den Abend mit in ihrem Zimmer verbringen durfte. Grete hatte gehofft, mit ihrer angebotenen Arbeit vielleicht einige Lebensmittel zu erhalten, damit sie wenigstens an Weihnachten nicht nur ein kleines Stück Brot teilen mussten. Doch sie wollte nicht noch einmal nachfragen. Irgendetwas würde sich finden. Ida wurde bei Schenk versorgt. Vielleicht konnte sie etwas abzwacken.

An diesem kalten Nachmittag hatte Grete gerade genügend Holz hacken können, um es für heute Abend und den ersten Weihnachtstag warm zu haben. Und vielleicht einen Tee zu kochen. Ilse machte es sichtlich Spaß, kleine, trockene Äste zu sammeln.

»Mama, guck mal, Tannenzapfen.« Das Mädchen erfreute sich an solch kleinen Dingen und Grete war dankbar dafür. »Darf ich die mitnehmen?« Ihre Mutter lächelte. »Sicher. Aber nur so viele, dass du auch die Äste noch tragen kannst.« Aufgeregt lief die Kleine hin und her und suchte den Boden nach Schätzen ab. Sie stopfe ihre Jackentaschen so voll sie nur konnte. Vier Walnüsse, die sie noch gefunden hatte, hielt sie umständlich in ihren kleinen Fingerchen, während die Äste in ihren schmalen Armen lagen. Bei jedem Schritt fürchtete sie, etwas fallen zu lassen und biss sich vor Anstrengung auf die Unterlippe. Wie erleichtert sie war, als sie Zuhause angekommen, alles auf den Boden fallen lassen konnte.

Ilse fühlte sich sofort zuhause bei dieser Familie. Und sie freute sich auf diesen Heiligabend. Sie half ihrer Mutter, das Feuer im Ofen anzuzünden und die Wärme strahlte gleichermaßen aus ihrem Gesicht. »Grete.« Die Stimme klang freundlich und erwartungsvoll. »Ich komme«, antwortete sie gleich und schnell sprang Ilse vom Stuhl auf.

Am unteren Ende der Treppe stand Frau Much mit einem kleinen, quadratischen Holztisch. Dankbar lief Grete hinunter und half ihr, Tisch und zwei Stühle hinauf zu tragen. Und das war noch nicht alles. Sie fühlte sich wie bei der Bescherung. Als Frau Much mit Ilse an der Hand wieder vor ihrer Zimmertür stand, hatte sie zwei Töpfe in der Hand, zwei Teller und zwei Tassen. Eine blaue Tontasse und eine graue Tontasse.

Was früher so selbstverständlich war, bedeutete heute für sie ein großes Geschenk. Dankbar stellte Grete das Geschirr auf den Tisch. Ilse hüpfte fröhlich durchs Zimmer und nahm einige der Tannenzapfen vom Boden auf. Liebevoll dekorierte das Kind den Esstisch damit. Früher gehörten Tannenzweige und Kerzen mit zur Weihnachtsdekoration. Als Grete an den festlich geschmückten Weihnachtsbaum mit den goldenen Kugeln und dem Engel in der Spitze dachte, erfüllte sie ein Gefühl von

Wehmut. Doch diese Form von Luxus gehörte nicht in diese Zeit. Es war nur noch Erinnerung. Völlig ungewiss, ob sie so etwas jemals wieder erleben würde.

»Hast du Lust, im Wald ein paar Tannenzweige abzuschneiden?« Begeistert nahm Ilse die Hand ihrer Mutter. »Ja, jetzt!« Grete lieh sich ein scharfes Messer und machte sich erneut mit Ilse auf den Weg. Sie nahm ihre Kleine auf den Arm. »Du weißt, heute ist Heiligabend.« Ilse nickte mit dem Kopf. Ihr Lächeln versiegte, denn sie befürchtete aufgrund der ernsten Tonlage ihrer Mutter schlechte Nachrichten.

»Leider wird es in diesem Jahr keine Geschenke geben.« Wieder nickte das Kind mit dem Kopf. Ihre Mutter hatte ihr beigebracht, niemals die Hoffnung aufzugeben. Sie hatte tatsächlich insgeheim gehofft, dass das Christkind sie auch an diesem Ort fand. Ihre Augen wurden feucht, obwohl sie ihrer Mutter die Enttäuschung eigentlich nicht zeigen wollte. Grete war klar, dass ein Kind von 4 Jahren nicht verstand, was eigentlich wichtig war. Sie versuchte trotzdem, ihr Verständnis zu erhalten. »Unsere Familie ist das wichtigste Geschenk. Dass wir beide und Ida zusammen sind.« Ilse nickte traurig. »Und heute Abend beten wir dafür, dass Papa auch bald gesund bei uns ist.« Wieder nickte das Mädchen stumm. Doch ihre Gedanken schweiften ab.

Sie hörte gar nicht mehr, was ihre Mutter sagte. Sie dachte zurück an Oma und Opa. An Tante Marie. An ihre Cousinen und ihren Cousin. Sie wollte heute bei ihnen sein. Und konnte nicht wirklich verstehen, warum es so schön sein sollte, weit weg von allen und allein hier an diesem Ort zu sein. Ohne Weihnachtsgeschenke. Ohne einen Weihnachtsbraten mit Knödeln und Rotkohl. Ohne Schokoladenpudding.

Als ihre Mutter sie wieder hinabließ, spürte Ilse neben der Einsamkeit noch etwas anderes: Hunger. Die Gedanken an das Festmahl machten ihr dieses Gefühl noch stärker bewusst. Doch sie wusste, dass es keinen Sinn machte, zu fragen. Wenn sie Ida abgeholt hätten, würden sie sicher zusammen etwas zu Essen haben.

Vielleicht gab es heute etwas, um ein Stück Brot zu belegen. Das wäre schon eine willkommene Abwechslung zu den letzten Mahlzeiten. Tatsächlich verbesserte sich die Stimmung, als Ida zu ihnen stieß und sie gemeinsam, Hand in Hand, den Rückweg in den Ort antraten. Ida hatte eine Tasche dabei, die wirklich neben einigen Scheiben Brot auch ein Stück Käse enthielt. Ilse konnte es riechen. Sie sangen auf dem Weg und schwangen die Kleine in die Höhe. »Engelchen fliiiiieg«, riefen sie immer wieder.

Die Tannenzweige legten sie mit in Idas Tasche. Dabei erblickte Ilse ein Buch. Ein Glücksgefühl machte sich in ihr breit. Sie hatte es geliebt, wenn ihre Großmutter oder Marie ihr vor dem Schlafengehen etwas vorgelesen hatten. Oder ihre Mama bei einem der seltenen Besuche. Es war der Höhepunkt des Tages und es würde der Höhepunkt des Weihnachtsfestes werden.

Freudig klingelten sie an der Tür. Es dauerte nicht lange, bis Herr Much ihnen öffnete. Ida erschrak zuerst bei seinem Anblick, doch schnell bemerkte sie, welch großes Herz dieser Mann hatte. Er drückte den Frauen die Hand und wünschte ihnen ein schönes Weihnachtsfest. Dann nahm er einen kleinen Schemel, der neben der Tür stand und drückte ihn Ida in die Hand. So konnten sie alle an Gretes Tisch Platz nehmen. Frau Much erschien kurz darauf mit dicken Topflappen in den Händen und einem kleinen Kessel dazwischen.

»Frohe Weihnachten», sagte sie mit sanfter Stimme und lächelte die Schwestern an. »Sie gleichen einander ja tatsächlich wie ein Ei dem anderen.« Grete wusste gar nicht, was sie sagen sollte und wollte die gute Frau einfach nur in den Arm nehmen. Doch der heiße Topf verhinderte dies. Schnell stellte sie ihn auf den Schemel, den Ida noch einmal abgestellt hatte und ließ sich von beiden in den Arm nehmen.

Nun drückte sie auch das Mädchen an sich und wünschte ihr von Herzen ein schönes Weihnachtsfest. Ilse schlang ihre dünnen Ärmchen um ihren Hals und ließ sich einen Kuss auf die Wange geben. Sie konnte es gar nicht erwarten, den Deckel dieses verheißungsvollen Kessels abzunehmen. Den Schwestern ging es genauso, doch sie wollten nicht unhöflich oder undankbar sein. Schließlich gingen sie die schmalen Stufen zu ihrem Zimmer hinauf und stellten erst einmal den Topf auf den noch warmen Ofen und legten Taschen, Mäntel und Mützen ab.

Die Handschuhe ließ Grete an, um den Deckel zu lüften. Schnell standen Ida und Ilse neben ihr, um in den Topf zu sehen. Heißer Dampf schlug ihnen ins Gesicht und bald danach der Duft der köstlichsten Hühnersuppe, die sie je gesehen hatten. Keine dünne Brühe, wie sie sie im Zug bekommen hatten. Nein. Sie sahen üppige Einlage aus festem Hühnerfleisch, Möhren, Porree, Sellerie und Nudeln. Alle drei konnten es kaum erwarten, diese wertvolle Mahlzeit zu sich zu nehmen. Schnell machten sie den Tisch bereit, legten noch die duftenden Tannenzweige dekorativ auf den Tisch und Grete staunte nicht schlecht, als Ida aus ihrer Tasche neben dem Buch auch noch eine kleine, gelbe Kerze aus Honigwachs hervorzauberte. Das war ihr Weihnachtsgeschenk vom Bauern Schenk.

Wieder einmal musste Grete die Tränen zurückhalten. Schnell wischte sie sich mit dem Ärmel über die Augen und bückte sich, um Holz nachzulegen. Heute sollten sie es richtig warm haben. Ein Stück Rinde hatte sich vom Holzscheit gelöst und Grete nahm es, um die kleine Kerze darauf zu stellen. Schließlich nahm sie das Taschentuch samt kostbarem Inhalt und legte es hinter die Tannenzweige.

Feierlich nahmen nun alle am wirklich gemütlich aussehenden Tisch Platz. Alle reichten einander die Hände, zunächst wortlos. Zeitgleich begannen beide Schwestern, die zierliche, kühle Hand der Kleinen zu streicheln. Und genauso zeitgleich fingen beide an, zu lachen, und mit den Händen auf und ab zu schwingen, wie sie es selbst schon als Kinder im Kreise der großen Familie getan hatten. Mit einem Kopfnicken als Zeichen riefen sie laut in die Runde: »Guten Appetit«. Nur die Kleine hatte mit etwas anderem gerechnet und rief lauthals mit ihrem hohen Stimmchen »Frohe Weihnachten.«

»Ja, natürlich, frohe Weihnachten«, rief Grete gleich und lachte aus vollem Herzen. Dann schob sie der Kleinen das Taschentuch hin. Mit großen Augen nahm Ilse es entgegen und war überrascht, nun doch ein Weihnachtsgeschenk zu erhalten. Aufgeregt öffnete sie das schöne Tuch und sah ihr Geschenk. Wie gerne hätte Grete ihrer Tochter erzählt, dass es ein Geschenk ihres Vaters ist. Doch sie wollte den Zauber des Weihnachtsfestes und ihren Glauben an das Christkind nicht zerstören. Nicht jetzt. Irgendwann würde sie es ihrer Tochter sagen.

»Wie schön.« Ilses Begeisterung kam aus vollem Herzen. Sie strahlte über das ganze Gesicht. Überglücklich versuchte sie etwas ungeschickt, diese in ihrem Haar zu befestigen. Schließlich half Grete ihr dabei, nahm eine lockige Strähne ihres roten Haares aus dem Gesicht und befestigte sie seitlich mit der Spange. Sie strich ihrer Tochter über die Wange. »Sehr hübsch bist du.«

»Hast du einen Spiegel?« Zu gerne wollte Ilse die Spange in ihrem Haar sehen. »Leider nicht.« Sie versuchten, ihr Spiegelbild in dem kleinen Fenster zu sehen, doch das genügte Ilse nicht.

»Ich geh runter und frag Frau Much. Ilse wollte schon aufspringen, doch ihre Mutter erwiderte mit entschlossener Stimme: »Erst essen wir die Suppe, solange sie heiß ist.« Ida faltete die Hände, bevor sie mit dem Essen begann und betete laut: »Komm Herr Jesu, sei unser Gast und segne, was du uns bescheret hast.« »Amen«, stimmte nun auch Grete mit ein und dann wurde jeder Löffel der köstlichen Suppe nahezu zelebriert.

Ilse schmeckte die Suppe gut, ebenso wie Brot und Käse, den Ida dazu reichte. Doch es konnte ihr nicht schnell genug gehen, das Essen zu beenden. Grete jedoch war nicht aus der Ruhe zu bringen. Viel zu kostbar war dieses Essen. Es war nicht einfach eine Mahlzeit. Es war viel mehr.

Andererseits verstand sie die Ungeduld ihres Kindes und erlaubte schließlich, dass die Kleine hinab laufen durfte. Als Ilse die Zimmertür öffnete, stieß sie einen Schrei aus. »Mama.« Erschrocken sprang Grete auf und lief zur Tür, in der Ilse immer noch stand und ungläubig auf den Boden sah. Sie rechnete schon mit einer fetten Spinne, die auf dem Boden saß oder womöglich einer Ratte.

Niemals wäre ihr in den Sinn gekommen, was sie dort auf dem Boden vorfand: Ein Teller mit hellbraunen, süßlich duftenden Weihnachtsplätzchen und eine wunderschöne Puppe, mit geflochtenen Zöpfen aus echtem Haar und in einem nicht mehr ganz weißen, leichten Kleid, das weit über die Füße hinabging. Die Puppe sah etwas verloren aus in diesem viel zu langen Kleid, doch das machte ihren Anblick umso schöner.

»Danke liebes Christkind«, flüsterte die Kleine. Ilse kniete sich ungläubig neben den Teller und nahm die Puppe vorsichtig in die Hand. Sie strich mit ihren Fingern über den Zöpfe, den weißen Stoff und über die kühle, glatte Wange. Dann drückte sie das Geschenk fest an ihre Brust. Ihre Spange war auf der Stelle vergessen. Grete kniete sich neben ihre Tochter und nahm sie in die Arme. Sie durfte nicht schon wieder Tränen vergießen, also bemühte sie sich um Fassung und nahm schließlich den Teller vom Boden auf und ging mit Ilse zurück ins Zimmer.

Ilse war wie in einer anderen Welt. Sie hatte es sich auf dem Bett gemütlich gemacht und spielte mit ihrer Puppe. Nachdem die Schwestern aufgeräumt und in einer Schüssel das Geschirr gespült hatten, setzten sie sich zu Ilse aufs Bett.

Zwei Becher mit Tee, Plätzchen und das Buch nahmen sie mit. Die Suppe hatte bereits ihre Wirkung getan. Der Biss in das erste Weihnachtsplätzchen war so etwas wie die Krönung. Der Geschmack von Zucker auf der Zunge erinnerte sie an unbeschwerte und glückliche Zeiten. Das Gebäck zerbröselte in ihrem Mund und die Frauen genossen jeden Bissen in vollen Zügen. Wärme, Essen, Familie, ein Zuhause. Das alles hatten sie in diesem Augenblick. Glück.

Kapitel 13

Auch wenn es nur wenige Tage waren – die Zeit der Erholung hatte Wunder bewirkt. Grete spürte noch ihre geschundenen Knochen, doch die Schmerzen und Müdigkeit wurden immer erträglicher. Die Arbeit auf dem Bauernhof war zwar anstrengend, doch vertraut aus ihrer Kindheit auf dem Hof der Eltern. Zudem freute sie sich, jeden Tag ihre Schwester sehen zu können.

Ilse war meist mit auf dem Hof und spielte mit den Kindern des Bauern Schenk und der anderen Arbeiter. Nur manchmal bat sie darum, bei *Tante Lisa* zu bleiben, wie die Kleine Frau Much liebevoll nannte. Doch schon allein die Möglichkeit, für ihre Tochter etwas Essbares zu erhalten, zwang Grete dazu, ihre Tochter in der Regel früh zu wecken und mit durch die Kälte zu schleppen.

So vergingen die ersten Monate und sorgten für einen beständigen Alltag. Am Geburtstag der Zwillinge durften sie eine Stunde früher Feierabend machen und mit Frau Schenk gemeinsam eine Tasse Malzkaffee trinken, Ilse bekam ein Glas Milch. Dazu gab es eine Scheibe Brot mit Marmelade.

Sofort flammte in Grete die Erinnerung an die Ankunft in Friedland auf. Zuerst mit einem bösen Ziehen in der Magengegend, doch es lag in ihrer Natur, stets einen positiven Gedanken zu suchen und so verband Grete den Gedanken damit, dass es der Beginn einer guten Zeit für sie war. Jetzt war sie hier und mit ihrer Tochter in Sicherheit. Sie erhielten an diesem Abend sogar ein gemeinsames Geschenk, das ihnen schon an diesem Abend, aber auch in den kommenden Zeiten noch viel Freude bereitete: ein Kartenspiel. Wieder eine Erinnerung an schöne Zeiten mit der Familie.

Ida hatte allerdings hin und wieder ihre Probleme mit dem Alltag auf dem Hof. Der raue Ton und Umgang machte ihr zu schaffen. Noch mehr zu schaffen machte ihr die Mahlzeit, bei der Würmer in der aufgetischten Erbsensuppe schwammen. Sie konnte den Würge-Reflex kaum unterdrücken. Da half ihr auch nicht der weise Rat des Bauern Schenk: »Egal, das ist Fleisch, das ist gesund.« Ida brachte es nicht über sich, auch nur einen der Würmer auf den Löffel zu nehmen.

Zwar versuchte sie, eine Kelle der ansonsten köstlich duftenden Suppe ohne eins der Tiere abzuschöpfen, doch das war nahezu unmöglich und wurde seitens des Bauern schnell unterbunden. In barschem Ton ließ er sie wissen, dass sie die Suppe so essen müsse, wie sie auf den Tisch kam oder aber stehen lassen solle für die anderen Arbeiter. Was sie dann auch tat. Ihr war klar, dass ihre Tage hier auf dem Hof gezählt seien. Doch solange sie keine andere Unterkunft und keine andere Arbeit gefunden hatte, die sie ernährte, waren diese Arbeit und ihr Zimmer lebensnotwendig.

Die Schwestern saßen abends oft noch beisammen und verrichteten Näharbeiten für Frau Schenk. So erarbeiteten sie sich die eine oder andere Annehmlichkeit. Einmal erhielten sie ein abgelegtes Kleidungsstück, ein anderes Mal einen Gebrauchsgegenstand. Die Freude über jeden geschenkten Kochlöffel oder Teller war immer wieder groß. An den noch sehr kalten Wintertagen, an denen sie bis in die Nacht hinein genäht hatten, durfte Ilse unter Idas dickem Federbett einschlafen.

Grete brachte es dann nicht übers Herz, das Kind zu wecken und lief allein nach Hause. Und Ida freute sich sehr über die Gesellschaft ihrer Nichte. Ihr Herz ging auf, wenn sie die Kleine friedlich in ihrem Bett schlummern sah. Vielleicht hatte sie auch eines Tages das Glück, ein eigenes Kind aufwachsen zu sehen. Jetzt, wo die Zeiten besser wurden.

Doch immer noch gab es sehr harte Tage, an denen sie wie alle versuchten, diesen Hungerwinter irgendwie zu überleben. An einem dieser Tage stand Grete mit Ilse neben den Gleisen mitten im freien Feld und hoffte darauf, dass einige Kohlestücke in dieser Kurve vom Waggon fielen. Heute konnte sie nur zwei Stücke Kohle ergattern. Ilse wurde bei dem Versuch, ebenfalls ein Stück aufzuheben, von einem älteren Mädchen unsanft beiseite gestoßen und fiel den Hügel hinab. Wieder einmal hatte sie sich den Knöchel verletzt. Wütend steckte Grete die kostbaren schwarzen Stücke in ihre Manteltasche und lief hinab zu ihrer Kleinen.

Erschöpft nahm sie ihre Tochter Huckepack und begab sich auf den Heimweg. Bald schon wurde sie von einigen Kindern eingeholt, die zusammen mit ihr an den Schienen gestanden hatten. Das Mädchen, das Ilse gestoßen hatte, ging ebenfalls unbeeindruckt an ihr vorbei. Ihrem Aussehen nach war sie aus *gutem Hause*. Die Kleidung war nicht so zerschlissen wie die der anderen Kinder. Doch ihrem Benehmen nach traf die Bezeichnung *aus gutem Hause* keinesfalls zu. Grete sprach sie im Vorübergehen an. »Das hätte nicht sein müssen, oder?« Keine Spur von Bedauern im Gesicht des Mädchens. Frech sah sie Grete in die Augen und entgegnete ihr nur ein abfälliges Grinsen.

Grete setzte ihren Weg fort und durchquerte ein Waldstück, das ihr unbekannt war, weil sie gehört hatte, dass im Nachbarort Altendorf ein Arzt wohnte. Sie wollte aufgrund von Ilses ständigen Verletzungen unbedingt seinen Rat einholen. Das Mädchen von vorhin hatte mit zwei Freunden und deren Mutter den gleichen Weg genommen, denn schon kurz darauf sah Grete die vier neben einer dicken Eiche stehen und auf den Boden blicken. Bald hatte sie die Gruppe eingeholt und erkannte, was auf dem Boden lag: ein junger, farbiger Soldat der amerikanischen Armee. Sein Gesicht war unversehrt, zwei Schüsse in den Bauch hatten offensichtlich sein Leben beendet.

Der Anblick des jungen Mannes ging Grete durch Mark und Bein und sie versuchte, Ilse den Anblick zu ersparen, indem sie sich beiseite drehte. Sie wollte schnell weitergehen. Doch als sie sah, wie einer der Jungen die Knöpfe der Uniform öffnete, blieb sie wie erstarrt stehen. Irgendwie konnte sie verstehen, dass man versuchte, etwas Brauchbares zu finden.

Für sie war es allerdings unvorstellbar, einen toten Soldaten zu durchsuchen. Noch dazu hatte dieser junge Mann ein so weiches Gesicht, dass die Uniform fast befremdlich an ihm wirkte. Bewegungslos blieb Grete stehen und beobachtete die Kinder. Sie öffneten die Jacke und legten den Oberkörper frei. Was Grete dann erblickte, erschütterte sie aufs Tiefste. In der Innentasche der Uniform hatte der junge Mann zwei kleine, gestrickte Baby-Schühchen. Wie es aussah, war es ein junger Vater, der hier hingerichtet wurde. Triumphierend hob einer der Jungen die Wollknäuel in die Höhe. Doch damit nicht genug. Das Mädchen, das bisher regungslos neben dem Soldaten gestanden hatte, spuckte auf diesen hinab und trat ihn in die Seite. Die Mutter der Jungen wirkte bedrückt, wandte sich ab und entfernte sich wortlos mit ihren Kindern.

Jetzt konnte Grete nicht mehr an sich halten. Sie wollte diesen Anblick und dieses Menschen unwürdige Verhalten nicht ertragen. Sofort nahm sie den Arm des Mädchens und zog es weg von dem jungen Soldaten. Wütend sah das Mädchen Grete in die Augen.

Da holte Grete aus und verpasste dem Kind eine schallende Ohrfeige. So heftig, wie sie es gar nicht gewollte hatte. Doch ihre ganze Wut steckte in diesem Schlag, der ihren Handabdruck rot auf der Wange des Mädchens abbildete. »Dass du dich nicht schämst.« Grete hätte ihr gerne noch so viel mehr mit auf den Weg gegeben. Das hier war ein junger Familienvater, der wahrscheinlich genauso wenig in diesen Krieg marschieren wollte wie ihr Ludwig auch. Und auf den Zuhause eine Frau und ein Baby warteten. Vergebens. Nie wieder würde er nach Hause zurückkehren. Er hatte es nicht verdient, so respektlos behandelt zu werden. Niemand hatte das.

Doch Grete war müde und erhoffte sich keine große Wirkung ihrer Worte. »Hau einfach ab!«, forderte sie daher das Mädchen nur auf. Der Zorn in den Augen des Mädchens ließ erahnen, dass für sie die Angelegenheit noch nicht erledigt sei. Für den Augenblick jedoch kapitulierte sie und lief fort.

Mühsam schleppte Grete sich und ihre Tochter bis in das nächste Dorf. Sie hatte Glück und traf den Arzt vor seinem Haus. Nachdem er sich den Knöchel angesehen und Grete einige Fragen gestellt hatte, teilte er ihr schließlich mit, dass ihre Kleine an einer Knochenerweichung litt. Um ernste gesundheitliche Schäden davon zu tragen, müsse sie in den nächsten Jahren stets hohe und feste Schuhe tragen – ob Winter oder Sommer. Darüber hinaus wäre es wichtig, dass Grete für eine erhöhte Kalkzufuhr sorgte. Schwierig in diesen Zeiten, doch Grete wollte sehen, was sie tun konnte.

Als sie nach diesem langen, traurigen Tag nach Hause kam, dachte sie nicht daran, dass noch irgendetwas ihr über diese Bedrückung hinweg helfen könnte. Sie setzte Ilse auf der Treppe ab. Und dann sah sie dieses kleine Stück Papier. Dieses kleine, braune Stück Papier auf der Kommode neben der Treppe. Frau Much musste den Brief für sie dorthin gelegt haben.

Grete war beunruhigt. Aufgeregt. Sie ahnte nicht, ob es schlechte oder gute Nachrichten sein würden. Mit angehaltenem Atem näherte sie sich der Kommode. Konnte sie die Schrift erkennen? Oder war es einer dieser Briefe mit Schreibmaschine, um eine förmliche Mitteilung zu machen? Eine grausame Mitteilung?

Grete schluckte noch einmal schwer, bevor sie den Brief in die Hand nahm. Zuerst sah sie den Stempel.

Feldpost. Und dann erkannte sie Ludwigs Handschrift. Ihr Herz erfüllte sich mit solch einem Glücksgefühl, dass ihr gleich die Tränen in die Augen stiegen. Schnell ließ sie den Umschlag in ihrer Manteltasche verschwinden und folgte Ilse, die Stufe für Stufe auf einem Bein nach oben hüpfte, mit den Händen auf der Treppe abgestützt. Grete war so voller Ungeduld, dass sie es nicht ertragen konnte, zu warten, bis das Mädchen oben angekommen war. Mit der Hand fest am Geländer zog sie sich an ihr vorbei und stürzte ins Zimmer. Noch im Mantel nahm sie den Brief aus der Tasche und öffnete ihn.

»Meine liebe Gredel….«. Schon nach diesen Worten brach Grete in Tränen aus. Er lebte und er hatte sie gefunden.

Verwundert humpelte Ilse ins Zimmer. »Warum weinst du, Mami?« Wortlos nahm Grete ihre Tochter auf den Schoß und las den Brief bis zum Ende, bevor sie antwortete. Auch wenn Ludwigs Handschrift und seine Worte nicht die Entschlossenheit vergangener Zeilen ausstrahlte – es zählte allein die Tatsache, dass er am Leben war. Sie würde sich liebevoll um ihn kümmern. Und wenn er erst seine Tochter mit den fröhlichen, strahlenden Augen sah, so würde er die Schrecken des Krieges hoffentlich bald vergessen können.

Geduldig wartete die Kleine auf die Antwort ihrer Mutter. Sie sah das Lächeln im Gesicht ihrer Mutter und wusste, es waren gute Nachrichten. Zuerst musste Grete ganz dringend ein Taschentuch finden. Dann endlich konnte sie ihrer Tochter die gute Nachricht erzählen. Dass ihr Vater auf dem Weg zu ihnen sei. Dass das Warten bald ein Ende haben werde. Sie hob die Kleine hoch und drehte sich mit ihr im Kreis. Es war lange her, dass Ilse ihre Mutter so unbeschwert gesehen hatte. Hatte sie das jemals?

Grete konnte gar nicht erwarten, Ida am nächsten Tag die freudige Nachricht zu überbringen. Doch dem betroffenen Gesicht ihrer Schwester entnahm sie, dass etwas Schlimmes geschehen sein musste. Auch Ida hatte einen Brief erhalten. Einen Brief ihrer Schwester Marie.

Freud und Leid lagen so nahe beieinander an diesem Tag.

Der Hungertyphus hatte auch vor dem Hof ihrer Eltern nicht Halt gemacht. Marie versuchte mit ihren Zeilen ihren Schwestern schonend beizubringen, dass ihre Mutter nicht mehr lange zu leben hatte. Dem Papier, das an einzelnen Stellen gewellt war von getrockneter Feuchtigkeit, war anzusehen, dass Marie beim Verfassen der Zeilen geweint hatte. Wie schwer es für ihre große Schwester sein musste, das täglich wachsende Leid ihrer Mutter zu ertragen. So saßen beide auf Gretes Bett und lagen sich weinend in den Armen. Grete war froh, dass Ilse mit Herrn Much in den Wald gegangen war, um Holz zu sammeln. Sie wollte nicht, dass ihre Kleine sie beide in dieser Verfassung sah.

»Ich muss sie unbedingt noch einmal sehen, Gretchen. Ich konnte mich doch gar nicht von ihr verabschieden.« Idas Worte klangen verzweifelt. Doch Grete konnte sie nur zu gut verstehen. Sie selbst hatte Abschied von ihrer Mutter genommen. Obwohl sie zu diesem Zeitpunkt noch nicht wusste, ob es ein Abschied für immer wäre.

Sie spürte die faltigen, warmen Hände ihrer Mutter in ihren Händen. Ida jedoch hatte ihre Mutter schon Jahre nicht mehr gesehen. Wie sehr sie sich nach einer letzten Begegnung verzehrte, stand ihr ins Gesicht geschrieben.

Doch es schien keine Chance zu geben, ihren Wunsch in die Tat umzusetzen. Unter solchen Mühen, Schmerzen und Entbehrungen waren sie heil in Köln angekommen. Sich wieder auf den Weg ins feindliche Gebiet zu wagen, schien einem Selbstmordversuch gleich.

Dazu kam die Gefahr, ihr Zuhause zu verlieren. Es gab keinen Zweifel daran, dass Bauer Schenk Ida nicht gehen lassen würde. Er hatte ihr mehr als einmal klar gemacht, dass sie ständig für ihn zur Verfügung stehen müsse, da er ihr nicht nur Verpflegung, sondern auch das Zimmer gab. Der ein oder andere Arbeiter würde alles dafür tun, auf dem Hof wohnen zu können. Ida konnte kein Risiko eingehen.

Für Grete war es nicht ganz so dramatisch. Als Ilse einmal mit hohem Fieber das Bett hüten musste, hatte er zwar geschimpft, dass Grete bei ihrem Kind bleiben wollte, doch zähneknirschend gebilligt, dass sie für drei Tage nicht arbeiten kam. Wahrscheinlich hatte seine Frau ihn besänftigt, weil sie die Kleine in ihr Herz geschlossen hatte. Verzweifelt suchten sie nach einem Weg, der Ida ein Wiedersehen mit ihrer Mutter ermöglichte.

Dann kam Grete der rettende Gedanke. »Schenk würde gar nicht merken, dass du weg bist, wenn ich in deine Kleidung schlüpfe.« Ida war verunsichert. »Das funktioniert niemals.« Grete redete weiter auf sie ein. »Warum sollte es nicht? Wenn wir schon unsere Eltern reinlegen konnten, warum nicht den alten Bauern? Der ist eh etwas kurzsichtig. Mit seiner Frau müssten wir vorsichtiger sein. Aber ich glaube, es könnte funktionieren.« Ein Funke Hoffnung flammte in Ida auf. »Aber was ist mit Ilse?« Das hatte Grete nicht bedacht.

Wenn sie unter einem Vorwand angeblich zu Hause bleiben wollte, konnte Ilse nicht mit auf den Hof. Somit könnte sie die Kleine nicht ernähren. Und nicht bei ihr schlafen. Frau Much würde sich sicher um die Kleine kümmern, doch es war unvorstellbar für Grete, ihre Kleine wochenlang nicht zu sehen.

Der Schmerz in Idas Augen machte ihr dennoch die Entscheidung leicht. »Wir müssen es versuchen. Du gehst zurück, packst heimlich ein paar Sachen und kommst dann wieder. Du schläfst heute hier und fährst gleich morgen früh los. Ich gehe dann heute Abend spät in dein Zimmer und teile Schenk morgen früh mit, dass du – also ich, also Grete – sich das Bein gebrochen hat und für einige Zeit ausfällt.« Je mehr Grete drauflos redete, umso entschlossener wurde sie. Und umso größer wurde Idas Vertrauen in ihren Plan.

***

Der Hinweg zu ihrem Elternhaus in Bernstein war schon anstrengend und kaum erträglich für Ida. Die Hoffnung auf ein letztes Wiedersehen mit den Eltern hatte ihr die Kraft gegeben, durchzuhalten. Auf dem Rückweg war sie nicht nur kraftlos, hoffnungslos, sondern wie schon zuvor fast ohne jegliche Nahrung. Ein hartes Stück Brot war alles, was ihr Vater ihr mit auf den Weg geben konnte. Sein ausgemergelter Anblick machte es Ida beinahe unmöglich, überhaupt etwas Essbares anzunehmen. Doch er bestand unter Tränen darauf. Seine Tage waren gezählt, wie die seiner Frau.

Ihm kam es nicht darauf an, einen Tag früher oder später diese unbarmherzige Welt zu verlassen. Er war einfach nur dankbar dafür, seine kleinste Tochter noch einmal in die Arme schließen zu können und dass auch seine Frau sich von ihrem Kind verabschieden konnte. Lächelnd schloss sie an diesem Abend die Augen und öffnete sie nur noch wenige Male.

Ihre Schwester Marie hatte sie leider nicht angetroffen. Ida verbrachte nur eine Nacht auf dem Hof, um schnellstmöglich wieder unbemerkt zu verschwinden. Ihr Vater drängte sie beinahe, endlich aufzubrechen und sich in Sicherheit zu bringen. Als Ida das letzte Mal ihre Arme um ihn schlang, spürte sie jeden einzelnen Knochen unter dem weiten Hemd. Es war unerträglich, ihm nicht helfen zu können.

In seiner unverwechselbaren Art lächelte er sie an. »Du musst mir noch einen Gefallen tun!« »Jeden.« »Kannst du das in deinen Rucksack packen und meiner kleinen Ilse mitnehmen?« Mit diesen Worten griff er hinter einen Holzstapel und reichte ihr den kleinen roten Koffer. »Sie hing so daran. Das kann sie immer an ihr Zuhause erinnern.« Ida fand keine Worte und packte den kleinen Koffer mit in ihren Rucksack, bevor sie sich nun endgültig von ihren Eltern und ihrem Zuhause verabschiedete.

Allgegenwärtig war die Angst, von feindlichen Soldaten entdeckt zu werden. Als ob sie es geahnt hätte, sah sie am Morgen des dritten Tages ihrer Flucht zurück nach Hause in den Gewehrlauf eines russischen Soldaten. Mit einem Mal war ihre Angst verschwunden. Sie war der Hoffnungslosigkeit gewichen, jemals unversehrt wieder in ihre neue Heimat und zu ihrer Zwillingsschwester zurückzukehren.

Ida verstand die Worte des feindlichen Soldaten nicht und ergab sich ihrem Schicksal. Sie sank auf den Boden und weinte verzweifelt. Ihre ganze Anspannung und Trauer entlud sich in diesem Augenblick. Wohl wissend, dass er ihre Worte nicht verstand, erzählte sie dem fremden Mann, dass sie ihre sterbende Mutter besucht habe. Dass ihr Vater bald sterben würde. Sie öffnete ihren Rucksack, nahm den Koffer heraus, die Papiere und den alten Kanten Brot.

Kraftlos bot sie ihm das letzte an, was ihr gehörte. Ida schloss die Augen und vergrub das Gesicht in ihren Händen. Vielleicht wäre es eine Erlösung, wenn er sie jetzt erschießen würde. Sie hatte keine Kraft mehr, etwas entgegen zu setzen.

Da sie keine Antwort erhielt, hob sie ihren Blick, um dem Mann ins Gesicht zu sehen. Seine Augen waren gerötet und feucht. Er senkte sein Gewehr und legte es hinter sich ab. Er nahm seinen Rucksack ab und stellte ihn auf den Boden. Dann kniete er sich hin und wühlte darin herum, bis er gefunden hatte, was er suchte. Wortlos nahm er ein Paket, das in Papier eingehüllt war und reichte es der zierlichen Frau. Verwirrt sah Ida den Mann an und wusste nicht, was er von ihr wollte. Wieder streckte er ihr das Paket entgegen und sein Blick wurde hektischer. Sie nahm es und faltete das Papier vorsichtig auseinander. Ida konnte es gar nicht glauben. Im Papier eingewickelt befanden sich dicke, mit Wurst belegte Brote. Das konnte nicht sein. Wieso?

Ihr blieb keine Zeit, um nachzudenken. Schnell raffte der Soldat Idas Sachen zusammen und steckte sie zurück in ihren Rucksack. Zusammen mit seinen belegten Broten. Dann forderte er sie auf, zu verschwinden. Schnell. Auch sie verstand kein Wort dessen, was der Mann sagte, doch seine Absicht war klar.

Verwirrt, glücklich, aufgewühlt, traurig, ängstlich setzte sie den Weg fort und kam nach Wochen endlich wieder in Meckenheim an. Während der letzen Kilometer bis nach Ersdorf mischte sich in die Erschöpfung ein leicht wohliges Gefühl des *Nachhausekommens*. Erst beim Anblick des Hofes schlich sich die Verunsicherung ein, was in der Zwischenzeit hier wohl geschehen sei. Wenn Grete tatsächlich nicht aufgeflogen war in ihrer Rolle, dann durfte sie jetzt nicht einfach so dort erscheinen. Andererseits – wenn Grete nicht erfuhr, dass sie zurück war, könnte sie nicht zu ihrer Tochter nach Hause.

Unentschlossen schlich sie in der Nähe des Hofes umher. Plötzlich hörte sie Stimmen. Schnell versteckte sie sich hinter dem gestapelten Holz in der Nähe der Scheune. Sie hörte Lachen. Einen Mann. Dann hatte sie das Gefühl, Grete zu hören. Vorsichtig schob sie den Kopf beiseite und versuchte, einen Blick zu erhaschen. Es war tatsächlich Grete. Mit einem der Stallburschen. Sie liefen geradewegs auf den Holzstapel zu.

Schnell legte Ida sich dicht neben das Holz flach auf den Boden. Sie versuchte, keinen Laut von sich zu geben. »Das ist sehr nett von dir, dass du mir tragen hilfst.« »Ach, das mach ich doch gerne.« Die Antwort des jungen Mannes klang etwas verlegen. Es schien, als hätte er Grete sehr gern. Über ihr wurde plötzlich ein Holzscheit weggenommen. Ida hielt den Atem an. Dann noch einer. Starr war ihr Blick gebannt auf die oberste Reihe der Holzscheite. Sie erkannte abwechseln Gretes Hände und männliche Hände. Wenn sie Grete doch nur ein Zeichen geben konnte.

Irgendwann schienen ihre Körbe gefüllt und die Stimmen entfernten sich von ihr. Behutsam kniete Ida sich hin, schlich auf allen Vieren an den Rand des Holzstapels und blickte ganz vorsichtig um die Ecke. Sie sah, wie beide mit den schweren Körben in Richtung des Wohnhauses gingen. Grete hatte sichtlich Mühe mit ihrem Korb und blieb genau in diesem Augenblick stehen, um ihn kurz abzusetzen. *Sieh mich an. Sieh mich an.* Wie ein Schwur gingen diese Worte immer wieder durch Idas Kopf.

Tatsächlich ging Gretes Blick, als sie sich hinunter bückte, um den Korb wieder aufzunehmen, in ihre Richtung. Sie hatte keine Ahnung, ob ihre Schwester in diesem Hauch von einem Augenblick ihr Gesicht gesehen hatte. Blitzschnell verschwand sie wieder hinter dem Holz, als der junge Mann sich zu Grete wandte, um ihr beim Aufnehmen des Korbes zu helfen. Ihr Rücken lehnte an der harten Wand aus Holzscheiten, ihre Arme hielten ihre Knie fest umschlungen und ihr Kopf war auf den Knien abgelegt, während sie darüber nachdachte, was sie nun tun sollte. Vielleicht wäre es das Beste, zur Familie Much zu laufen. Und zu ihrer kleinen Nichte. Wenn sie Glück hatte, gab es dort etwas Essbares für sie. Und ein warmes, weiches Bett.

Sie erschrak beinahe zu Tode, als sie plötzlich eine Hand auf ihrer Schulter spürte. »Grete.« Mehr konnte Ida nicht sagen. Ihre große Schwester kniete sich neben sie und schloss sie fest in die Arme. Lange verharrten sie dort schweigend beieinander. Gretes Knie schmerzten. »Ich habe dem alten Schenk gesagt, dass ich meine Schwester besuchen gehe. War nicht mal gelogen.« Sie lächelte, als sie Ida in die Augen sah. »Komm, wir gehen nach Hause.«

Ilse hatte die beiden Frauen bereits vom Fenster der oberen Etage erblickt und rannte die Treppen hinab, die Straße hinab und beiden Frauen in die Arme. Tatsächlich musste sie erst kurz beiden in die Augen blicken, um sicher zu sein, tatsächlich ihre Mutter zu küssen.

Natürlich bekam auch Tante Ida einen Kuss auf die Wange. Doch die Freude darüber, ihre Mutter endlich wieder ganz bei sich zu haben, ließen ihre grünen Augen noch heller strahlen als gewöhnlich. Ida hatte ihre Nichte einige Zeit nicht gesehen und war erstaunt darüber, wie ihre lockigen, roten Haare gewachsen waren. Mit dem Seitenscheitel und ihrer Libellenspange im Haar sah sie einfach wunderhübsch aus. Ida freute sich unbändig auf

Ilses Gesicht, wenn sie die Überraschung aus ihrem Rucksack zauberte.

»Ich habe dir etwas mitgebracht. Von Zuhause.« »Mir?« Ilse starrte sie ungläubig an. »Ja, dir.« Die Pause, die Ida einlegte, brachte die erwünschte Wirkung. Ilse stand erwartungsvoll vor ihr und hüpfte ungeduldig auf der Stelle. »Was denn?« Endlich ließ Ida geheimnisvoll ihre Hand in den Rucksack gleiten und zog ganz langsam den roten Koffer heraus.

»Mein Koffer.« Ilse konnte sich gar nicht beruhigen, drückte den kleinen Koffer an ihre Brust und tanzte um die beiden herum. »Mein Koffer, mein Koffer«, rief sie immer wieder. So glücklich hatte Grete ihre Tochter lange nicht gesehen. Und auch ihr hatte Ida damit eine große Freude bereitet. Es tat Grete sehr leid, dass ihre Tochter dieses kostbare Stück bei ihrer Flucht zurücklassen musste. Nun legte sie ihn gar nicht mehr aus den Händen. Der kleine roter Koffer musste sogar mit ins Bett, fest in ihrem Arm verankert.

Die Geschehnisse der vergangenen Wochen füllten die halbe Nacht. Die traurigen Ereignisse, ebenso wie die aufregenden und heiteren. Natürlich weinten sie bei Idas Schilderungen. Doch Grete hatte sich in den letzten Wochen darauf vorbereiten können, welche Nachrichten Ida mitbrachte.

Sie war endlos traurig, doch ein Stück von ihr hatte auch den Frieden damit schließen können. Ihre Eltern waren fest in ihrem Herzen. Trotzdem schluchzte sie erneut auf, als Ida ihr ein Geschenk überreichte, das ihr Vater für sie mitgegeben hatte: ein Bild ihrer Eltern mit den Zwillingen auf den Armen. Grete küsste es und hielt es fest an ihr Herz. Noch hatte sie keinen Rahmen dafür, doch irgendwann würde es zusammen mit Ludwigs Bild auf einem schönen Schrank stehen. Irgendwann.

»Jetzt musst du mir aber erzählen, wie das mit Schenk funktioniert hat. Ist er wirklich darauf reingefallen?« Ungläubig sah Ida ihre Schwester an. Grete musste lachen und erzählte von der anfangs mühelosen Täuschung, die jedoch bei alltäglichen Dingen plötzlich in große Gefahr geriet.

»Der Schenk sah mich einmal beim Mittagessen kopfschüttelnd mit großen Augen an. Es hat ein wenig gedauert, bis mir klar wurde, dass er sich darüber wunderte, mit welchem Appetit ich seine berühmte Würmer-Erbsensuppe aß.« Ida holte tief Luft. »Baaah!« Grete schüttelte sich vor Lachen und erzählte und erzählte. Einmal hätte Ilse beinahe den Schwindel auffliegen lassen, als sie lauthals »Mamiiii« rufend auf sie zugestürmt kam. Sie bemerkte, dass Schenk das ein oder andere Mal skeptisch war, doch letzten Endes hatte es irgendwie funktioniert.

Und nun saßen sie hier, aufgewühlt aber dankbar, es überstanden zu haben.

Kapitel 14

Ersdorf, Spätsommer 1946

»Guten Morgen, Ida.« Fröhlich klang die Stimme des Stallburschen und seine Augen strahlten. Ida sah ihn nur verwirrt an und entgegnete ein kurzes, beinahe unfreundliches »Hallo.« Hans blickte ihr betroffen in die Augen und ging weiter. Erst da wurde Ida klar, dass der junge Mann wohl ihre Schwester meinte. Ob er sich in sie verliebt hatte? Oder sie einfach nur gut befreundet waren?

Wie auch immer, diese Vertrautheit, die zwischen Grete und ihm bestand, gab es nicht zwischen ihnen. Und sie konnte ihm nicht einmal erklären, warum das so war. Sie konnte sich nur bemühen, freundlich zu ihm zu sein.

Grete hatte ihren Platz auf dem Hof gut ausgefüllt und fühlte sich sehr wohl dort. Für Ida war klar, dass sie sich dringend nach einer anderen Arbeit umsehen musste. Allein die Freude, ihre Schwester und Nichte regelmäßig zu sehen, ließ sie durchhalten.

Die Erleichterung über die wohlbehaltene Rückkehr ihrer Schwester war groß. Doch noch viel größer war die Vorfreude auf Ludwigs Heimkehr. Wieder und wieder malte Grete sich aus, wie sie ihm auf der Straße entgegenliefe. Wie sie ihn in die Arme schließen und nie wieder loslassen würde. Wie sie sich küssten. Die Zeit mit Hans, der in ihren Augen nur ein sehr guter Freund geworden war, hatte ihr deutlich gemacht, wie sehr sie auch die Zärtlichkeiten ihres Mannes vermisste. Ihres

Verlobten. In ihrem Kopf gab es sogar schon Gedanken an eine Trauung. Endlich würde sie den Vater ihres Kindes heiraten können. Und Ilse wäre bei ihnen. Der lebendige Beweis ihrer Liebe.

Die Augenblicke, in denen Grete so glücklich war, genoss Ilse aus vollem Herzen. Sie ahnte nicht die Gedanken ihrer Mutter. Doch es mussten sehr schöne Gedanken sein. Die Freude, mit der Grete selbst nach einem anstrengenden Arbeitstag auf dem Bauernhof abends Kinderreime aus einem Buch vorlas oder sie ihr Gutenachtlied sang, war unverkennbar. Oft schlief Ilse abends glücklich mit ihrer Puppe im Arm ein und wachte morgens an ihre Mutter gekuschelt auf.

An diesem warmen Spätsommerabend kam Grete mit einer kleinen Milchkanne nach Hause. Ilse war bei Muchs geblieben und hatte beim Einmachen von Obst geholfen. Daher wollte Grete gerne das Abendbrot mit ihr gemeinsam im Zimmer machen. Normalerweise wartete Ilse schon am Fenster darauf, ihre Mutter zu sehen und ihr dann entgegen zu laufen. Nicht so an diesem Tag.

Spätestens wenn sie den Schlüssel in die Tür steckte, kam Ilse angelaufen. Nicht so an diesem Tag. Als Grete die dritte Stufe betrat, öffnete Frau Much die Tür zu ihrer Wohnstube. Ihr Blick verhieß nichts Gutes. »Wo ist Ilse?«, fragte Grete schnell. Genauso schnell, jedoch ungewohnt leise antwortete Frau Much. »Sie ist draußen mit meinem Mann und pflückt Äpfel.« Das, was Frau Much sagte, passte nicht zu ihrem bedrückten Tonfall.

Erst jetzt sah Grete den Brief in ihrer Hand. Frau Much reichte ihr den Umschlag. Noch bevor Grete ihn entgegen nahm, sah sie den Aufdruck ihrer Adresse. Nicht in Ludwigs Handschrift. Nicht an diesem Tag. Er war mit Schreibmaschine getippt. Ein förmlicher Brief. Eine förmliche Mitteilung.

Grete ließ die Milchkanne aus ihrer Hand gleiten. Sie fiel zu Boden, die kostbare Milch ergoss sich über die dunkle Holztreppe und tropfte hinab bis in den Hausflur. Nun fiel auch Grete auf die Treppen, vernebelt von Tränen und schlimmen Gedanken. Sie brauchte den Brief nicht zu öffnen, um zu wissen, welche Nachricht er enthielt.

Frau Much kam zu ihr auf die Treppenstufe, setzte sich neben sie und strich ihr sanft über ihr zusammengebundenes Haar. Grete schüttelte wieder und wieder den Kopf, um die Gedanken zu vertreiben, doch sie nahmen den kompletten Raum ein.

Der Brief war immer noch ungeöffnet und zerknittert in ihrer zittrigen Faust. »Nein«, schrie Grete wieder und wieder. »Nein.« Ein Arm hatte sich um sie gelegt. Doch das konnte Grete nicht ertragen. Mit letzter Kraft befreite sie sich, kroch mühevoll die Stufen hinauf in ihr Zimmer und ließ die Tür hinter sich ins Schloss fallen.

Müssen wir Ihnen zu unserem Bedauern mitteilen….

»Nein«, schrie Grete immer noch verzweifelt und bis nach unten hörbar in ihrem Zimmer. Er war doch auf dem Heimweg. Das muss ein Irrtum sein. Wieder und wieder las sie die Worte. *Im Dienst für sein Vaterland…* Welches Vaterland?

Man tötet die Väter der unschuldigen Kinder. Sie wünschte sich, irgendjemanden verantwortlich machen zu können. In ihrem Hass irgendjemanden schlagen zu können für das, was man ihrem Ludwig angetan hatte. Ihnen allen angetan hatte.

Aus lauter Verzweiflung schlug sie gegen den Schrank, gegen die nackten Wände ihres Zimmers. Sie wusste gar nicht, woher all diese Tränen kamen, denn sie hatte das Gefühl, dass sie in den letzten Jahren schon alle Tränen geweint hätte, die es gab. Völlig erschöpft sank sie schließlich zu Boden und ihre Schluchzer wurden leiser. Kraftlos.

Dann öffnete sich die Tür. Ilse stand im Türrahmen. Sie wartete auf ein Zeichen, ob sie eintreten durfte. Frau Much hatte ihr nicht gesagt, was passiert war. Sie hatte nur bemerkt, dass die Stimmung an diesem Tag sehr bedrückt war. Wieder einmal schien es ein Stück Papier zu sein, das ein Leben völlig veränderte. Und nun stand sie da und sah ihre Mutter am Boden. Weinend.

Vorsichtig schlich sie zu ihr, setzte sich neben sie und begann ebenfalls zu weinen.

Tränen sah sie bei ihrer Mutter nicht zum ersten Mal. Aber heute war alles anders. Ihre Mutter war verändert. Grete blickte zu ihrer Tochter, zögerte einen Augenblick und fragte: »Warum weinst DU denn jetzt?« Ihr Tonfall war ungewohnt hart. Nicht liebevoll, wie sonst. Nicht verständnisvoll. »Weil DU weinst«, antwortete die Kleine mit ihrem zarten Stimmchen. Sie wünschte sich nichts mehr, als von ihrer Mutter in den Arm genommen zu werden. Aber heute war alles anders.

»Ach«, war alles, was Grete zu sagen imstande war. Mit einer abwehrenden Handbewegung schien sie Ilse von sich zu stoßen. Sie bestand selbst nur aus reinem Schmerz und war einfach nicht in der Lage, ihre Tochter zu trösten. So saßen beide lange regungslos nebeneinander auf dem Boden. Am Boden zerstört. Schweigend. Verzweifelt.

Teil 2

Kein Wort beschreibt der Mutter Leid,
kein Herz verheilt nach solchem Schmerz.
Vorbei der Traum,
die Hoffnung bleibt.
Eine Familie.

Kapitel 1

Ersdorf, 1948

»Bei aller Liebe, aber wenn unser Klaus jetzt heimkommt, brauchen wir das Zimmer.« Frau Much wusste, was sie Grete damit zumutete. Es fiel ihr weiß Gott nicht leicht. Doch sie hatte keine Wahl. Und sie war überglücklich, ihren einzigen Sohn in die Arme schließen zu können.

Grete hatte sich ohnehin kraftlos und mutlos ihrem Schicksal ergeben und war solange mit in Idas Zimmer gezogen, bis diese eine Stellung bei einem großen Unternehmen für Schulbedarf in Poppelsdorf erhielt und sich ein Zimmer dort in der Nähe leisten konnte. Von nun an war der Bauernhof Gretes Zuhause. Und das Zuhause ihrer Tochter.

Ilse würde niemals den Tag vergessen, an dem dieser Brief kam, der ihre Mutter für immer veränderte. Doch sie versuchte mit aller Kraft, ihr ein Lächeln ins Gesicht zu zaubern. Mit einem kleinen Blumenstrauß aus Gänseblümchen. Mit gesammelten Kastanien. Sie versuchte mühsam, das Bett zu machen, um ihr eine Freude zu bereiten.

An einem Tag im Winter besuchte sie ihre Mutter auf dem Feld. Grete musste den mit Schnee bedeckten Rosenkohl ernten, weil er so am besten schmeckte. Als Ilse sie antraf, weinte Grete vor Schmerzen, weil ihre Finger gefroren waren. »Was ist denn, Mami?« Wieder erntete Ilse nur eine barsche Antwort. »Ach, lass mich!«

Lange dauerte es, bis Grete tatsächlich endlich einmal lächelte, als sie ihre Tochter ansah. Es war ihr erster Schultag. Silvia, die 12jährige Tochter des Bauern Schenk, hatte der Kleinen eines von ihren alten Kleidern geschenkt und Grete hatte ihr die Haare schön gekämmt. Natürlich trug Ilse auch an diesem Tag ihre Libellenspange im Haar.

Stolz stand die Kleine vor ihrer Mutter und strahlte sie an. Dieses Strahlen ging Grete seit langer Zeit wieder richtig ins Herz und erwärmte sie. Wenn nur nicht diese klobigen Schuhe an ihren zarten Füßen gewesen wären – sie hätte perfekt ausgesehen. Nein! Sie sah perfekt aus. Und es war ihr Mädchen. Sie war stolz auf ihren Sonnenschein.

Gleichzeitig war sie traurig, dass sie nicht mit zur Einschulung gehen konnte. Aber sie würde sich heute Abend die Zeit nehmen, um das lange verschlossen gebliebene Buch mit den Kinderreimen und Geschichten hervorzuholen und mit Ilse darin zu lesen. Wenn auch der Schmerz in ihrem Herzen tief verankert war - dies war der Beginn eines neuen Lebens für beide.

Fröhlich und aufgedreht kam Ilse aus der Schule. Am Abend erzählte sie ihrer Mutter von ihrem aufregenden Tag. Es gab zwei Lehrkräfte an dieser Schule, die für die Neulinge zuständig waren. Herr Kottzek und Fräulein Mehr. Oder *Määähr*, wie Ilse sie nannte. Sie imitierte die grimmig aussehende Lehrerin wie eine Ziege, denn sie war ihr auf Anhieb unsympathisch.

Grete schimpfte zwar mit ihrer Tochter, dass sie respektvoll zu allen Lehrern sein müsse. Doch sie konnte sich ein Lachen nicht verkneifen bei dem Anblick, den Ilse beim Imitieren des Fräulein Määähr bot. Sie verdrehte dabei die Augen, aus ihrem kleinen Mund blitzte ihre Zahnlücke und ihre unverkennbaren Grübchen machten sich in ihrem zarten Gesicht breit. Ein unvergleichlicher Anblick.

Das Fräulein war Ilse glücklicherweise erspart geblieben und sie wurde dem wunderbaren Herrn Kottzek zugeteilt. Es war ein großer, hagerer Mann, der selbst vor Kurzem erst aus der Kriegsgefangenschaft zurückgekehrt war und glücklich darüber, wieder bei seiner Familie zu sein.

Seine Frau unterrichtete ebenfalls, jedoch nur die größeren Kinder. Das Ehepaar hatte Ilse gleich ins Herz geschlossen. Nachdem sie auch Grete schließlich kennengelernt hatten, baten sie um deren Einverständnis, ihr hin und wieder unter die Arme greifen zu dürfen. Grete war sehr dankbar dafür, dass sie ihr einige schöne Sommerkleider schenkten, die ihrer eigenen Tochter zu klein geworden waren. Und sie versorgten Ilse mit den wichtigen Tabletten gegen Kalkmangel.

Ilse hatte mit ihrer fröhlichen Art schnell Freunde gefunden. Auch Tante Hedes Kinder gingen in diese Schule und Ilse freute sich irgendwie sogar über den frechen Fritz, den sie nun täglich sah. Wenn Grete morgens auf dem Hof stand und ihrer Tochter hinterher winkte, sah sie immer zwei Kinder. Ihr zartes, kleines Mädchen, wenn sie ihr liebevolles Gesicht und das schöne Kleid sah, eine entschlossene Kämpferin, wenn sie diesen besonderen Blick in ihren Augen hatte.

Mittlerweile waren die Zeiten besser geworden und Grete verdiente sich ein wenig Geld dazu, mit dem sie sich nach und nach etwas aufbauen konnte. Es gab Menschen, die es gut meinten mit Grete und ihrer Tochter. Schreiner Thesen, über den sich die die meisten Menschen im Dorf wegen seines Sprachfehlers lustig machten, versprach, ihr einen Schrank zu zimmern, den sie abzahlen konnte.

Oft investierte Grete jedoch ihr weniges Hab und Gut, um anderen Menschen eine Freude zu machen. Zu den Geburtstagen der Frauen im Dorf hatte sie immer etwas Besonderes zur Hand. Ein schönes Deckchen, das sie mit einer gehäkelten Verzierung versehen hatte. Oder ein Stück Porzellan, das sie beim Ehepaar Kottzek mit bunten Blumen bemalt hatte. Sie ließ sich immer etwas ganz Besonderes einfallen.

Die junge Frau hatte nicht viel zu geben, doch was sie gab, war liebevoll hergestellt und kam von Herzen. Zum

Geburtstag ihrer Mutter wollte die kleine Ilse ihr auch etwas Besonderes schenken. So war Frau Kottzek sofort zur Stelle, als Ilse sie darum bat, mit ihr einen Kuchen für ihre Mutter zu backen.

Als Ilse an diesem kalten Januartag aus der Schule kam, verschwand sie unbemerkt mit dem Marmorkuchen in der Kastenform in ihrem Zimmer und bereitete die Überraschung für ihre Mutter vor. Dort wartete sie auf Grete. Am frühen Abend kam endlich ihre Mutter und hielt offensichtlich ein Geschenk in ihren Händen. Glücklich sah sie aus. Sie hatte gar nicht erwartet, von der Bauersfamilie ein richtiges Geschenk zu erhalten. Noch dazu in Papier eingewickelt.

Dann sah sie ihre Kleine. Und den Kuchen auf dem Tisch. Liebevoll hatte Ilse ein kleines Stoff-Taschentuch in die Mitte des Tisches gelegt, den Kuchen darauf gestellt. Auf Gretes Platz lag ein Blatt Papier mit einer Zeichnung. Frau Kottzek hatte ihr geholfen, das Wort *Familie* zu schreiben. Allein der Anblick dieses Wortes berührte Grete sehr. Auf dem Bild waren zwei Frauen, die gleich aussahen. In ihrer Mitte war ein kleines Mädchen. Die Augen leuchtend grün. Am Himmel waren die Sonne und eine einzige Wolke. Auf dieser Wolke stand ein Mann. Nur ganz klein, aber unverkennbar ein Mann. Grete hatte einen Kloß im Hals.

Liebevoll drückte sie ihre Kleine an sich und strich ihr über die roten Locken. »Vielen Dank, mein Schatz. Das hast du schön gemacht.« Bevor sie ihre kleine Feier beginnen konnten, besorgte Grete ein großes Messer in der Küche und für beide ein Glas Milch. Sie überlegte kurz, ob sie Frau Schenk einladen sollte, mit ihr ein Stück Kuchen zu essen. Grete war immer noch gerührt von ihrem Geschenk. Dann verwarf sie jedoch den Gedanken. Sie wollte gerne mit ihrer Kleinen allein sein und könnte später einige Stücke Kuchen für die Familie hinunter bringen.

Feierlich schnitt Grete den Kuchen an und Ilse berichtete ausführlich von ihrem bewegenden Tag. Dieses Kind konnte so wunderbare Geschichten erzählen. Ihre Ausdrucksweise war für ihr Alter überraschend und auch beim Rechnen schien sie pfiffig zu sein. Grete war dankbar, dass die Schule ihrer Tochter anscheinend keine großen Probleme bereitete. Sie wünschte sich für ihre Tochter eine gute Ausbildung und eine sichere Zukunft.

»Mami?« Ilse holte ihre Mutter aus ihren Gedanken. »Was ist denn?« »Wann packst du endlich das Geschenk aus?« Die Kleine war noch aufgeregter als ihre Mutter. Lächelnd nahm Grete das Päckchen und begann, das Papier vorsichtig auseinanderzufalten.

Ilse kniete auf ihrem Stuhl und ihr Gesäß wippte aufgeregt auf und ab. »Mach schneller!« Beide hatten keine Idee, was sich unter dem Papier verbergen könnte. Es war ein weiches Päckchen. Auf jeden Fall Stoff. Ob sie ein Kleid für Grete gekauft hatten? Dann könnte sie an einem Sonntag endlich einmal aus ihren schmutzigen Arbeitskleidern heraus und mit Ilse einen Spaziergang zur Kirche machen. Wie die anderen Bauers- oder Geschäftsleute. Eine schöne Vorstellung.

»Ich will dir helfen«, rief Ilse und zog schnell das Papier beiseite. Doch sie sah immer noch kein Geschenk. Sie sah lediglich harte, graue Handtücher. Frau Schenk hatte zu Weihnachten neue, himmelblaue Handtücher bekommen, die hatte sie einmal in deren Badezimmer gesehen, als sie Frau Schenk beim Putzen half. Dies hier waren ihre alten, zerschlissenen Handtücher. Ob Frau Schenk diese Tücher verwandt hatte, um ihr Geschenk einzupacken? Dann könnte etwas Zerbrechliches darin sein. Vielleicht der schöne Bilderrahmen, den sie sich schon so lange wünschte?

Sie nahm einen Zipfel des harten grauen Tuches und legte ihn vorsichtig beiseite. Dann denn nächsten Zipfel. Stück um Stück entfaltete sie das alte Handtuch. Bis es schließlich in seiner ganzen Scheußlichkeit vor ihr ausgebreitet lag. Grete verstand nicht. Sie nahm das zweite Handtuch und faltete es ebenso auseinander.

Bis ihr klar wurde, dass dies ihr Geschenk war. Die alten, abgenutzten Handtücher der Familie Schenk. Grete war weiß Gott nicht undankbar, doch der Anblick dieser Tücher, die neben den üblichen Gebrauchsspuren am Rand jeweils schon kleine Löcher aufwiesen, machte sie einfach nur wütend. »Die sind so hässlich, damit würde ich mir noch nicht einmal den Hintern abwischen«, entfuhr ihr in ihrer Enttäuschung.

Ilse sah ihre Mutter mit großen Augen an. Sie sah die Enttäuschung in ihren Augen. Doch als sie die Worte ihrer Mutter vernahm, lachte Ilse aus vollem Herzen. Solche Worte war sie von ihrer Mutter nicht gewohnt. Niemals hätte sie damit gerechnet, dass die sonst so bedachte Frau so schonungslos ehrlich war. In ihrem Übermut stand Ilse auf, nahm eines der Tücher und strich sich damit demonstrativ über ihr Hinterteil. »Nein, die sind viel zu hart. Damit würde ich mir auch nicht den Popo abwischen.« Erst jetzt wurde Grete klar, was sie angestellt hatte. Schnell rief sie Ilse zur Ordnung und bemühte sich, ihre Aussage zu relativieren. »So schlecht sind sie gar nicht. Sie hätten mir ja gar nichts schenken müssen.« Damit beendete sie das Thema und auch ihren Geburtstag.

Kapitel 2

So dankbar Grete auch für ihr Zuhause auf dem Hof war – es kostete ihre gesamte Kraft. Die unbarmherzige Kälte auf den Feldern im Winter, die stickige Hitze im Backes im Sommer, die langen Arbeitstage während der Erntezeit. Dies alles zehrte sehr an ihren Kräften. Wenn Ilse ihre Unterstützung für die Schule gebraucht hätte, sie hätte sie nicht geben können.

Gerne hätte sie mehr Zeit für ihr Kind aufgebracht. Aber es war unmöglich. Wenn Ilse sich morgens mit den anderen Kindern auf den Weg zur Schule machte, war sie oft schon auf dem Feld. Grete war sich darüber im Klaren, dass es den meisten Arbeitern so ging und sie dankbar für Lohn und Brot sein konnte.

Doch ihre Tochter machte ihr Kummer. Sie lebten nicht im Überfluss, doch sie wurden satt. Trotzdem war Ilse immer noch so schmächtig wie bei ihrer Ankunft. Sie nahm einfach nicht zu. So war sie anfällig für Erkältungen, die ihr seit der Flucht mehr zusetzten als früher. Ihre Fingerspitzen waren schnell weiß gefroren und sie war ungewöhnlich blass, obwohl sie viel Zeit mit den Kindern draußen auf dem Hof verbrachte.

Dabei aß sie ungewöhnlich viel, was dem Bauern Schenk schon mal einen bissigen Kommentar entlockte. »Schneid die Rinde nich so dick ab! Wir haben nix zu verschenken.« Das wusste Ilse bereits und sie bemühte sich nach Kräften, den Rand vom Käse so dünn wie möglich abzutrennen. Wütend nahm Schenk ihr den Käse fort und reichte ihr nur eine dünne Scheibe mit hartem Rand.

Ilse wagte nicht noch mehr abzuschneiden, obwohl sie den harten, dunklen Teil nicht mochte. Sie biss die Zähne zusammen, wie so oft beim Essen. »Das mag ich nicht«, durfte nicht zu ihrem Wortschatz zählen. Selbst wenn es die ekligen dicken Bohnen gab, würgte sie diese mit ein wenig Soße unzerkaut hinunter. Nur, um satt zu werden. Doch oft wurde eine Mahlzeit beendet, bevor sie das Gefühl hatte, satt zu sein.

»Das geht so nich weiter, die frisst mir ja die Haare vom Kopp.« Schenk stand Grete gegenüber und schimpfte lautstark. »Das is nich normal. Lass das mal untersuchen.« Also schnappte Grete sich ihre Tochter und untersuchte auf Anraten des Bauern Ilses Ausscheidungen, was der Kleinen sehr unangenehm war. Noch unangenehmer war allerdings, was diese Untersuchungen zur Folge hatte.

Tatsächlich fand Grete Spulwürmer. Schon allein die Vorstellung der von Schenk vermuteten Ursache ließ den Ekel in Grete aufsteigen. Diese nun zu sehen, versetzten ihr einen derben Schlag in die Magengegend. Doch es half nichts.

Grete folgte der alten Bauernregel und rieb Ilse drei Wochen lang rohe Möhren, die sie vor ihrem Aufbruch zur Schule unter ihrer Aufsicht essen musste. Im Grunde fand Ilse Möhren nicht so schlimm, doch auf nüchternen Magen war dies für sie eine Höllenqual. Sie hätte alles für ein Marmeladenbrot gegeben.

Am Ende der drei Wochen verursachte bereits der Geruch der Möhren am Morgen einen Brechreiz. Ihre Mutter war unbarmherzig. Aber Ilse wusste, dass Widerstand zwecklos war. Wenn ihre Mutter diesen entschlossenen Gesichtsausdruck aufgesetzt hatte, wagte sie nicht, ein Wort zu sagen.

Ebenso unbarmherzig war Grete, wenn es um ihre Schuhe ging. Wie gerne hätte Ilse die Sandalen der anderen Kinder im Sommer aufgetragen. Es machte ihr nichts, dass sie sich keine eigenen Schuhe leisten konnte, wenn sie nur einmal hätte diese klobigen Dinger ablegen können, die ihr bis über die Knöchel reichten. Sie fühlte sich wie ein Trampel und genau so wurde sie auch von ihren Mitschülern behandelt. Was nützte ihr das schönste Sommerkleid, wenn die dicken Klötze an ihren Füßen immer alle Blicke auf sich zogen.

Klumpfuß war eins der Lieblingswörter von Anita, die zu den größeren Kindern zählte und es aus irgendeinem Grunde besonders auf Ilse abgesehen hatte. Das Gesicht kam Ilse vertraut vor, vor allem, wenn sie in ihrer Gemeinheit die Augen zu Schlitzen verkleinerte. Oder dieses hämische Lachen, wenn sie wieder einen ihrer Reime zum Besten gegeben hatte: »Fuss, Fuss, kumm erus.« Früher hatten die Menschen ihr liebevoll über die roten Locken gestreichelt und waren nett zu ihr.

Manchmal verfluchte sie die Farbe ihrer Haare und hätte sich am liebsten verkrochen. Ein anderes Mal setzte sie sich entschlossen zur Wehr und trat der sie um einen ganzen Kopf überragenden Anita mit ihren dicken Schuhen gegen das Schienbein.

Natürlich ließ das Mädchen sich solch ein Verhalten nicht gefallen. Sie versetzte der Kleinen eine schallende Ohrfeige mit den Worten. »Da, hast du sie zurück.

Schönen Gruß an deine Mutter.« Mit diesem Schlag wusste Ilse wieder, woher sie das Mädchen kannte. Sie war es, der ihre Mutter im Wald eine Ohrfeige verpasst hatte. Der Schlag des Mädchens war so heftig, dass Ilse auf den Boden in den Staub fiel. Sie musste ihre ganze Wut lange Zeit aufbewahrt und in diesen einzigen Schlag gesteckt haben. Dabei galt die Wut eigentlich Grete. In diesem Augenblick war das kleine Mädchen wütend auf ihre Mutter.

Noch auf dem Nachhauseweg brannte diese Wut in Ilse. Ihr Kleid war schmutzig, ihr Knie blutig, ihr ganzer Körper, selbst ihr Gesicht war von Erde verdreckt. Sie riss eins der grauen Handtücher, die ihre Mutter zum trocknen aufgehängt hatte, im Vorbeigehen von der Wäscheleine. »Ach, das war ja unser Geburtstagsgeschenk«, kommentierte Silvia, die im Hof auf ihre kleinen Geschwister aufpasste.

Es war nicht einmal böse gemeint. Doch in diesem Augenblick entlud sich Ilses ganzer Frust. »Ja, ein Geschenk, mit dem man sich noch nicht mal den Hintern abputzen würde.« Mit diesen Worten ließ sie das geschockte Mädchen mit offenem Mund stehen und ging hinein in ihr Zimmer. Bis zum Abend hatte sie sich nicht beruhigen können.

Wenn Ilse an diesem Abend auf den Trost und Zuspruch ihrer Mutter gehofft hatte, wurde sie bitterlich enttäuscht. Wutentbrannt stapfte Grete die Treppen hinauf. Natürlich hatte man ihr Ilses unverschämte Äußerung zugetragen. Dazu der Anblick des schmutzigen Kleides. Und Ilses Gesichtsausdruck, der keinerlei Reue zeigte. Dies alles verlieh den Schlägen, die Ilse an diesem Abend erhielt, eine Härte, die sie nur selten zuvor bei ihrer Mutter erlebt hatte.

Mindestens genauso schlimm war es für Ilse, dass sie sich am nächsten Tag bei Familie Schenk entschuldigen musste. Sie verstand es einfach nicht. Ihre Mutter hatte es doch selbst gesagt. Wieso wurde sie nun dafür bestraft? Doch Widerworte wurden nicht geduldet.

Widerwillig tat sie wie ihr befohlen wurde und versteckte sich anschließend in der Scheune, weil sie niemanden mehr sehen wollte. Zwischen den Heuballen war eine schmale Lücke, durch die sie gerade so passte, um in der Ecke in einen kleinen Hohlraum zu gelangen, den bislang niemand entdeckt hatte. In ihrer Wut trat sie gegen die Heuballen und schlug mit ihren kleinen Fäusten dagegen. Bis sie sich vor Erschöpfung auf den Boden sinken ließ.

Es dauerte eine ganze Weile, bis sie sich beruhigt hatte. Sie saß auf dem lockeren Stroh am Boden und die harten Strohhalme pieksten durch die dünne Kleidung. Wie gerne hätte sie eine Decke gehabt, auf die sie sich setzen konnte. Aber für nichts auf der Welt würde sie jetzt zu ihrer Mutter gehen. Oder womöglich zu Schenks. In ihrem Trotz verharrte sie hier bis das Stroh kleine rote, teils blutige Flecken auf ihrer Haut hinterlassen hatten. Erst als der Hunger sie übermannte, stand sie auf, strich sich das Stroh aus den Haaren und Kleidern und schlich vorsichtig aus ihrem Versteck.

An diesem Abend sprach Ilse beim Essen kein einziges Wort. Sie antwortete nur knapp, wenn sie etwas gefragt wurde. Ansonsten schwieg sie bis zum Ende und ging ebenso wortlos anschließend ins Bett. Sie hätte sich gewünscht, dass ihre Mutter am Abend noch einmal mit ihr sprach und sie sich versöhnten. Doch nichts dergleichen geschah.

Für Grete schien der Fall erledigt. Sie konnte auf die Befindlichkeiten eines kleinen Mädchens keine Rücksicht nehmen. Ihr Leben war hart genug. Ihre Tochter konnte froh sein, dass sie etwas zu Essen hatten, ein Bett und Kleidung. Irgendwann würde sie es verstehen.

Ilse zog sich immer öfter in ihr Versteck zurück. Mit Tüchern, die sie auf dem Hof gefunden hatte, baute sie es zu einer gemütlichen Höhle aus. Eine kleine Holzkiste hatte sie ebenfalls entdeckt, die sie für ihre Schätze mit in die Höhle genommen hatte. Bislang war nur das Taschentuch darin, in das ihre Libellenspange eingewickelt war und ein Foto ihres Vaters, das sie aus Mutters Schublade genommen hatte.

Sie nahm das Foto in die Hand, wie jedes Mal, wenn sie in ihrem Versteck war und betrachtete es. Wie wäre ihr Leben, wenn er hier wäre? Dann müsste ihre Mutter wahrscheinlich nicht so hart arbeiten, sondern könnte mit ihr zusammen kochen und ihr das Nähen beibringen. Nicht ein einziges Mal hatte sie ihn gesehen.

Auch wenn Bauer Schenk kein ausgesprochen liebevoller Vater war, er war immer auf dem Hof und sorgte für seine Kinder. Manchmal machte er sogar Späße mit ihnen, wenn es heiß war und er sie beim Bewässern der Pflanzen nass spritzte. Oder sie durften mit auf dem Traktor fahren, wenn er hinaus auf die Felder fuhr, um die Kühe zu melken. Oder das Vieh zurück in die Ställe gebracht wurde. Bei dem Gedanken daran wurde sie traurig. Neidisch. Wütend. Und sie konnte es nur schwer nachvollziehen, wenn ihre Mutter ihr immer wieder predigte, dass sie dankbar sein konnten für alles, was sie hatten.

Einige Tage lang trug Ilse die Wut und die Enttäuschung über das Verhalten ihrer Mutter mit sich herum. Nur auf die Schule freute sie sich. Wenn sie Herrn Kottzek sah, der sie immer anlächelte. Wenn sie mit ihrer Freundin Waltraud unter dem riesigen Walnussbaum saß und Lieder sang. Oder wenn sie in der Pause mit Fritz herumtollte, der mittlerweile ihr engster Freund geworden war. Wenn sie ihn sah, wusste sie, dass es anderen Familien ebenso erging wie ihnen. Tante Hede hatte 6 Kinder, die sie ernähren musste. Das war in diesen Tagen kein Zuckerschlecken. Alle Kinder mussten mit helfen.

Und Fritz war es auch, der es schaffte, die Wut, die an ihr nagte, zu entschärfen. »Kann ich heute mit zu dir auf den Hof kommen?« Ilse strahlte ihn glücklich an. Doch dann sah sie das ernste Gesicht ihrer Mutter vor ihren Augen und sagte, sie müsse erst einmal nachfragen zu Hause.

Selten hatte ihre Mutter seit dem Vorfall ihren strengen Blick abgelegt, daher kostete es Ilse ein wenig Überwindung, ihre Mutter darauf anzusprechen. Seltsamerweise wurde ihr Blick weicher, als Ilse sie schüchtern darum bat, dass Fritz am nächsten Tag mitkommen dürfe. »Ja, er kann kommen, aber zum Abendessen muss er nach Hause.« Dankbar lächelte Ilse ihre Mutter an und erntete ebenfalls ein kleines, kaum sichtbares Lächeln.

Dieser Tag und viele weitere Tage mit Fritz auf dem Hof veränderten etwas in Ilse. Ihr Freund fühlte sich unglaublich wohl auf dem Hof und steckte die Kleine damit an. Für sie war es normal, hier herumlaufen zu können mit anderen Kindern. Doch für Fritz, der zu Hause oft helfen und sich ein Zimmer mit allen Geschwistern und seiner Mutter teilen musste, war das hier das reinste Paradies.

Ilse hätte sich Geschwister gewünscht und Fritz war froh, hier selbst einmal herumtollen zu dürfen und sich mit ihr in Ilses Höhle zurückzuziehen, wenn er seine Ruhe haben wollte. Auch wenn Fritz etwas älter war und nicht so viele Worte darum machte, fühlte Ilse sich von Monat zu Monat wohler und tatsächlich auch Zuhause.

Die Zeit ließ die Erinnerung an das Geschehene verblassen. Was blieb, war Ilses Bemühen, ihre Mutter mit ihrem Verhalten nicht zu reizen. Sie wollte nicht, dass ihre Mutter böse auf sie war. Auch wenn die Kleine immer noch fest davon überzeugt war, nichts Falsches getan zu haben. Über diesen Tag wurde nie wieder gesprochen.

Als Ilse das erste Schuljahr beendete und eine gute Beurteilung ihres Lehrers bekam, war ihre Mutter versöhnt und sah der Zukunft etwas beruhigter entgegen. In diesem Sommer war auch die Verstimmung der Familie Schenk verflogen und es gab viele Tage, an denen Ilse das Leben auf dem Hof sichtlich genoss. Und es gab viele Abende, an denen man nach getaner Arbeit noch lange zusammen draußen saß und alte Lieder sang. Wenn das Lagerfeuer dazu knisterte, klang Gretes Lieblingslied *Kein schöner Land* besonders herzerwärmend. Sie dachte zurück an den Abend auf dem Hof der Eltern, als sie dieses Lied gesungen hatten. Immer noch tat der Gedanke an ihre Eltern weh, doch hier hatte sie ein Stück Geborgenheit.

Die Kinder tanzten um das Feuer herum oder spielten nebenan auf der Wiese Plumpsack. Dann wieder sagen sie selbst die Lieder, die Silvias Großmutter ihnen beigebracht hatte: *Brüderlein, komm tanz mit mir* oder *Wer will fleißige Handwerker sehen* klang ein ums andere Mal durch die Abendstunden. Diese unbeschwerte Zeit war Balsam für Gretes Seele. Sie beobachtete ihre Tochter, wie sie mit den anderen Kindern spielte. Ihr herzhaftes Lachen wirkte ansteckend, nicht nur auf die Kinder.

Gretes Gesichtsausdruck war entspannt. Sie war glücklich, ihre Tochter so fröhlich spielen zu sehen. Obschon sie ahnte, dass auch andere Zeiten kommen würden. Der starke Wille ihrer Tochter würde beiden das Zusammenleben nicht immer leicht machen. Sie wusste, dass ihre Tochter in Zukunft sicherlich nicht immer kommentarlos alles hinnahm, was Grete ihr sagte.

Woher sie nur diesen ausgeprägten, starken Willen hatte?

Kapitel 3

»Guten Morgen, Fräulein Mehr.« Der Gedanke war zu verlockend, doch glücklicherweise hatte Ilse es sich verkniffen, ihren wahr gewordenen Albtraum mit ihrer eigenen Variante des Namens zu begrüßen. Sie hoffte nur, dass Fräulein Mehr die Klasse schnellstmöglich wieder abgeben musste. Wie sich herausstellte, brauchte es dafür allerdings etwas mehr als Geduld.

Auch wenn es nicht offen ausgesprochen wurde, machte Fräulein Mehr keinen Hehl daraus, dass sie die Schüler, deren Eltern ihr hin und wieder kleine Geschenke zukommen ließen, gerne bevorzugte. Oder auch nicht belästigte, wenn sie wusste, dass diese Kinder nicht für den Unterricht vorbereitet waren. So bekam sie mal ein Paket mit Wurst zugesteckt oder einen Laib Rosinenblatz. Natürlich immer ganz unauffällig vor oder nach der Schule und gut eingepackt, damit es nicht zu sehr auffiel.

In dieser Hinsicht hatte Ilse nichts zu bieten. Aber das musste sie auch nicht. Sie war schließlich ein kluges Köpfchen und würde es auf ihre Weise schaffen. Es gab einige Kinder, die so wie sie nicht in der Lage waren, ihrer Lehrerin Geschenke mitzubringen. Da sie jedoch um ihre Offenheit für jegliche Zuwendung wussten, malten sie ihr Bilder oder trugen ihr die Tasche auf dem Nachhauseweg.

In dieser Hinsicht wollte Ilse ihrer Lehrerin nichts anbieten. Bilder malte sie nur für Menschen, die ihr etwas bedeuteten. Und dazu gehörte diese Frau eindeutig nicht.

Sie musste sich also allein auf ihr Bemühen in ihren schulischen Leistungen verlassen.

Fleißig machte Ilse ihre Hausaufgaben. Doch Fräulein Mehr kontrollierte sie nicht. Zumindest nicht bei ihr. Wenn Ilse etwas im Unterricht wusste – was sehr oft vorkam – hob sie immer den Finger und meldete sich. Vergebens. Manchmal schnippte sie mit dem Finger und ließ ihre Hand ungeduldig auf und ab gehen. Nur in der Hoffnung, einmal drangenommen zu werden. Doch Fräulein Mehr ignorierte sie vollkommen.

Wenn sie es bis dahin nur vermuten konnte – nach einigen Wochen, in denen Ilse nicht aufgab, sich immer wieder zu bemühen, teilte ihr die Lehrerin vor der versammelten Klasse offenkundig mit: »Warum strengst du dich überhaupt an? Du weißt doch, dass du eh nicht drankommst.«

Mit dieser Offenheit hatte Ilse nicht gerechnet. Es verschlug ihr erst einmal die Sprache. Von da an beschloss das Mädchen, sich eben nicht mehr zu melden. Dem Unterricht folgte sie meistens, doch sobald Fräulein Mehr bemerkte, dass sie nicht bei der Sache war, nahm sie Ilse dran und freute sich, wenn sie die Kleine blamieren konnte.

Leider begleitete Fräulein Mehr sie auch durch das nächste Schuljahr. Der einzige Lichtblick war ein Junge, der nach Altendorf gezogen und seit dem Sommer neu in ihrer Klasse war: Der schöne Egon. Ein wirklich sehr netter Junge. Und gut aussehend dazu. Er war zu Ilse genau so nett wie zu allen anderen Kindern in der Klasse. Alle Mädchen in der Klasse hatten eine Schwäche für ihn.

Seine Schwäche war Mathematik. Das war auch der Grund, warum er ein Jahr älter war als die anderen Kinder. Man hatte im empfohlen, auf der neuen Schule das Jahr zu wiederholen.

Dass er sich ausgerechnet neben Ilse setzte, lag nicht daran, dass er es sich ausgesucht hatte. Es war lediglich der Tatsache zuzuschreiben, dass Fräulein Mehr Ilse allein an einen Tisch gesetzt hatte und dies nun der einzige freie Platz war. Die anderen Mädchen schauten neidisch zu ihnen hinüber. Und Ilse musste sich mehr als zuvor bemühen, während des Unterrichts konzentriert zu bleiben.

Im Herbst schrieben sie die erste Klassenarbeit. Mathematik. Die Nachhilfestunden schienen sich bewährt zu haben, denn Egon war als einer der ersten fertig mit der Arbeit. Er ließ sie auf seinem Platz liegen und durfte nach draußen gehen. Bald war auch Ilse fertig und schaute sich zur Sicherheit noch einmal die erste Seite an. Oft vergaß sie das Datum und bekam dafür Punkteabzug. Doch, sah alles prima aus. Dann wanderte ihr Blick hinüber zu Egons Arbeit. Schnell sah sie, dass ihm ein Fehler unterlaufen war. Sie atmete tief ein und überlegte, ob sie es wagen könnte….

Unauffällig zog sie das Papier zu sich herüber. Und korrigierte schnell die falsche Rechnung. Sie hatte das Gefühl, dass ihr die Schweißtropfen auf der Stirn standen, doch anscheinend hatte niemand etwas bemerkt. Genau in diesem Augenblick forderte Fräulein Mehr die Klasse auf, die Stifte niederzulegen und Gabriele wurde beauftragt, alle Arbeiten einzusammeln. Es entstand ein heilloses Durcheinander, weil einige schon aufsprangen, um auf den Pausenhof zu laufen. Andere versuchten noch schnell, die Rechenaufgabe zu beenden.

Hans unternahm einen eiligen Versuch, sich von Ilse helfen zu lassen. Sie vernahm seinen Geruch sofort hinter sich. Sein unangenehmer Duft und sein schmuddeliges Aussehen hatten ihm einen Spitznamen verliehen, den Ilse ganz furchtbar fand: *Stinkiger Stalin mit der Himmelfahrtsnase*. Er tat ihr leid, doch in der Kürze der Zeit war es ihr nicht möglich, ihm noch zu helfen.

Als Ilse auf dem Schulhof ankam, war sie glücklich, dass sie zumindest Egon hatte helfen können. Natürlich würde sie es ihm nicht sagen. Sie hoffte einfach, dass seine Leistungen gut genug waren, damit er in ihrer Klasse bleiben konnte.

Doch gleich nach der Pause gab es das böse Erwachen. Natürlich hatte die Lehrerin beim Überfliegen der Arbeiten gesehen, dass eine Aufgabe korrigiert wurde, und zwar nicht vom Verfasser der übrigen Arbeit. Wie ein Feldmarschall stand sie vor den Kindern und erklärte triumphierend, dass hier wohl jemand einen Täuschungsversuch unternommen hatte.

Egon saß ungerührt neben ihr. Schließlich konnte er nicht ahnen, dass es um seine Arbeit ging. Fräulein Mehr mochte Egon, daher ließ sie die Klasse schließlich wissen, dass es um seine Arbeit ginge, ihn aber selbstverständlich keine Schuld treffe.

»Also – wer war es?« Mit unschuldigem Blick sah Ilse das Fräulein an. Genauso wie alle anderen Kinder, die tatsächlich unschuldig waren. Natürlich ahnte Fräulein

Mehr, wer der Übeltäter war, doch niemals hätte sie den Schuldigen überführen können. Wenn es nicht einen miesen Verräter gegeben hätte. Eine linkische Petze. Einen stinkenden Stalin mit einer Himmelfahrtsnase. »Ilse war's.« Langsam drehte sich Ilse zu ihm um. »Du.... Du.....«

So groß ihre Wut über den Verräter auch war, niemals hätte sie dieses Schimpfwort über die Lippen gebracht. Stalins Schwester, die gleich neben ihm saß, eilte ihm zur Hilfe. Lauthals beschimpfte sie Ilse: »Bis du doch still, du bis doch nur en Pollack.« Sofort sprang Ilse von ihrem Stuhl auf und verpasste ihr eine Ohrfeige. »Posen war genauso deutsch wie Ersdorf!«

Noch bevor sie etwas Weiteres sagen oder sich umdrehen konnte, spürte sie die Hand ihrer Lehrerin an ihrem Ohr. Ilse hatte Angst, sie würde es ihr vom Kopf reißen, solche Schmerzen stiegen schlagartig in ihr hoch. Am Ohr zog sie die Kleine durch die ganze Klasse mit den Worten: »So, du bekommst dann dieses Jahr keinen Weckmann.« Wenn Ilse sich nicht irrte, hatte sie das Wort *POLLACK* noch leise angehängt. Kaum hörbar für die Klasse, jedoch gut hörbar für sie.

Dieser blöde Weckmann war ihr ganz egal. Dass sie vor Egons Augen so gedemütigt wurde, war weitaus schlimmer. Bis zum Schulleiter wurde sie an den Ohren gezogen und musste dort den Rest der Stunde verbringen. Im Grunde war sie froh, der Klasse, und vor allem Egon nicht mehr unter die Augen treten zu müssen. Doch dann tauchte eine weitere Vorstellung vor ihren Augen auf. Ihre Mutter.

»Herr Kottzek, können Sie mir helfen? Bitte!« Der Lehrer war verwundert, Ilse beim Schulleiter vorzufinden und ließ sich die Geschichte erklären. Dank seiner Unterstützung verzichtete der Direktor darauf, Ilses Mutter zu benachrichtigen.

Schließlich kam der Tag, an dem die Weckmänner verteilt wurden. Erst jetzt wurde Ilse klar, dass sie in Erklärungsnot geraten würde, denn ihre Mutter teilte ihr mit, wie sehr sie sich darauf freue, das leckere Gebäck am Abend mit ihr gemeinsam zu genießen. Sie hatte extra etwas gute Butter für diesen Festschmaus besorgt. Noch wusste Ilse nicht, wie sie es ihr beibringen sollte.

Vielleicht könnte sie ihr sagen, dass sie ihn vor lauter Hunger schon verspeist hätte. Nein, das würde sie ihr nicht abnehmen. Oder dass sie ihn Egon geschenkt hätte. Dafür hätte sie kein Verständnis. Oder dass er ihr gestohlen worden sei. Ach Mensch, es ging einfach nicht. Sie konnte ihre Mutter nicht so dreist anlügen. Sie müsste sich auf dem Nachhauseweg eine Möglichkeit einfallen lassen, ihr dies schonend beizubringen. Sie würde freiwillig auf ein Abendessen verzichten. Doch sie wusste, wie sehr sich ihre Mutter darauf freute.

Triumphierend schritt das Fräulein Määäääähr am Ende des Schultages durch die Gänge und verteilte mit zuckersüßen Kommentaren die köstlich duftenden Weckmänner. Besonders viel Zeit nahm sie sich, als sie dem stinkenden Stalin sein Gebäck gab. »Vielen Dank nochmal für deine Unterstützung.« Sie lächelte diesem Blödmann zu und legte den Weckmann auf seinen Tisch, weil sie ihm in Wirklichkeit nicht einmal die Hand geben würde. Dann war Egon an der Reihe. »Der ist für dich, lieber Egon«, sprach sie mit übertrieben säuselnder Stimme. Hämisch sah sie Ilse in die Augen. »Tja, für dich ist ja keiner dabei. Aber das weißt du ja.« Nicht einmal einen Kommentar konnte sie sich verkneifen, so offenkundig war ihre Feindseligkeit. Scheinbar unbeeindruckt starrte Ilse an die Tafel. Sie würde sich nichts anmerken lassen, so traurig sie auch war.

»Doch, für dich ist auch einer dabei«, hörte sie Egon sagen. Er drehte sich zu Ilse und übergab ihr feierlich seinen Weckmann. Fräulein Mehr hielt die Luft an und ihr versagte die Stimme. Auch Ilse versagte die Stimme. Ihr Gesicht errötete und verlegen nahm sie das Gebäck entgegen. »Vielen Dank«, erwiderte sie schnell. »Wir können teilen.« Damit brach sie den weichen Mann in zwei Hälften und gab die obere mit den leckeren Rosinen an Egon. Er lächelte ihr zu und nahm es gerne an.

Ihr Glück hätte nicht größer sein können. Dachte Ilse. Doch es kam noch ganz anders. Zwei weitere Mädchen aus der Klasse übergaben Ilse ihren Weckmann. Sie wusste vor lauter Verlegenheit gar nicht, was sie tun sollte. Sie nahm die Mädchen in die Arme und bedankte sich von Herzen bei ihnen.

Schon da konnte sie eine Träne nicht zurückhalten. Schnell verließ sie das Klassenzimmer. Als ihr auf dem Schulhof dann noch das Ehepaar Kottzek gegenüberstand und ihr ebenfalls ihre beiden Weckmänner übergaben, liefen die Tränen nur noch so über ihr Gesicht. So schnell sie konnte, verließ sie den Schulhof und lief nach Hause.

Die Erklärung für viereinhalb Weckmänner war noch schwieriger als die Erklärung, ohne einen Weckmann nach Hause zu kommen. Doch darüber hatte Ilse zu spät nachgedacht.

Tatsächlich konnte sie noch immer keinen klaren Gedanken fassen, als sie auf dem Hof angekommen war. Gedankenverloren stieg sie die Treppen hinauf, öffnete umständlich mit dem Ellbogen die Zimmertür und ließ ihren wertvollen Schatz vorsichtig auf den Tisch fallen. Eine ganze Weile saß sie dort und schaute die viereinhalb Weckmänner ungläubig an.

Wie sehr sich ihre Mutter freuen würde. Andererseits würde sie natürlich skeptisch sein. Ilse musste sich gut überlegen, was sie ihrer Mutter erzählte. Der halbe Weckmann, den Egon ihr gegeben hatte, war der wertvollste Teil der gesamten Männerschar auf dem Tisch. Ihn wollte sie ganz für sich allein haben. Vorsichtig wickelte sie das gute Stück samt Pfeife in ein Tuch und verließ entschlossen ihr Zimmer.

Ihr Weg führte sie geradewegs in ihr Versteck. Glücklich setzte sie sich auf die Decke am Boden und brach Stück um Stück des leckeren Gebäcks ab. Sie ließ es sich genüsslich im Mund zergehen. Egon hatte ihr seinen halben Weckmann geschenkt. Was für ein Freundschaftsbeweis. Selbst die letzten Krümel, die an der Pfeife klebten, löste Ilse akribisch ab und nahm sie mit ihrer Zunge auf. Sie säuberte das Tonstück mit ihrem Tuch und legte dieses Zeichen der Freundschaft mit ihrem Egon schließlich feierlich in ihre Schatzkiste.

Wie sehr sie sich auf das Gesicht ihrer Mutter freute. Da Ilse es nicht abwarten konnte, schlich sie aus ihrem Versteck und beschloss, ihrer Mutter einen Besuch abzustatten. Sie fand sie auf der Obstwiese beim Aufsammeln der Äpfel. Nachdem sie ihre Mutter ungewöhnlich strahlend begrüßt hatte, half sie ihr und hob in einem für sie ungewohnten Tempo die Äpfel auf, um sie in den Korb zu legen.

»Du musst aufpassen. Die Äpfel, die eine faule Stelle oder einen Wurm haben, müssen in die Kiste. Nur die unbeschädigten, schönen roten Äpfel kommen in den Korb. Die sind zum Verkauf.« Das war Ilse egal, sie wollte einfach nur so schnell wie möglich fertig sein. Doch selbstverständlich folgte sie den Anweisungen der Mutter.

Die schönen Äpfel lachten sie derart an, dass Ilse nicht widerstehen konnte und herzhaft in einen kleinen, dunkelroten Apfel hinein biss. »Bah, der ist ja total sauer.« Ilse verzog grimmig das Gesicht. »Selbst Schuld«, kommentierte ihre Mutter. »Du sollst auch nicht essen, du sollst arbeiten.« An der Reaktion ihrer Tochter sah sie, dass ihr Kommentar unnötig streng geklungen hatte, was gar nicht ihre Absicht war.

Sie kniete sich zu ihr und erklärte: »Boskop schmeckt am besten, wenn man daraus Apfelmus kocht. Oder auf einem Kuchen. Mit etwas Zucker oder Sahne.« Oh ja, ein Stück Apfelkuchen. Das erinnerte Ilse an ihre Großmutter. Sie hatte den köstlichsten Apfelkuchen gebacken. Und darauf ein Gemisch aus Zucker und Zimt gestreut. Göttlich.

Gedankenverloren sammelte Ilse weiter. Die Kisten und Körbe waren zu schwer, also erhielt sie die Aufgabe, weitere Körbe zu holen, damit Grete ihre Arbeit fortsetzen konnte. Früher als geplant hatten sie ihre Aufgabe beendet und durften für heute Feierabend machen. Endlich.

In der Waschküche, wo die Äpfel gelagert wurden, säuberten sie sich notdürftig, bevor sie hinein gingen. Ilse lief nicht wie gewöhnlich ihrer Mutter voraus die Treppenstufen hinauf. Ganz dicht hinter ihr folgte sie Grete. Die Kleine hörte vor Freude und Anspannung ihren eigenen Herzschlag so laut, das sie befürchtete, die Überraschung zu verderben. Doch ihre Mutter schien es gar nicht wahrzunehmen. Sie drückte die Türklinke hinab und trat ein. Sofort fing ihr Blick die vier Weckmänner auf dem Tisch ein. Regungslos blieb sie auf der Stelle stehen. Ilse kam hinter ihrem Rock hervor und hüpfte aufgeregt durchs Zimmer.

»Woher sind die?« Die Stimme ihrer Mutter klang streng. »Aus der Schule.« Ilse strahlte ihre Mutter an. Die verschränkten Arme der Mutter waren ein klares Anzeichen dafür, dass sie misstrauisch war und eine Erklärung erwartete. Konnte sie sich nicht einfach nur freuen? Doch im Grunde ahnte Ilse ja genau dieses Verhalten und begann also mit ihrer Erklärung. Den Teil mit der Ohrfeige für die Schwester des stinkenden Stalins ließ sie wohlweislich aus. Sie berichtete nur von der korrigierten Arbeit, der Strafe von Fräulein Mehr und den Geschenken der Kinder, die zu ihr hielten.

Einerseits erfüllte die Geschichte Grete mit Stolz. Sie war glücklich, dass Ilse schlau und hilfsbereit war und für ihr Verhalten einstand. Andererseits befürchtete sie weitere Anfeindungen des Fräulein Määäähr. Nicht zu Unrecht, wie sich herausstellen sollte. Doch für diesen Augenblick genoss sie, dass ihre Tochter für ihre Charakterstärke belohnt worden war. Grete stellte sich erneut vor, wie Ilse ihre biedere Lehrerin imitierte und konnte sich ein Lachen nicht verkneifen.

»Na, das ist ja ein Feiertag. Vier Weckmänner auf einen Schlag.« Sie ahnte nicht, wie sehr sie den Nagel auf den Kopf getroffen hatte. Vier Weckmänner für einen Schlag von Ilse. Bei dem Wort *Schlag* zuckte Ilse kurz zusammen. Sie hoffte, dass ihre Mutter niemals von dieser Ohrfeige erfuhr. Denn sie ahnte, was ihr dann blühte.

»Mama, darf ich einen davon Silvia schenken?« Auch wenn Ilse inhaltlich immer noch zu ihrer Aussage stand, was die Handtücher betraf, so konnte Silvia nichts dafür und war bisher immer sehr nett zu ihr gewesen. »Natürlich.« Grete verstand das Vorhaben ihrer Tochter als Entschuldigung und freute sich darüber.

Sofort lief Ilse hinab, um ihrer großen Freundin den Weckmann zu übergeben. Selbst Bauer Schenk sah die Kleine verwundert an, denn in seinen Augen war Ilse ein ausgeprägter Trotzkopf, zu dem Entschuldigungen nicht passten. Er schien besänftigt.

Im Augenwinkel sah Ilse jemanden auf den Hof zulaufen. Die Statur war ihr vertraut. So dauerte es nicht lange, bis sie ihre Tante Ida erkannte. Fröhlich lief sie ihr entgegen und berichtete ausführlich von diesem aufregenden Tag. Nicht nur Grete freute sich unglaublich, ihre Schwester wiederzusehen. Auch der Stallbursche und Schenks Kinder hatten sie bereits vermisst.

Spontan beschlossen alle, diesen schönen Abend zusammen zu genießen und die köstlichen Männer mit ordentlich Butter zu verspeisen. Eine fröhliche, gesellige Runde erfüllte an diesem Herbstabend ihr Zuhause.

Kapitel 4

Die folgenden Schuljahre kamen Ilse wie eine Ewigkeit vor. Wie sehr das Mädchen sich wünschte, den einfühlsamen Herrn Kottzek zu bekommen. Oder diese neue Junglehrerin, die seit einigen Tagen an der Schule war. Frau Kirscher war mit ihrer freundlichen Art sehr beliebt bei den Kindern. Gerade aus diesem Grunde war sie Fräulein Mehr gleich ein Dorn im Auge. Sie duldete keine Konkurrenz.

Selbst die Tatsache, dass Frau Kirscher ihren Unterricht kostenlos anbot und die Kinder am Nachmittag freiwillig in Englisch unterrichtete, retteten ihr nicht die Anstellung. Fräulein Mehr ließ ihren ganzen Einfluss beim Schulleiter spielen und versicherte sich der Rückendeckung der einflussreichen Eltern des Dorfes, bis man Frau Kirscher schließlich aus angeblich versicherungstechnischen Gründen entließ.

Nur hin und wieder gab es schöne Tage in der Schule. Die Tage, an denen Ilse für ihre Freunde die wohlschmeckenden und bald beliebten Kalktabletten mitbrachte. Oder an denen sie sogar ihre Spardose plünderte, um Süßigkeiten für die Kinder zu kaufen, die sie sonst nicht mitspielen ließen. Ilse versuchte alles, um den Alltag in der Schule erträglicher zu machen. Schließlich waren es nur noch wenige Stunden, an denen Ilse Freude in der Schule hatte. Dazu zählten eindeutig nicht die Stunden bei Fräulein Mehr.

Immer öfter schwänzte sie die Unterrichtsstunden und schlich sich vom Schulhof in die nahegelegene

Scheune, um dann pünktlich zur Pause und zu den wenigen Stunden bei Herrn Kottzek wieder anwesend zu sein.

Am Mittwoch hatte sie nicht eine einzige Stunde bei einem anderen Lehrer. Die Vorstellung eines ganzen Tages mit Fräulein Määäääähr war unerträglich für Ilse. Also ging sie mit den Kindern des Bauers Schenk zu Hause los, um auf halbem Weg mitzuteilen, dass sie etwas vergessen habe. Unbemerkt schlich sie sich in eine Seitenstraße und lief zum Bach am Rande des Dorfes. Immer war sie achtsam, dass die Arbeiter auf dem Weg zu den Feldern sie nicht bemerkten und konnte sich erst entspannen, wenn sie die große Eiche erreichte, die ein wenig außerhalb des Dorfes stand. Dort lehnte sie sich an den dicken Baumstamm und vertrieb sich den Vormittag damit, Steine in den Bach zu werfen.

Und manchmal mit trüben Gedanken. Sie fragte sich, warum es ihr so schwer gemacht wurde. Und fand keine Antwort darauf.

Sie fand auch keine Antwort, als ihre Mutter sie eines Abends fragte, wo der Inhalt ihrer Spardose geblieben war. Grete war so stolz darauf, dass ihre Tochter sich ein paar Pfennige damit verdiente, auf die kleineren Kinder im Dorf aufzupassen oder kleinere Hilfsarbeiten zu erledigen. Manchmal bekam sie auch von ihrer Tante Ida einige Münzen geschenkt, die immer sofort in ihre Dose wanderten. Doch an diesem Abend musste Grete feststellen, dass in der Dose gähnende Leere herrschte.

Unter Tränen gestand Ilse, was mit dem Geld geschehen war und bereitete sich auf die zu erwartende Reaktion ihrer Mutter vor. Umso erstaunter war das Mädchen, als ihre Mutter sich zu ihr setzte und ihr ins Gesicht sah. Mit einem Ausdruck in den Augen, den sie nie zuvor bei ihr gesehen hatte. Das Mädchen tat ihr leid, daher war ihr Gesichtsausdruck nicht so hart wie zuvor. Doch sie wollte ihr unmissverständlich ein für allemal etwas klarmachen.

»Ilse, einst musst du dir merken: Freunde kann man nicht kaufen. Natürlich ist es traurig, wenn die Kinder nicht mit dir spielen wollen. Aber wenn du sie dafür bezahlen musst, sind es keine Freunde.« Ilse nickte bedrückt mit dem Kopf und kämpfte mit den Tränen. Sie wusste, dass ihre Mutter Recht hatte, doch sie wünschte sich so sehr, von allen Kindern gemocht zu werden. Als ihre Mutter sie schließlich in die Arme nahm und liebevoll an sich drückte, begann die Kleine, hemmungslos zu weinen.

***

Die Kinder auf dem Schulhof waren überrascht, dass die Süßigkeiten plötzlich ausblieben und gingen davon aus, dass Ilse zuerst für Nachschub sorgen müsse. Also ließen sie das Mädchen vorerst weiter mitspielen. Nach einiger Zeit jedoch wurde man skeptisch und fragte nach: »Hast du heute nichts mit?« Ohne jede weitere Erklärung antwortete Ilse nur: »Nein«, und beeilte sich, aus dem Blickfeld der Kinder zu geraten und weiter *Fangen* zu spielen. Sie wollte der klärenden Konfrontation so lange wie möglich entgehen.

Schnell näherte sich das Wochenende, das zu den Höhepunkten des Jahres zählte. Das Wochenende an dem die Dorfkirmes stattfand. Aufgeregt unterhielten sich die Kinder auf dem Schulhof über das bevorstehende Ereignis. Es wurde darüber diskutiert, welches Kleid man anziehen wollte und wer dabei sein durfte, wenn die Kinder sich trafen.

Hoffnungsvoll stand Ilse in der Traube von Mädchen unter dem Walnussbaum und freute sich auf diese aufregenden Tage. Da sie bislang keine weiteren Kommentare mehr zu den ausgebliebenen Geschenken gehört hatte, ging sie davon aus, dass das Thema glücklicherweise stillschweigend beendet war.

Doch sie hatte sich getäuscht. Wenn die Mädchen sich bis zu diesem Tage in Geduld geübt hatten, machten sie von nun an keinen Hehl mehr daraus, dass ein Mädchen wie Ilse nicht zu ihnen gehörte. Auf Ilses vorsichtige Nachfrage, wann man sich treffen wolle, brach schließlich die komplette, unverhohlene Gemeinheit aus Gisela heraus. »Bis du doch still, du hast doch nix zu geben. Du hast ja nicht mal einen Vater.«

Albern kicherten die herumstehenden Mädchen. Anita lachte sogar aus vollem Herzen und sah Ilse feindselig an. Ilse war wie vor den Kopf gestoßen. Verletzt. Traurig. Dann sah sie das Gesicht ihrer Mutter vor sich. Das Mädchen baute sich vor Gisela auf und nahm all ihren Mut zusammen.

Zuerst sah sie nur Gisela in die Augen, doch im Laufe ihres Wortschwalls sah sie alle Mädchen in der Runde eins nach dem anderen an. »Ihr solltet euch schämen.

Eure Mütter sind für euch da und eure Väter bringen Geld nach Hause. Meine Mutter muss arbeiten, damit wir was zu essen haben.«

Mehr sagte sie nicht. Sie verkniff sich schweren Herzens sogar die Ohrfeige, die sie liebend gerne hinterher geschickt hätte. Gisela sah das Mädchen verunsichert an, hielt ihrem Blick jedoch stand und gab ein verächtliches Grunzen von sich. Doch Ilses Ansage hatte eine Wirkung erzielt, die sie selbst nicht erwartet hatte. Zumindest einige der Mädchen wandten sich beschämt ab. Und es fühlte sich gut an. Ilse war wie befreit.

Natürlich hätte sie gerne mehr Freunde oder Freundinnen als die Kinder, die ebenso arm waren wie sie und deren Eltern mit ihrer Mutter befreundet waren. Doch diese hatte Recht. Wenn sie Ilse nur als Freundin anerkannten, wenn sie ihnen Geschenke mitbrachte, waren sie es nicht wert. Genau so fühlte es sich für sie nun an.

Erstaunlicherweise kamen zwei Mädchen aus ihrer Klasse am nächsten Tag und verabredeten sich mit Ilse auf der Kirmes.

Aufgeregt hatte sie ihrer Mutter von den Ereignissen auf dem Schulhof erzählt, da sie sich sicher sein konnte, dass diese stolz auf ihre Tochter wäre. Gretes Freude war so groß, dass sie Ilse einige Groschen aus ihrer eigenen Spardose gab, damit sie sich auf der Kirmes etwas kaufen oder eine Runde mit dem Karussell fahren konnte. Dieses Wochenende blieb sehr lange als eine der schönsten Erinnerungen in Ilses Gedächtnis.

Doch so schnell die Dorfkirmes vorbei war, so schnell war auch der Rest des Jahres vergangen. Ilses Unlust am

Unterricht von Fräulein Mehr stieg stetig, ebenso wie die Anzahl ihrer Fehlstunden. Ihre einzige Hoffnung war, dass mit Ende des vierten Schuljahres auch ihre Zeit mit der verhassten Lehrerin ein Ende haben würde. Was Ilse nicht bedacht hatte, war die Möglichkeit, dass sie das Schuljahr wiederholen müsste und Fräulein Mehr sie ein weiteres Jahr begleiten würde.

Die Ankündigung kam kurz vor den Osterferien. Grete kannte nicht die Ursache für Ilses drastischen Leistungsabfall und wusste nicht, ob sie wütend oder traurig sein sollte. Sie wusste, dass ihre Tochter viel aushalten musste. Die Zahl der Kinder, die ihre Tochter hänselten, war kleiner geworden, doch die Reime der übrig gebliebenen dafür umso härter. *Fuss, Fuss, kumm erus, de Kirch is uss. Drusse steht der Omnibus. Alle Leute steigen ein, nur der Fuss, der bleibt allein.*

Man merkte dem Mädchen an, dass die Anfeindungen nicht spurlos an ihr vorübergingen. Die Vorstellung, dass Ilse nun auch noch ein Schuljahr wiederholen musste, ließen Grete schier verzweifeln. Sie fasste sich ein Herz und bat in der Schule um einen Termin bei Herrn Kottzek. »Ist meine Ilse denn wirklich so dumm, dass sie sitzenbleiben muss?« Herr Kottzek sah zuerst Ilse an. Diese wagte nicht, in seine Augen zu sehen. Eigentlich wollte Ilse, dass Herr Kottzek stolz auf sie war. Doch sie hatte ihm in der Vergangenheit nicht viel Anlass dazu gegeben. Dann sah er Grete an, die wie ein Häufchen Elend auf dem Stuhl vor ihm saß. Diese Frau hatte so viel ertragen. Es tat ihm leid, dass sie sich nun auch noch Sorgen um ihre Tochter machte. Völlig unnötigerweise.

»Nein, Ilse ist nicht dumm. Sie ist nur faul.« Er offenbarte Grete nicht das Ausmaß der Fehlstunden. Doch er machte unmissverständlich klar, dass sie die Versetzung problemlos schaffen würde, wenn sie bereit wäre, sich von nun an wieder auf den Hosenboden zu setzen und nachzuholen, was sie verpasst hatte. Es würde ein hartes Stück Arbeit, doch sie könnte es schaffen.

Ilse wurde mulmig bei dem Gedanken, wie ihre Osterferien und die restlichen Monate bis zum Sommer aussehen würden. Sie hatte überhaupt keine Lust, den Frühling mit Pauken zu verbringen. Dann wandte Herr Kottzek noch einmal den Blick zu ihr. Er sah ihr fest in die Augen und sie erriet seine Gedanken. Er war enttäuscht von ihrem Verhalten, das wusste sie. Doch sie wusste auch, dass er sie sehr mochte. Sein Blick wurde weicher. Und er sagte nur einen einzigen Satz: »Wenn du so weitermachst, wie du angefangen hast, wirst du eine der Besten werden.«

Von diesem Tag an riss Ilse sich zusammen. Fräulein Mehr ignorierte Ilse weiterhin. Doch mit ihren schriftlichen Leistungen und Herrn Kottzeks Unterstützung schaffte das Fräulein es nicht, Ilse durchrasseln zu lassen. Ilses größte Motivation war die Kenntnis darüber, dass ihr geliebter Lehrer die Klasse nach den Sommerferien wieder übernehmen würde.

Allein dafür, und für die strahlenden Augen ihrer Mutter lohnte sich die Mühe. Es waren viele harte Stunden, die Ilse investieren musste für die Worte: *In die 5. Klasse versetzt.*

Kapitel 5

Sommer 1952

Grete war dankbar für Ilses Sinneswandel. Sie hatte tatsächlich angenommen, dass Ilse verstanden hatte, worum es ging. Dass es um ihre Zukunft ging. Ilse war einfach froh darüber, dass sie die Versetzung geschafft hatte und ihre Mutter ebenso wie ihr Lehrer zufrieden mit ihr waren. Die guten Vorsätze verblichen jedoch mit der Zeit.

Grete war so damit beschäftigt, für ihre Tochter etwas aufzubauen, dass sie die Zügel etwas lockerer ließ. Innerhalb eines Jahres zogen sie zweimal im Dorf um. Auf dem Hof der Familie Weber hatten sie zum ersten Mal zwei Zimmer für ihre kleine Familie: Ein Schlafzimmer und eine Küche mit einem einfachen Eisenbett in der Nische. Hier durfte Ida übernachten, wenn sie zu Besuch kam. Was durch die Gemütlichkeit der Wohnung immer häufiger der Fall war.

Schließlich wechselte Grete auch die Arbeitsstelle. Die Familie Agger aus dem Dorf hatte große Obstplantagen, auf denen Grete half. Und in den Monaten, in denen weniger Arbeit auf den Plantagen war, strickte sie für viele Dorfbewohner Kleidung. Oder sie bestickte die schönen Kleider der Geschäftsfrauen, damit sie für die großen Feste ein einzigartiges Kleidungsstück hatten. Und natürlich strickte sie die Kleidung für sich, für Ida und Ilse. So kamen sie erstmals ganz gut über die Runden, wenn es keine außergewöhnliche finanzielle Katastrophe gab.

Diese Zeit genoss Ilse ganz besonders. Ihre Mutter kam erst abends von der Arbeit und so konnte das Mädchen nach der Schule nach Herzenslust mit den anderen Kindern spielen. Meist waren die Kinder verbotenerweise bei ihr zu Hause.

Wohnraum und Schlafzimmer hatten jeweils ein Zimmer zur Straße hin und auf der anderen Seite zum wunderschön gestalteten Innenhof. Die Kinder hatten einen Heidenspaß, auf der Straßenseite durch das Fenster zu klettern, über Tisch und Bett durch das Zimmer zu stürmen, um dann aus dem anderen Fenster wieder hinauszuklettern.

Auf diese Weise wurde lautstark fangen gespielt und das Zuhause verwüstet. Irgendwann, wenn Ilse klar wurde, dass ihre Mutter bald nach Hause käme, packte sie die Panik. Die anderen Kinder packte auch die Panik, denn Grete war für ihre Strenge im Ort bekannt. Also nahmen sie die Beine in die Hand und rannten nach Hause. Alle außer Ilse. Sie war Zuhause. Oder was davon übrig war.

Es kostete Ilse viel Mühe, die Zimmer möglichst nahe an den Ursprungszustand zu bringen und nicht immer gelang es ihr. Dann gab es natürlich Hausarrest und zur Strafe Aufgaben, die Ilse am Nachmittag erledigen musste. Wenn sie dann nach einigen Tagen wieder spielen durfte, zog sie es vor, mit den anderen Kindern durch den Ort zu ziehen.

So brav Ilse auch war, wenn ihre Mutter oder Tante Ida in der Nähe waren – manchmal packte sie irgendetwas und verwandelte sie in ein völlig anderes Kind.

Niemals käme sie auf die Idee, benachteiligte Menschen zu ärgern. Im Gegenteil. Sie setzte sich sogar für die armen Menschen ein, wenn andere Kinder sich über sie lustig machten. Wenn wieder eins der Kinder den liebenswerten Schreiner mit seinem Sprachfehler imitierte, nahm Ilse es trotz ihrer zarten Arme in den Schwitzkasten, bis es versprach, dies zu unterlassen und sich zu entschuldigen.

Doch Kinder, die sich für etwas Besseres hielten, hatten es Ilse auf eine seltsame Weise angetan. Besonders gerne ärgerte sie die Jungs im Dorf. Je älter sie waren, umso mehr Spaß machte es ihr.

Hubert, der 15jährige Sohn des Bauern Schmitz, musste helfen, die Ställe auszumisten und so sah Ilse ihn eines Nachmittags von der Straße aus mit der Mistgabel auf dem Misthaufen stehen. Zur Melodie von Hänsel und Gretel sang sie: »Hubert, Hubert, steht da auf dem Mist. Weil er eben der Sohn vom Bauer ist. Er stinkt wie hundert Ziegen, immer nur nach Mist, drum findet er auch kein Mädchen, das ihn küsst.« Wutentbrannt schrie Hubert das Mädchen an und winkte bedrohlich mit seiner Mistgabel. Unbeeindruckt blieb Ilse am Tor stehen und summte fröhlich die Melodie weiter.

»Na, warte, ich werd´ dich mit meiner Mistgabel aufspießen«, schrie Hubert. Als er Anstalten machte, vom Misthaufen hinabzusteigen und tatsächlich die Mistgabel nach ihr warf, rutschte er auf dem glitschigen Untergrund aus und landete mit dem Gesicht nach unten in der Jauche.

So frech Ilse war, so schnell war sie auch. Noch bevor Hubert aufgestanden war, hatte Ilse das Weite gesucht. Sie schüttete sich aus vor Lachen, als sie im Hof der Webers ankam und sich in Sicherheit wähnte.

»Na, haste wieder wat anjestellt?« Frau Halbich, die das Zimmer rechts unten im Hof bewohnte, empfing sie gleich in gewohnter Position mit den Ellbogen auf einem Kissen an ihrem Fenster. Ständig steckte die vorwitzige, alte Frau den Kopf hinaus, um bloß alles mitzubekommen, was draußen passierte.

Obwohl Ilse in Versuchung geriet, ihr eine blöde Bemerkung zurückzugeben, beschloss sie, sie lieber zu ignorieren. Womöglich würde Frau Halbich sie bei ihrer Mutter anschwärzen. Maßlos ärgerte sich die alte Frau, dass sie von Ilse nichts erfuhr und beschwerte sich bei Grete darüber, dass Ilse sie nicht grüßte, wenn sie an ihr vorbeiging und ihr nicht antwortete.

Ilse war sich keiner Schuld bewusst, da sie sich jeden Kommentar verkniffen hatte. Umso enttäuschter war sie, dass ihre Mutter sie mit Hausarrest bestrafte. Dann hätte sie Frau Halbich auch einige passende Worte sagen können. Es war Ilse unverständlich, dass ihre Mutter so große Stücke darauf hielt, immer nett zu allen Mitmenschen zu sein. Selbst wenn diese es nicht waren. Das Mädchen schwor sich, beim nächsten Mal nicht so zurückhaltend zu sein, koste es, was es wolle. Hausarrest hin oder her. Das nahm sie gerne in Kauf.

Schneller als gedacht ergab sich eine Möglichkeit, sich bei Frau Halbich zu revanchieren. Wenn die alte Frau mal nicht am Fenster stand, führte sie drinnen Selbstgespräche. »Keen Groschen kriegen die von mir, keen Groschen, die Schweine.« Oder: »Geh mir wech mit der Maus, wech damit!« Dabei verwandelte sich ihre Stimme in ein aufgebrachtes und mitunter hysterisches Kreischen. Ilse versteckte sich oft mit Waltraud unter dem Fensterbrett. Wenn sie ihrem Gemurmel gelauscht hatten, kostete es sie einige Mühe, sich zusammenzureißen, bis sie schnell in ihr Zimmer liefen und das Lachen aus ihnen herausplatzte.

Als sie an diesem Nachmittag ein kleines Mäuschen in der Küche entdeckten, war ihr Plan sehr schnell gereift. Mit einer List fingen sie das Tierchen ein und setzten es in ein Einmachglas, zusammen mit etwas Gras und einem kleinen Stückchen Brot. Dann setzten sie sich auf die Bank, die im Hof zwischen ihrer Haustür und Frau Halbichs Fenster stand. Und sie warteten.

Sie warteten auf die Gelegenheit, dass die Alte von ihrem Fenster verschwand und sie das Mäuschen in deren Zimmer freilassen konnten. Ein wenig Mitleid hatten sie mit dem Mäuschen, aber die Genugtuung über die lang ersehnte Rache war einfach noch größer.

Doch Frau Halbich war nicht dumm. Es passte nicht zu Ilse, dass sie den ganzen Nachmittag brav auf der Bank saß. Die Frau ahnte, dass Ilse mit ihrer Freundin etwas ausheckte. Also ging sie keinen Schritt weg von ihrem Fenster. »Irgendwann muss sie doch mal aufs Klo«, flüsterte Waltraud. Geduld war nicht Ilses Stärke. Und Frau Halbich schien über eine ganz außergewöhnlich belastbare Blase zu verfügen.

Die Mädchen hatten schon Sorge, dass Grete bald nach Hause kam. Dann müssten sie das arme Mäuschen wieder freilassen. Nein. Auf keinen Fall. Vorher mussten sie einen Weg finden.

»Du gehst vorne raus und klingelst bei Frau Halbich. Wenn sie reingeht, lege ich schnell die Maus rein.« Waltraud nickte, obwohl sie besorgt war, ob sie schnell genug hinein käme, bevor Frau Halbich an der Tür wäre. Sie durfte sich nicht erwischen lassen. Dann wäre der ganze schöne Plan aufgeflogen. Gesagt – getan. Ilse wartete gespannt im Hof auf das Klingeln an Frau Halbichs Tür. Dann hörte sie den dezenten Klingelton. Leider hörte die schwerhörige alte Dame ihn nicht. Waltraud erschien wieder neben Ilse und wunderte sich, dass das Mäuschen noch in seinem Glas hinter Ilses Rücken auf der Bank stand.

»Sie hat´s nicht gehört.« Ilse verdrehte die Augen. Noch ein weiterer Versuch scheiterte kläglich und der Puls der Mädchen stieg immer höher. »Du musst noch einmal klingeln und fest an die Tür hämmern.« Waltraud war nicht wohl bei dem Gedanken. Doch sie und Ilse, das war ein unschlagbares Gespann. Jeder würde für den anderen alles tun. Also verschwand Waltraud ein letztes Mal.

Frau Halbich wunderte sich bereits, warum das Mädchen so oft drinnen verschwand. »Schwache Blase«, rief Ilse zu ihr hinüber. Dann hörte sie das lautstarke Gehämmer an der Haustür. Und Frau Halbich hörte es auch. Widerwillig entfernte sie sich von ihrem Fensterbrett.

Blitzschnell sprang Ilse auf und lief mit dem Glas zum Fenster. Schon auf dem Weg öffnete sie den Deckel, ohne ihn abzuheben. Sie musste das Mäuschen ohne das Brot und ohne die Grashalme hinaus befördern. Sonst würde Frau Halbich gleich bemerken, dass es nicht auf natürlichem Wege in ihre Wohnung gelangt war.

Vorsichtig legte sie das Einmachglas auf die Seite und hoffte, dass das Tier blitzschnell die Möglichkeit nutzte, wieder in die Freiheit zu gelangen. Doch weit gefehlt. Unbeeindruckt saß es im Einmachglas und knabberte an der Brotrinde.

»Widderliche Pänz. Meinen, sie müssen Klingelmäuschen machen.« Sie ahnte nicht, wie recht sie hatte. Die Stimme näherte sich dem Zimmer und verzweifelt schüttete Ilse das Einmachglas aus. Der gesamte Inhalt war nun auf Frau Halbichs Fensterbrett. Bevor das ängstliche Mäuschen flüchten konnte, nahm Ilse es am Schwanz und versuchte, es sanft auf das Schränkchen im Inneren des Zimmers zu setzen. Sie erschrak fast zu Tode, als Frau Halbich plötzlich im Türrahmen stand.

Vor lauter Schreck ließ Ilse den Schwanz des Mäuschens los und es flog im hohen Bogen durch das Zimmer. Direkt auf Frau Halbichs Gesicht zu. Unter dem Geschrei der alten Frau landete das kleine Tierchen auf deren ausladendem Busen, bevor es unsanft zu Boden fiel.

Das hysterische »Wech mit der Maus, wech mit der Maus« verwandelte sich schlagartig in böses Geschimpfe über Ilse, die zwar ruckartig unter dem Fensterbrett verschwunden war, dort aber regungslos erstarrt immer noch hockte.

Nachdem Frau Halbich wieder bei Sinnen war, stürmte sie zum Fensterbrett, auf dem immer noch die Beweise für Ilses Racheakt lagen. Waltraud lugte um die Ecke und sah das Ausmaß ihrer Aktion. Mit einem Wink befahl Ilse ihr, zu verschwinden, damit ihre Freundin nicht auch noch bestraft wurde.

Ilse war klar, dass eine ordentliche Strafe auf sie wartete. Doch zwei Dinge waren noch viel schlimmer für sie. Das arme Mäuschen, dass sich bei dem Flug, oder besser gesagt bei der Landung am Beinchen verletzt hatte. Es hatte keine Chance zu entkommen. Als Ilse vorsichtig einen Blick über das Fensterbrett in das Zimmer warf, wurde sie Zeuge, wie Frau Halbich das ängstliche Tier demonstrativ hinrichtete. Mit einem kräftigen Tritt zerstampfte die Alte das kleine Mäuschen. Ilse tat es in der Seele weh, dies ansehen zu müssen.

Zwar sah sie das Tierchen nicht, aber das Geräusch im Augenblick des Zermatschens und die Genugtuung in den Augen der Frau ließen den blanken Hass in ihr aufsteigen. Dann trat Frau Halbich triumphierend ans Fenster und forderte Ilse auf, sich direkt vor sie zu stellen. Diesmal wagte Ilse nicht, zu widersprechen. Die dann folgenden Worte brannten sich in Ilses Herz ein und sie würde sie nie mehr in ihrem Leben vergessen. »Dich hat der Herrjott nich umsonst jestraft.« Der Blick der alten Frau zeigte schonungslos, wie sehr sie das Mädchen mit den roten Haaren verachtete.

Tränen der Wut stiegen in Ilse auf, doch sie würde der Alten nicht zeigen, wie sehr sie sie verletzt hatte. Wenn Frau Halbich ihr vorgeworfen hätte, dass sie ungezogen und rotzfrech war, damit hätte Ilse leben können. Es stimmte mitunter sogar. Doch sie für etwas zu beschimpfen, für das sie rein gar nichts konnte, war für das Mädchen unerträglich. Nie würde sie ihr das verzeihen. Dazu kam die Angst, was sie bei der Heimkehr ihrer Mutter erwartete. Das Mädchen zerbrach sich den Kopf darüber, wie sie es anstellen konnte, ihrer Mutter einerseits keinen Kummer zu machen, andererseits für sich selbst einzustehen.

Wie sehr Ilse sich doch in diesem Augenblick wünschte, dass ihr Vater hier war und ihr beistand. Sie sah sein Gesicht vor ihren Augen. Er lächelte sie an. Warum konnte er nicht hier sein?

An diesem Abend fand sie keine Antwort auf ihre Fragen und wusste, dass sie die Strafe ihrer Mutter über sich ergehen lassen musste.

Kapitel 6

»Fussije Lump, Zijarrestump, hätt am Arsch en Wasserpump.«

Dass sie von den Kindern der vermeintlich *besseren Familien* beschimpft wurde, war Ilse schon gewohnt. Trotzdem verletzte es sie jedes Mal aufs Neue. Doch sie bemühte sich auf ihre ganz eigene Art, sich davor zu schützen. Oftmals reagierte sie mit einem Reim, der ihr einfach nur so von den Lippen kam.

Dass aber ihr Freund Fritz plötzlich mit in das gleiche Horn blies, und das auf diese unbarmherzige Art und Weise, machte sie sprachlos. Ihre grünen Augen verengten sich zu Schlitzen und funkelten ihn an. Immer noch wortlos. Fritz schien sich in der Gruppe der anderen Kinder beweisen zu wollen. Er wollte zu ihnen gehören. Der Versuch, Ilses Blick auszuweichen, ging schief. Schnell fühlte er sich unwohl und sah zu Boden.

Ilse, die immer noch einen Kopf kleiner war als Fritz, machte einen Schritt auf ihn zu und zwang ihn mit ihrer bloßen Anwesenheit so dicht vor ihm, ihr wieder in die Augen zu sehen. »Ich dachte, wir sind Freunde.« Die umher stehenden Kinder lachten. Regungslos standen sich die beiden Kinder mitten auf dem Schulhof gegenüber. Gespannt warteten alle auf Fritz′ Reaktion. Eine gespenstische Stille herrschte um sie herum.

Ilses Gefühl von unbändiger Wut wich einer Wehmut. Fritz war es, der sie und ihre Mutter damals im Auffanglager gerettet hatte. Er war ihr Held. Er konnte doch nicht derart oberflächlich geworden sein. Ilses kleine Hand wanderte langsam zu seiner Hand. Sie berührte ihn vorsichtig. Nach einem kurzen Zusammenzucken entlud sich seine ganze Anspannung und er ging einen Schritt auf sie zu, um sie fest in den Arm zu nehmen. Ilse weinte leise und ließ sich gerne von ihm trösten. Sie vergrub ihr Gesicht an seiner Brust.

Er war doch so etwas wie ihr großer Bruder. Gott sei Dank hatte er sich daran erinnert.

Mit genau dieser offenen und gradlinigen Art hatte Ilse viele Freunde gefunden. Die Kinder wussten, wenn man mit Ilse befreundet war, hatte man eine Freundschaft fürs Leben. Sie würde mit allen Mitteln für ihre Freunde einstehen. Oftmals mit Worten und notfalls auch mit ihren Fäusten. Ihre kreativen Wortschöpfungen waren überall bekannt und manches Mal gefürchtet. In jedem Fall hatte sie sich mit ihrer Art einigen Respekt erarbeitet.

Selbst die größeren Schüler amüsierten sich über die Reime, die sie ihnen an den Kopf warf. Ilse wollte nicht verletzen mit ihren Worten. Mit ihrer Art, die Reime zum Besten zu geben, brachte sie meist auch die Betroffenen zum Lachen.

Der für sein Alter ungewöhnlich große und kräftige Franz-Josef war einer von Ilses Lieblingsobjekten. Ilse mochte ihn gerne, und freute sich über seine Aufmerksamkeit. In sicherer Entfernung stellte sich das Mädchen ihm gegenüber. »Unser Franz-Josef ist ein wilder Mann. Stampft oft wütend mit Zorngebrüll heran. Franz-Josef lass dir sagen, musst werden sanft und zart. Sonst brechen Bäumchen unter deinen Fäusten ab.« Scheinbar wütend stampfte er mit dem Fuß und machte sich schwerfällig auf, das Mädchen zu jagen. Lachend lief sie davon. Flink wie ein Wiesel. Nachdem Franz-Josef sicher sein konnte, dass das Mädchen ihn nicht mehr sah, wischte er sich die Tränen vor Lachen aus seinen Augen.

Ilse musste sich nicht verbiegen. Sie hatte das Glück, dass die meisten Menschen sie mittlerweile so nahmen, wie sie nun einmal war. Die einzigen Menschen, deren Meinung ihr wirklich wichtig waren, waren ihre Mutter, Tante Ida und Herr Kottzek.

Naja, und ein gewisser junger Mann, der ihr Herz bereits bei seinem ersten Tag in der Schule erobert hatte. Der schöne Egon. Als sie sich kennenlernten, waren sie noch Kinder. Plötzlich fühlte es sich für Ilse anders an. Die Ankündigung des bevorstehenden Konfirmanden-Unterrichts wühlte sie in ungewohnter Weise auf.

Zwar ging sie jeden Sonntag mit ihrer Mutter und Tante Hedes Familie in die Kirche nach Rheinbach. Doch von nun an würde sie jeden Mittwoch mit Egon die 6 Kilometer mit dem Fahrrad zurücklegen. Nur sie beide. Es fühlte sich gut an. Ilse war voller Vorfreude. Was für ein glücklicher Zufall, dass die meisten der Kinder im Dorf katholisch waren.

Tatsächlich begann eine wunderbare Zeit für Ilse. Sie genoss den Weg nach Rheinbach, durch die Felder bei meist strahlendem Sonnenschein. Die Unterhaltungen mit Egon, der Ilse ebenfalls gerne mochte. Selbst der Unterricht bereitete ihr Freude. Und auf dem Nachhauseweg machten sie oft Rast unter einer Kastanie und ließen die Seele baumeln. Egon, weil er noch nicht nach Hause wollte, denn dort warteten die gewohnten Pflichten auf ihn. Und Ilse, weil sie einfach jede Minute in Egons Gegenwart genoss.

So entstand eine große Vertrautheit und eine tiefe Freundschaft. Ilse versuchte, sich ihre Schwärmerei für Egon nicht anmerken zu lassen. Wie gerne hätte sie sich etwas mehr getraut, doch die Angst, diese kostbare, unbeschwerte Freundschaft zu zerstören, hielt sie zurück. Die Schmetterlinge, die sich in Bewegung setzten, sobald sie ihn nur sah, ließen sich nicht bremsen. Das Mädchen bemühte sich nach Kräften, diese zu beruhigen und meist gelang es ihr, sobald sich beide über die Lehrer, die Kirche oder die Familien unterhielten.

Nur die Zeit unter der Kastanie war aufwühlend. Wenn sie schweigend beieinander saßen und in die Ferne schauten. Mit dem Herbst wurde es kühler und Ilse wünschte sich in diesen Augenblicken, Egon würde seinen Arm um ihre Schulter legen und sie wärmen. Sie saßen näher beieinander, je kälter es wurde. Doch für Ilse war es niemals nahe genug.

Als der Winter mit aller Gewalt Einzug gehalten hatte, mussten sie auf die Pausen unter der Kastanie verzichten. Mühsam erkämpften sich beide mit ihren Fahrrädern den Weg durch den Schnee. An diesem Mittwoch, kurz vor Ilses Geburtstag, schlug selbst ihre pflichtbewusste Mutter vor, den Unterricht einmal ausfallen zu lassen. Es schneite unaufhörlich. Der Weg war auf Teilen der Strecke nicht befahrbar. Doch für nichts auf der Welt würde sich Ilse diese kostbaren Stunden entgehen lassen. Dick eingepackt mit Schal, Handschuhen und Mütze machte sie sich auf dem Weg und traf Egon wie gewohnt an der Ecke zum Friedhof. Ihr Herz machte wieder einmal einen Freudensprung.

Während die beiden sich noch unbeschwert unterhielten und Späße machten, verwandelte sich der Schnee in einen widerlichen Schneeregen. Zuerst wurden ihre Gesichter nass. Dann die Mützen. Die Nässe kroch durch die Kleidung, bis schließlich ihre Körper völlig durchnässt waren. Die Haare klebten triefnass an ihren Köpfen. So verbrachten sie die gesamte Zeit in der Kirche.

Und so quälten sie sich auch wieder nach Hause. Auf direktem Weg. Mit dem Fahrrad über die matschigen Straßen aus Schnee und Regen. Das Fahrrad schiebend auf dem letzten Stück Feldweg, der ihnen so lange wie niemals vorher vorkam. Der Abschied fiel heute außergewöhnlich kurz aus. Beide waren froh, endlich zuhause zu sein.

»Ich habe dir doch gesagt, du sollst besser zuhause bleiben.« Mit nichts anderem hatte Ilse gerechnet. Gewünscht hätte sie sich einige einfühlsame, besorgte Worte. Enttäuscht über diese Reaktion und diesen gesamten Tag verkroch sie sich gleich ins Bett.

Es war endlich wieder Frühling und sie saß erneut mit Egon unter der Kastanie. Liebevoll sah sie ihn von der Seite an und bemerkte, dass auch er sie plötzlich in ungewohnter Weise ansah. Seine Augen glänzten und er hob seine Hand, um ihre Wange zu streicheln. Ilse schmiegte ihre Wange in seine warme, weiche Hand und schloss die Augen. Sie spürte, wie Egon ein Stückchen näher an sie heranrückte.

Dann spürte sie auch die zweite Hand an ihrer Wange. Sie öffnete vorsichtig die Augen und sah Egons Gesicht direkt vor ihr. Seine Lippen näherten sich ihren. Ilses Puls stieg ins Unermessliche. So lange hatte sie auf diesen Kuss gewartet und jetzt, da er ihr kurz bevor stand, wurde ihr ganz heiß. Durfte sie das tun? Was würde ihre Mutter dazu sagen? Egal. Was zählte, war nur dieser Augenblick. Nur sie und Egon. Nur dieser Kuss. Erwartungsvoll schloss sie erneut die Augen, um sich ihm ganz hinzugeben und dieses Gefühl in seiner ganzen Fülle zu genießen.

Der Schlag auf ihre Wange kam unerwartet. »Was soll das? Egon!« Wieder ein Schlag auf die Wange. Völlig entsetzt sah Ilse ihm in die Augen. Seine liebevollen, erwartungsvollen Augen. Plötzlich verschwammen sie und ein Nebel umgab sie. »Ilse.« Jemand rief ihren Namen. »Ilse.« Eine vertraute Stimme, doch sie gehörte nicht Egon. Es kostete sie unglaubliche Mühe, ihre Augen zu öffnen. Wieder dieses Klatschen auf ihrer Wange. Wütend nahm sie all ihre Kräfte zusammen, und sah mit einem Mal völlig klar: die Augen ihrer Mutter.

Schweiß gebadet lag Ilse in ihrem Bett. Es war noch kein Frühling. Es war eisig kalt im Zimmer. Nur ein paar Stunden waren vergangen, seit sie am Ende dieses furchtbaren Tages ins Bett gefallen war. Und jetzt von ihrer Mutter geweckt wurde, weil heftiges Fieber sie plagte.

Unbarmherzig setzte Grete ihre Tochter aufrecht auf das Bett, die Füße hinunter baumelnd, damit sie diese in ein Salzbad stecken konnte. Obwohl die Hitze für Ilse bereits jetzt fast unerträglich war, flößte Grete ihr heißen Brombeersaft ein und legte einen heißen Backstein ins Bett. Ilse hätte alles für eine Handvoll des schönen, weißen Schnees zur Abkühlung gegeben. Doch ihre Mutter blieb hart. Ilse musste schwitzen. Sie musste eine unendlich lange Zeit schwitzen. Es war unerträglich für sie. Doch das Mädchen hatte keine Kraft, sich zu wehren. Außerdem wusste sie, dass es ohnehin zwecklos wäre.

Sie nannte ihre Mutter unbarmherzig, doch im Grund wusste Ilse, dass es ihre Art war, ihre Liebe zu zeigen. Nach allem, was ihre Mutter in ihrem jungen Leben schon verkraften musste, waren ihr die liebevollen Worte abhanden gekommen.

Mit ihrer fast barschen Art zog sie Ilse aus dem Bett, als diese nass geschwitzt war und ihr Nachthemd an ihrem zarten Körper klebte. Dann nahm sie ihre Tochter aus dem kalten Schlafzimmer mit in die warme Stube, frottierte sie mit einem großen Handtuch ab, zog ihr ein sauberes Nachthemd an und legte sie in das frische Bett in der Wohnstube.

Kraftlos lag Ilse dort und war froh, nicht allein sein zu müssen. Grete setzte sich ans Fußende des Bettes mit dem Rücken an die Wand und breitete ihre Strickwaren auf dem Bett aus. »Rot oder braun?« Sie hielt Ilse zwei Wollknäuel hin. Ilse lächelte. »Rot.« Grete nickte und lächelte kaum sichtbar. Dann begann sie, einen neuen Schal für Ilse zu stricken.

Wie in alten Zeiten begann Grete, ohne es zu merken, ein Lied zu summen. Friedlich schloss Ilse die Augen. Grete vernahm es aus dem Augenwinkel und legte vorsichtig ihre Stricknadeln beiseite. Ebenso vorsichtig ließ sie eine Hand unter das dicke Federbett wandern und kitzelte ihre Tochter unter den Füßen. Ilse schreckte hoch, musste aber gleich lachen, als sie die Ursache für das unerwartete Gefühl an ihren Füßen bemerkte.

In gespieltem Ärger gab sie ihrer Mutter einen freundschaftlichen Klaps auf ihr Bein. Ihre Hand mit den weiß gefrorenen Fingerspitzen ließ sie dort liegen. Nachdem Grete die Füße ihrer Kleinen wieder gut eingepackt hatte, legte sie ihre Hand auf Ilses Finger. Nach einer Weile wanderte ihre Hand weiter und ruhte schließlich beschützend auf der kleinen Hand ihrer Tochter, bis diese in einen friedlichen, traumlosen Schlaf fiel.

***

Dieser Kuss – oder besser gesagt, das, was ein Kuss hätte werden sollen, war leider nur ein Traum. In den folgenden Tagen kümmerte sich Egon ganz liebevoll um seine Freundin. Er besuchte sie, obwohl er sich auch einen ordentlichen Schnupfen eingefangen hatte und Grete ihn am ersten Tag unsanft abwimmelte.

Doch seine Beharrlichkeit zahlte sich aus, denn Grete ließ sich schließlich durch seine höfliche und charmante Art überzeugen. Einmal brachte er Ilse ein Stück Kuchen mit, ein andermal schenkte er ihr einen schönen Stein. Ilse war fast etwas enttäuscht, dass sie durch die Hausmittel ihrer Mutter so schnell wieder gesund geworden war und Egons Besuche mit ihrem Schulbesuch wieder beendet waren.

Jeden Abend beim Schlafengehen stellte sie sich diesen Kuss vor und wünschte sich, er möge zumindest in ihren Träumen wahr werden. Allein die Vorstellung dieses Kusses löste in Ilse ein nie gekanntes, warmes, unglaublich intensives Gefühl aus. Dieses Mädchen war hoffnungslos optimistisch. Wenn erst der Frühling kam und sie mit Egon wieder unter der Kastanie saß, dann könnte es passieren.

Der Frühling kam. Und Egon kam. Und er verließ sie wieder ohne den ersehnten Kuss. Jede Woche. Ilse wurde klar, dass sie sich von ihrem Traum verabschieden musste. Dieser Abschied tat weh. Trotzdem waren die vertrauten Stunden unter der Kastanie wertvoll für das Mädchen. Es war ein kleiner Trost für sie.

Ihre Mutter hatte sie gelehrt, nicht darüber zu hadern, was man nicht hatte, sondern dankbar zu sein für das, was man hatte. Ihr Gefühl davon zu überzeugen, fiel ihr noch sehr schwer.

Doch als endlich der Vorabend der lang ersehnten Konfirmation kam, war Ilse tatsächlich versöhnt und unendlich dankbar. Ihre Tante Ida hatte sich selbst übertroffen und Ilse ein wunderschönes Kleid eigens für diesen Tag genäht. In die Knöpfe, die sie zur Verzierung angebracht hatte, waren kleine glitzernde Steinchen eingearbeitet. Es war wirklich ein unvergleichliches Geschenk.

Ilse glaubte schon, dass dies der Höhepunkt ihres Festes war. Doch es sollte noch zwei weitere Dinge geben, die Ilse so schnell nicht vergaß. An diesem Abend stand plötzlich ihre Cousine Elfriede aus Bernstein vor der Tür.

Auf dem Arm die kleine Tochter. Seit zehn Jahren hatten sie sich nicht mehr gesehen. Grete war glücklich, dass ihre Überraschung für Ilse gelungen war.

Die letzte Überraschung kam ebenfalls von Grete. Nachdem Ilse ihr Kleid am Abend noch ein letztes Mal anprobiert und schon die klobigen Schuhe bereitgestellt hatte, nahm Grete ihre Tochter an die Hand und führte sie ins Schlafzimmer. »Eigentlich solltest du es erst morgen bekommen, aber ich glaube, es ist besser, es dir jetzt schon zu geben.« Sie übergab Ilse ein Geschenk. Das Mädchen strahlte vor Freude, obwohl sie keine Ahnung hatte, was ihre Mutter ihr schenkte. Ihre Neugierde war grenzenlos, doch bevor sie das Geschenk öffnete, legte sie es beiseite, um ihre Mutter zu umarmen.

Schließlich begann sie, das Papier sorgfältig zu öffnen. Ihr stockte der Atem beim Anblick der hübschen Sandalen. Ihre Mutter hätte ihr kein größeres Geschenk machen können. Zum ersten Mal seit unendlich erscheinenden Jahren könnte sie ihren schönen Fuß mit einer schicken Sandale verzieren, statt wie ein Trampel in Klumpschuhen zu ihrer Konfirmation zu gehen.

Ilse fühlte sich wie eine Prinzessin. Sofort nahm sie das Kleid erneut, zog es an und schlüpfte ganz vorsichtig in die schönen Schuhe. Tanzend durchquerte sie das Schlafzimmer und die Küche. Elfriedes kleine Tochter sah Ilse zuerst überrascht an und begann schnell, es ihr gleich zu tun. Das Strahlen in Ilses Augen war wieder einmal ansteckend.

Und dieses Strahlen wich ihr den ganzen Abend nicht mehr aus dem Gesicht. Lange saßen sie zusammen bei den Vorbereitungen für das große Fest am nächsten Tag, bereiteten das Essen vor, deckten liebevoll die Tische ein. Erst sehr spät fand Ilse in den Schlaf. Die Aufregung ließ erst am Abend der Konfirmation nach, als die große Schar der Gäste das Haus verlassen hatte und eine beruhigende Stille einkehrte.

Das Lachen und der Gesang der Gäste klangen noch in ihren Ohren. Der Duft des wunderbaren Essens lag noch in der Luft. Und Ilse saß mit Grete und Ida in der Küche und war einfach nur glücklich.

So schnell das Fest der Konfirmation gekommen war, so schnell war auch das Ende des Schuljahres in Sicht. Dies wurde für Ilse völlig unerwartet von einem Abschied überschattet, der sie und alle anderen Kinder ihrer Schule ebenso traf. Herr Kottzek war zwischenzeitlich für seine fachlichen, aber auch menschlichen Fähigkeiten über die Grenzen der Stadt hinaus bekannt geworden. Schließlich bot man ihm eine Stellung als Schuldirektor an. Für ihn kam dieses Angebot sehr überraschend und er ließ sich etwas Zeit damit, eine Entscheidung zu fällen. Doch so schwer es ihm auch fiel, *seine Kinder* zu verlassen, so musste er auch an seine Zukunft denken.

Die Kinder wären in wenigen Jahren fertig mit der Schule und würden in alle Himmelsrichtungen ausziehen, um ihr Glück zu finden. Als Schuldirektor konnte er noch mehr bewirken als in seiner Eigenschaft als Lehrer. Darüber hinaus wäre das großzügige Gehalt für seine Familie wichtig, da sein Vater zwischenzeitlich verstorben war und er zusätzlich seine Mutter versorgen musste.

Schweren Herzens verließ er mit dem Ende des Schuljahres seine Schule. Und Ilse. Viele Tränen flossen an diesem Tag. Viele Taschentücher wurden gebraucht. Nicht nur die Schüler, sondern auch viele Eltern und das Kollegium bereiteten ihm einen bewegenden Abschied. Allein Fräulein Mehr benötigte an diesem Tag kein Taschentuch.

Ilse konnte es kaum ertragen, ihren Lehrer an diesem Tag des Abschieds zu sehen. Selbstverständlich hatte man erwartet, dass Ilse eins ihrer berühmten Dichtungen vortrug, doch dazu war sie nicht in der Lage. So sehr sie sich in den voran gegangenen Tagen auch bemühte, sie brachte kein einziges Wort zu Papier. Noch weniger hätte sie sich dort hinstellen und etwas vortragen können. Sie hielt sich während der gesamten Feierlichkeiten in der Nähe des Walnussbaumes auf, um sich verstecken zu können, sobald ihre Tränen sie wieder einmal zu überkommen drohten. Waltraud leistete ihr Gesellschaft und verbrachte den Vormittag mit ihr im Schutze des dicken Baumes.

Irgendwie war es tröstlich für Ilse, dass sie mit dem Ende dieses Schuljahres auf die Schule nach Altendorf wechselte. Ihre Schule war nicht mehr die gleiche, wenn Herr Kottzek nicht mehr hier war. Im letzten Schuljahr mussten alle Kinder die Schule im Nachbardorf besuchen. Sie hoffte, dass sie dieses 8. Schuljahr irgendwie überstand und war froh, die Schule dann verlassen zu können.

Heute wollte sie nur diesen Tag überstehen. Die endlosen Lobeshymnen des Kollegiums. Die Lieder, die der Schulchor zum Besten gab. Ilse wartete mit Waltraud, bis all dies verklungen war und sie sicher sein konnte, dass niemand mehr auf dem Gelände war. Ein letztes Mal schniefte sie in ihr Taschentuch, das bereits durchgeweicht war, stand auf und klopfte sich die Blätter aus ihren Kleidern.

Waltraud tat es ihr gleich und versuchte, ihre Freundin aufzumuntern. »Sollen wir uns nachher treffen und zum Tomberg laufen?« Sie wusste, dass ihre Freundin diesen Ort liebte und zu jeder Gelegenheit dorthin lief, wenn die Zeit es zuließ. Ilse schüttelte nur den Kopf. Ihre Freundin begriff, dass es keinen Sinn hatte, Fröhlichkeit aufzusetzen und ihr etwas vorzuspielen. Also hakte sie sich unter und verließ mit Ilse die Schule.

»Wolltest du etwa gehen, ohne dich zu verabschieden?« Die Worte gingen Ilse durch Mark und Bein. Herr

Kottzek stand mit einer Zigarette in der Hand neben dem gemauerten Bogen am Eingang der Schule. Niemals zuvor hatte Ilse ihn rauchen gesehen. Seine Frau war dafür bekannt, dass sie ständig mit einer Zigarette auf dem Schulhof stand, doch ihn hatte sie nie so gesehen. Ilse blieb wie angewurzelt stehen. Zu gerne hätte sie sich diese Begegnung erspart. Sie wusste ohnehin nicht, was sie sagen sollte.

»Auf Wiedersehen.« Ilse streckte ihrem Lehrer höflich die Hand entgegen. Er zögerte einen Augenblick, ergriff dann Ilses kleine Hand. »Auf Wiedersehen.« Er ließ die Hand nicht los und Ilse brachte es nicht übers Herz, ihre Hand zu entziehen. Sie musste hier weg, sonst könnte sie sich nicht mehr beherrschen. Doch er ließ sie einfach nicht los.

Dann gab sie auf und ließ sich von ihm in den Arm nehmen. Sie drückte ihren Kopf an seinen hageren Körper. Und er legte seine Arme um sie. Ohne Worte standen sie dort und Ilse hielt sich an ihm fest. Selten zuvor hatte sie sich so beschützt gefühlt wie in diesem Augenblick. Er brauchte nichts zu sagen. Er wusste, was er ihr mit auf den Weg gegeben hatte. Und er wusste, dass dieses außergewöhnliche Mädchen seinen Weg gehen würde

Ilse brauchte nichts zu sagen. Sie wusste, dass er an sie glaubte. Sie wusste, wie sehr er ihr alles Gute wünschte. Nach einigen tiefen Atemzügen löste sie sich von ihm und sah ihm schließlich doch noch in die Augen, bevor sie sich endgültig verabschiedete.

Waltraud war derart gerührt, dass sie nicht anders konnte, als ihren Lehrer ebenfalls zu umarmen. Mit feuchten Augen nahm sie Ilses Hand nahm und verließ mit ihr die Schule.

Kapitel 7

Neue Schule – neue Kinder – neue Lehrer. Nichts war mehr wie zuvor in diesem Sommer. Die spielerischen Zeiten waren endgültig vorüber. Von Beginn des Schuljahres an trichterte man ihnen ein, dass nun bald der Ernst des Lebens begann. Mit Ende des Schuljahres würden sie ins Arbeitsleben eintreten. Das alles kam Ilse so unwirklich vor. Mit 14 Jahren die Schule zu verlassen und erwachsen zu sein.

Immer wieder kamen die Fragen danach, welchen Weg man beruflich einschlagen möchte. Ilse hatte keinen blassen Schimmer. Und ihre Freundinnen Waltraud und Käthe hatten auch nicht den Hauch einer Idee. Sie wollten sich überhaupt nicht damit beschäftigen. Vielmehr interessierten sie die Jungs an der neuen Schule. Einer fiel den Mädchen gleich auf. Hans. Nicht etwa, weil er besonders gut aussehend oder intelligent war. Allein seine Erscheinung, wie er lässig an der Wand lehnte, eine Zigarette zwischen Daumen und Zeigefinger, beeindruckte sie auf eine ungewohnte Art und Weise.

»Lass uns auch mal probieren«, schlug Waltraud vor. Ilse und Käthe waren gleich begeistert. Aufgeregt überlegten die drei, wie sie an eine Zigarette gelangen konnten. Dann stieg ein ungutes Gefühl in ihnen auf. Was, wenn sie erwischt würden? Doch die Neugierde war weitaus größer als die Sorge und so suchten die drei Mädchen fieberhaft nach einer Lösung für ihr Beschaffungsproblem.

»Hier würde man uns sofort verpetzen. In Altendorf kennt man uns nicht so gut«, warf Käthe ein. Mit einem mulmigen Gefühl in der Magengegend nahm jede von ihnen einige Münzen aus der Spardose. Nun, da sie das Geld hatten, stieg die Ungeduld noch schneller. Am selben Tag machten sich die Mädchen nach der Schule auf den Weg zum einzigen Laden in Altendorf.

Ilse wurde hinein geschickt. Wie immer traute man ihr am ehesten zu, sich nicht verunsichern zu lassen und die sehnlichst erwarteten Glimmstengel zu bekommen. Waltraut ging stumm neben ihr her, um Beistand zu leisten. Ilse setzte ihren entschlossenen Blick auf und betrat mit ihrer Freundin den Laden. Der kräftige Mann hinter der Ladentheke sah sie grimmig an, doch Ilse ließ sich nicht einschüchtern. Zumindest äußerlich nicht.

»Wir sollen für den Herrn Weber drei Zigaretten kaufen.« Ilse konnte nicht verhindern, dass eine Hitzewelle in ihr aufstieg. Ob die Röte ihr Gesicht erreichte, konnte sie nicht beurteilen. Sie befürchtete es. Trotzdem hielt sie dem Blick des Mannes stand. »Overstolz oder Eckstein?« Scheiße. Auf diese Frage waren sie nicht vorbereitet. Ilse sah Waltraud hilflos an. Sie war kurz davor, alles hinzuschmeißen und wegzulaufen. Als sie den Mann nun ebenso ratlos ansah, hielt er ihr die Packungen hin, damit Ilse sich erinnern konnte, welche Marke Herr Weber denn nun rauchte.

»Overstolz?« Er hielt ihr die orangefarbene Packung entgegen und wartete ihre Reaktion ab. Schnell ergriff Ilse den rettenden Strohhalm und bestätigte: »Ja, genau, Overstolz. Die raucht er.« Mit prüfendem Blick nahm er drei Zigaretten aus der Schachtel und legte sie auf den Tresen. Ilse legte alle Münzen daneben und wartete ungeduldig, bis er das Wechselgeld herausgegeben hatte. Sie mussten sich zusammenreißen, um nicht aus dem Laden zu stürmen. Erst als sie die Ecke des Hauses erreicht hatten, rannten sie so schnell sie konnten bis ans Ende des Dorfes. Dort ließen sie sich auf dem Bürgersteig nieder, um wieder zu Atem zu kommen. Sie jubelten und lachten und schlugen sich auf die Schenkel vor Aufregung und Erleichterung.

Die Mädchen konnten es gar nicht erwarten, bis sie das alte verlassene *Bahneloch,* wie sie es nannten, erreicht hatten. Hier wollten sie sich verstecken, um ihre erste, verbotene Zigarette in vollen Zügen zu genießen. Der Zugang zu diesem stillgelegten Teil der Bahnstrecke war beschwerlich. Dichtes Gestrüpp schützte den Platz vor ungebetenen Blicken, was ihn dafür prädestinierte, Verbotenes auszuprobieren. Der Ort hatte etwas Geheimnisvolles. Mit ein wenig Phantasie konnte man sich vorstellen, welche Vergnügungen hier im Schutz der Bäume und Büsche stattfanden.

»Hast du die Streichhölzer?« Waltraud nickte mit dem Kopf. Bevor sie ihre Schultasche öffnete, sah sie sich noch einmal um. Nicht auszumalen, wenn man sie erwischte. Zwar war ihre Mutter nicht so streng wie Grete, doch beim Thema Zigaretten war ihre Haltung klar und die möglichen Konsequenzen gewiss.

Entsprechend groß war die Anspannung. Plötzlich ein Knacken. Waltraud ergriff Ilses Arm. Alle hielten den Atem an und lauschten angestrengt. Niemand wagte, sich zu bewegen. Nur die Augen wanderten ängstlich umher und suchten die Umgebung ab.

Da kein weiteres Geräusch folgte, drehte Ilse langsam den Kopf, um sicherzugehen, dass auch hinter ihr die Luft rein war. Ein Seufzer der Erleichterung folgte, und dann endlich wagten sie, das Streichholz zu entzünden und voller Erwartung einen ersten, tiefen Zug der Zigarette in sich aufzunehmen. Ilse durfte die erste sein. Sie schloss die Augen und stellte sich vor, dass sie neben Hans an der Wand lehnte, lässig und selbstbewusst. Dass sie alles, was man mit dem Genuss dieses kostbaren Stengels verband, in sich aufnahm: Freiheit, Stärke, Erfüllung. Der Eintritt in eine ganz neue, wunderbare Welt, in der alles möglich war.

So tief ihr Verlangen nach dem Eintritt in diese neue Welt war, so tief war auch der Atemzug, mit dem sie das Nikotin in sich aufnahm. Erwartungsvoll waren Waltrauds und Käthes Blicke auf sie gerichtet. Ilse konnte gar nicht so schnell die Zigarette aus dem Mund nehmen, wie der Hustenanfall sie überkam.

Schnell nahm Käthe ihr das kostbare Teil aus der Hand, als Ilse sich vornüber beugte. Waltraud klopfte ihrer Freundin besorgt auf den Rücken, bis der Husten allmählich schwächer wurde. Käthe hatte Not, dass die Zigarette ungenutzt verglühte, daher nahm auch sie schnell einen Zug. Sie war vorsichtiger als Ilse, da sie doch etwas geschockt war von der Wirkung. Sachte zog sie nur kurz an der Zigarette und wartete. Auch sie konnte ein Hüsteln nicht unterdrücken, gab sich aber tapfer. Schließlich versuchte sich Waltraud an diesem kostbaren

Teil. Obwohl alle den Geschmack ganz furchtbar fanden und sie mit einem flauen Gefühl im Magen endlich nach Hause gingen, hatte die Aktion irgendetwas Erhabenes für sie.

Sie hatten für den Hauch eines Augenblicks das Gefühl, keine Kinder mehr zu sein. Mit verschworenem Blick verabschiedeten sie sich am Tor von Ilses Hof. Sie waren neugierig geworden auf das neue Leben und schworen sich, den Mantel des Schweigens über diesen Tag und alle weiteren, aufregenden Erlebnisse, die sie gemeinsam haben würden, zu legen.

»Na, habt ihr jeroocht?« Frau Halbich war wieder in Höchstform. Das konnte doch nicht sein. Es konnte doch nicht so offensichtlich auf ihrer Stirn stehen. Ob ihre Mutter es ihr ebenso ansah? Sie musste dringend nach einem Bonbon suchen, das ihren Atem neutralisierte. »Nein, da vertun Sie sich. Woher sollten wir den Zigaretten haben?«

Ohne die Antwort abzuwarten, verschwand Ilse in ihrer Wohnung und suchte die Dosen nach einem Pfefferminzbonbon ab. Das schlechte Gewissen stand Ilse ins Gesicht geschrieben. Wenn ihre Mutter an diesem Tag einen Verdacht hatte, so ließ sie es sich nicht anmerken.

***

»Ilse, ich glaube, du wärest eine sehr gute Krankenschwester.« Die Worte ihres neuen Klassenlehrers Herr Schmidtke überraschten sie. Zwar konnte er einem Vergleich mit Herrn Kottzek nicht standhalten, doch der junge Lehrer war immer sehr nett zu ihr. Er hatte eine strenge Art, förderte seine Schüler jedoch wohlwollend, solange sie sich bemühten und ihm mit Respekt begegneten.

Da die Schüler nun bald ihre Bewerbungen für den Eintritt ins Berufsleben schreiben mussten, bestellte er Ilse mit ihrer Mutter zu einem Beratungsgespräch. Ilse hatte immer noch keine Idee, wohin die berufliche Reise gehen solle und ging ohne große Erwartungen mit zum Termin. Grete war jedoch überaus dankbar für die Ratschläge des Lehrers. Sie freute sich, dass Herr Schmidtke so große Stücke auf Ilses Wissen hielt und dass er sie mit ihrer engagierten und fürsorglichen Art als geeignet für diesen Beruf erachtete.

Das allein erfüllte Grete mit Stolz. Doch Herr Schmidtke wollte noch mehr für Ilse tun. Sein Bruder war Arzt in der Uniklinik auf dem Venusberg und Herr Schmidtke bot an, mit ihnen gemeinsam dorthin zu fahren, um Ilse seinem Bruder vorzustellen und seine Empfehlung auszusprechen.

Gretes Augen strahlten Dankbarkeit aus. Vorfreude. Stolz. Ihre Tochter würde einen guten Beruf lernen und Geld verdienen. Vielleicht würde sie eines Tages sogar Medizin studieren. An diesem Abend öffnete Grete einen Piccolo, den sie zum Geburtstag bekommen hatte und Ilse durfte einen winzigen Schluck davon probieren. Als Grete sie in ihren Armen hielt, war Ilse selbst überrascht, dass sie kaum noch kleiner war als ihre Mutter. Doch ihre liebevolle Umarmung erfüllte das Mädchen mit Dankbarkeit und Wärme.

Nachdem Ilse die Unterlagen erstellt hatte, die für den Termin benötigt wurden, nahm Herr Schmidtke sie in seinem Auto mit nach Bonn. Ein wenig Aufregung beschlich Ilse. Aber vor allem Neugierde. Sie war gespannt auf den Bruder ihres Lehrers. Als sie die Tür zu diesem ehrwürdig erscheinenden Gebäude öffnete, beschlich sie doch ein wenig die Furcht. Alles hier war einfach beeindruckend.

Herr Dr. Schmidtke empfing beide in seinem geschmackvoll eingerichteten Büro. Nachdem er seinen Bruder und das Mädchen herzlich begrüßt hatte, nahm er hinter seinem antiken Schreibtisch Platz. »Dann zeigen Sie mir doch einmal Ihre Zeugnisse.« Ilse kicherte angesichts der förmlichen Ansprache, doch sie nahm sich schnell zusammen, um ihm die Unterlagen zu überreichen. »Mhmm.« In aller Ruhe studierte er die Bewerbung und die Zeugnisse.

Ilse wagte nicht, ein Wort zu sagen. »Sie wollen also Krankenschwester werden?« Dr. Schmidtke sah von den Unterlagen auf und blickte sie prüfend an. Ilses Blick war verunsichert. Wollte sie das? Sie wusste es selbst nicht. Doch als sie in das freundliche Gesicht des Arztes sah, konnte sie sich sehr gut vorstellen, ihm zu assistieren. »Mein Bruder jedenfalls lobt Sie in den höchsten Tönen.« Wenn Ilse nur etwas einfallen würde, was sie antworten könnte. Doch das Mädchen war völlig überfordert.

Dr. Schmidtke erlöste Ilse bald, indem er ihr mitteilte, er würde sie gerne zur Krankenschwester ausbilden und bot ihr an, sie durch die Abteilungen zu führen. Dankbar, irgendetwas anderes tun zu können, als vor seinem

Schreibtisch zu sitzen, nahm sie sein Angebot an. Als ihr die ersten freundlichen Krankenschwestern mit Patientenakten im Arm auf dem Flur entgegen kamen, legte sich ihre Aufregung. Es fühlte sich gut an. Die weißen Kittel wirkten aus einem ihr nicht bewussten Grund beruhigend auf sie. Mit wachsendem Interesse durchschritt sie neben dem Arzt die Gänge. Warum war sie selbst nie auf diese Idee gekommen? Krankenschwester. Ein ehrbarer Beruf.

Erhobenen Hauptes und mit Vorfreude betrat sie die Abteilung, die Dr. Schmidtke unterstellt war. Die Chirurgie. Dann traf sie ein gewaltiger Schlag. Ein unbändiger Schmerz. Wie eine unsichtbare, bedrohliche Wand, auf die sie getroffen war. Ilse war nicht in der Lage, auch nur einen Schritt weiter zu gehen. Der Geruch von Betäubungsmitteln. Im Papierkorb ein Pflaster, an dem Blut klebte. Das kaum vernehmbare Stöhnen eines Mannes vor Schmerzen. Ilse schloss die Augen. Plötzlich hatte das Mädchen grausame Bilder im Kopf. Blutüberströmte Menschen. Verzweiflungsschreie von Frauen und Kindern. Gewehrschüsse. Bombenhagel. Tote und geplünderte Menschen.

Mitten auf dem Gang brach sie zusammen. Dr. Schmidtke hatte das Entweichen der Farbe in Ilses Gesicht zu spät bemerkt. Schnell rief er eine Krankenschwester zur Hilfe und hob das Mädchen auf eine Liege. Als Ilse wieder zu sich kam, fühlte sie sich furchtbar. Sie schämte sich. Und sie wollte weg hier. Weit weg. Ihr Lehrer redete beruhigend auf sie ein während er sie nach Hause fuhr. Sie vernahm Worte wie *daran gewöhnen* und *nicht so schlimm*. Die Augen ihrer Mutter strahlten Besorgnis aus, als er sie in ihre Hände übergab. Grete bedankte sich von Herzen für sein Bemühen und versprach, sich nach dem Wochenende bei ihm zu melden.

Auch Grete hatte die Hoffnung, dass Ilse sich nach dem ersten Schock an den Gedanken gewöhnen könnte, in der Uniklinik zu arbeiten. Mit Engelszungen sprach sie davon, dass man ja versuchen könne, in eine Abteilung zu kommen, die ihr Spaß machte. Die Entbindungsstation. Süße, kleine Babys. Keinem anderen Kind aus Ilses Klasse wurde solch eine Gelegenheit geboten. Sie hätte nur den Vertrag unterschreiben müssen. Doch für Ilse stand fest, dass sie niemals wieder einen Fuß durch diese Tür setzen könnte, ohne diese Bilder vor Augen zu haben.

Das Mädchen wusste nicht, wie es seine Entscheidung Herrn Schmidtke mitteilen sollte. Sie wollte nicht undankbar erscheinen. Da sie keinen Mut fand, wich sie ihrem Lehrer vorerst aus, so gut es ging. Doch ihr ging es schlecht mit dieser Situation. Schließlich bat sie ihre Mutter, ihr beizustehen, wenn sie ihm ihre Entscheidung mitteilte. Auch wenn Grete sich nichts mehr gewünscht hätte, als dass Ilse sein Angebot annahm, begleitete sie ihre Tochter, um mit Herrn Schmidtke zu sprechen.

Der Lehrer war sichtlich enttäuscht. Er konnte die tiefen, grausamen Gefühle, die Ilse hinderten, nicht erahnen. Weder Mutter noch Tochter wollten ins Detail gehen und versuchten einfach, Verständnis für Ilses Entscheidung zu ernten. Auch wenn Herr Schmidtke Ilse sehr mochte, kühlte das Verhältnis zu ihr merklich ab. Er war immer noch der Auffassung, dass man sich einfach bemühen könnte und es dann schon schaffen würde. Die Herzlichkeit des Lehrers ihr gegenüber ging mit diesem Tag verloren.

Es tat Ilse weh, und sie bemühte sich bis zum Ende des Schuljahres, sein Wohlwollen wieder zu erlangen. Ihre Freundinnen waren ihr dabei keine große Hilfe. Die Mädchen wollten das letzte Schuljahr noch so gut wie möglich nutzen, eine unbeschwerte und fröhliche Zeit zusammen zu erleben. So machten sie wie üblich ihre Späße und hatten nur ein Ziel: Ilse wieder aufzumuntern. Das gelang ihnen unübertrefflich. Leider gingen die Späße meist zu Lasten des Unterrichts und mehr als einmal musste Herr Schmidtke die Mädchen ermahnen, ihre Störungen zu unterlassen. Er hatte die albernen Mädchen schon getrennt an verschiedene Plätze gesetzt, um der Lage Herr zu werden. Und Ilse bemühte sich nach Kräften, sich vom Gekicher ihrer Freundinnen nicht anstecken zu lassen. Zumal sie den Lehrer, der ihr immer noch viel bedeutete, respektierte und nicht noch mehr als bereits geschehen verärgern wollte. »Noch einmal, und du fliegst raus!« Sein Ton ging ihr durch Mark und Bein. Ilse zwang sich, nach vorne zu blicken und Herrn Schmidtke aufmerksam in die Augen zu schauen.

»Pssst«, hörte sie von hinten leise. Ilse erkannte sofort Waltrauds unverkennbaren Laut. Sie versuchte mit aller Macht, das Zucken in ihren Mundwinkeln zu unterdrücken und ernst zu bleiben. Mit großen Augen blieb ihr Blick gebannt auf der Hand des Lehrers an der Tafel. »Psssssst.« Magisch schien der Laut ihren Blick anlocken zu wollen. Ilse verkrampfte sich und ihr Blick blieb in Schmidtkes Augen haften. Noch ein strenger Blick und er drehte sich zur Tafel, um die mathematische Formel dort niederzuschreiben.

Nur einen winzig kleinen, verstohlenen Blick über ihre Schulter wagte Ilse. Nach Kräften bemüht, ernst zu bleiben. Sie sah in das verschmitzte Gesicht von Waltraud, die mit schielenden Augen ihre Zunge herausstreckte und zu ihrer Nasenspitze führte. Lauthals brach das Lachen aus Ilse heraus. Alle Mitschüler wurden angesteckt, schafften es aber, nur verstohlen leise zu lachen. Aber Ilse konnte gar nicht mehr aufhören. Selbst als Herr Schmidtke sie lautstark aus der Klasse warf, war sie nicht in der Lage, ihren Lachanfall zu stoppen. Sie sank neben der Klassentür auf dem Flur zusammen und hielt sich immer noch den Bauch vor Lachen.

Erst als sie sich ein wenig beruhigt hatte, kramte sie schnell ihre Sachen zusammen und sah zu, dass sie nach Hause kam. Es wäre besser, wenn sie Waltraud und Käthe heute nicht mehr unter die Augen trat. Sie würde gleich wieder in hysterisches Gelächter ausbrechen. Und das war für alle Beteiligten heute nicht sehr hilfreich. Stattdessen ging Ilse in ihr Zimmer und schrieb eine Entschuldigung für ihren Lehrer. Nachdem sie sicher sein konnte, dass ihr niemand mehr begegnete, schlich sie zu seinem Haus und warf den Umschlag in seinen Briefkasten.

»Ich habe eine Entschuldigung in meinem Briefkasten gefunden.« Natürlich wusste jeder, wer der Verfasser des Briefes war. Ohne Ilse anzusehen, fuhr Herr Schmidtke fort: »Ich hätte es besser gefunden, wenn derjenige – oder diejenige – sich persönlich entschuldigt hätte.« Obwohl Ilse Verständnis für seine Worte hatte, wäre das für sie unmöglich gewesen. Sie hatte zwar ein schlechtes Gewissen, doch wenn sie ihrem Lehrer gegenüber gestanden hätte, wäre sofort wieder Waltrauds Gesicht und ihre Zunge vor ihren Augen gewesen und sie hätte ihrem Lehrer unkontrolliert lauthals ins Gesicht gelacht. Nicht auszumalen. Sie musste damit leben, dass er ein weiteres Mal von ihr enttäuscht war, wenn sie Schlimmeres verhindern wollte.

Herr Schmidtke erfuhr vorerst nicht, wohin Ilses Bewerbungen gingen. Sie wusste, dass er kein Verständnis dafür hatte. Andererseits wollte sie sich ihre Freude über die schnell eingehenden Einladungen zu Vorstellungsgesprächen nicht verderben lassen. Stüssgen, Konsum, Kaisers. Alle Einzelhandelsgeschäfte luden das aufgeweckte Mädchen ein. Sie konnte sich sehr gut vorstellen, dort zu arbeiten und freute sich auf das Gespräch in der Kölner Firmenzentrale der Firma Konsum. Ilse war selbst überrascht, dass sie gar keine Angst vor dem Termin hatte. Aufregung, ja. Aber keine Angst. Am Abend, als sie wieder nach Hause kam, wusste sie, dass sie diese Anstellung bekommen würde. An diesem Abend wusste Ilse, wohin sie ging.

Am Abend der Schulentlassung erst erfuhr Herr Schmidtke, wohin Ilses Weg führte. Obwohl er sich etwas anderes für das Mädchen gewünscht hatte, schickte er sie mit ehrlichen, besten Wünschen in ihren neuen Lebensabschnitt.

Kapitel 8

Sommer 1956

Nicht nur für Ilse begann ein neuer Lebensabschnitt. Grete hatte vor einigen Monaten eine neue Anstellung in Bonn gefunden. Die Wessel Werke in Poppelsdorf gaben ihr eine sichere und gut bezahlte Arbeit in der Produktion. Wenn Grete in diesem Winter noch früh morgens um vier Uhr das Haus verlassen musste, um von Ersdorf aus zur Arbeit zu kommen, so war es schließlich nur eine Frage der Zeit, bis sie eine kleine Wohnung in Bonn gesucht und gefunden hatte.

Der Abschied fiel Grete schwer. Sie hatte hier nach ihrer Flucht ein Zuhause gefunden. Und Freunde. Mehr als zehn Jahre hatte sie hier gelebt und ihre Tochter hatte nahezu ihre gesamte Kindheit hier verbracht. Grete dachte unwillkürlich an Ilses ersten Schultag. Das Foto der Einschulung lag im schönen Silberrahmen mit allen anderen Habseligkeiten in einer der Umzugskisten. Wie glücklich sie an diesem Tag war. Und wie viele andere glückliche Tage sie hier erlebt hatten. Trotz einiger schwieriger Mitmenschen.

Für Ilse war der Abschied noch härter. Ihre besten Freundinnen blieben in Ersdorf. Es war ihre Heimat geworden. Und trotz ihres mitunter eigenwilligen Wesens war Ilse sehr beliebt in ihrem Dorf. Die Freude über die schnell erhaltene Stelle als Lebensmittelverkäuferin wich einer Angst vor dem Neuen und der Wehmut über die Kindheit, die sie nun hier verabschiedete. Endgültig.

Waltraud und Käthe standen neben dem Auto, das ihre wenigen Möbel und Kisten nach Poppelsdorf bringen sollte. Keine wollte den entscheidenden Abschiedsgruß aussprechen. Mit Tränen in den Augen und dem Versprechen, sich bald zu besuchen, verabschiedeten sich die Freundinnen an diesem Tag. Und sie wussten, dass nichts mehr so war wie zuvor.

Ilses ansteckendes Lachen und ihre Fröhlichkeit, ihre leuchtend grünen Augen, ihr Mut und ihre kreativen Lieder fehlten ihnen schon jetzt.

Nach dem Wochenende würde Ilse ihren ersten Arbeitstag in der Konsum-Filiale beginnen. Sie nutzte die Tage, um sich vorzubereiten und ihre Kleidung zu sortieren. Das Mädchen war zwar wieder einige Zentimeter gewachsen, da sie aber immer noch zierlich war und ihre Oberweite noch kaum erkennbar war, konnte sie einen Großteil der selbst gestrickten Kleidung noch tragen. Die Teile, die tatsächlich zwischenzeitlich zu kurz waren, verzierte Grete mit einem Bund. So musste sie neben den erforderlichen Anschaffungen für die neue Wohnung nicht auch noch in neue Kleidung investieren.

Am Sonntagabend fand Ilse vor lauter Aufregung kaum in den Schlaf. Sie war so gespannt auf ihre Arbeit. Auf den Laden. Auf die Kollegen. Auf ihren Chef. Um sich abzulenken, kramte sie den kleinen roten Koffer unter ihrem Bett hervor. In diesem kostbaren Stück bewahrte sie alle persönlichen Dinge auf, die ihr wichtig waren. Durch den Umzug war er ihr nach langer Zeit wieder in die Hände gefallen.

Heute Abend wollte sie noch einmal in den Erinnerungen ihrer Kindheit schwelgen. Das Foto ihres Vaters fiel ihr in die Hände. Eine große Traurigkeit überkam sie. Wieder ein neuer Lebensabschnitt ohne ihren Vater. Ohne eine starke Schulter zum Anlehnen. Ohne seinen weisen Rat. Sie küsste das Foto und legte es zurück in den Koffer. Von ihrem ersten Gehalt würde sie endlich einen schönen Rahmen dafür kaufen.

Dann fiel ihr die Pfeife des Weckmanns in die Hände. Egon. Sie lächelte. Ein guter Freund. Warum waren alle Jungs nur gute Freunde? Ilse sehnte sich nach einem Jungen, der mehr in ihr sah als den guten Kumpel. Schließlich schloss sie den Koffer und legte ihn zurück unter ihr Bett, weil die Erinnerungen und Fragen sie nur noch mehr aufwühlten und beschäftigten. Sie nahm ihre alte Puppe in den Arm und versuchte, einzuschlafen.

***

»Der Bus fährt in zehn Minuten. Du musst dich beeilen! Ich bin jetzt weg.« Grete drückte ihre Tochter an sich und gab ihr einen Kuss auf die Wange. »Frühstück steht auf dem Tisch. Ich wünsche dir einen schönen, ersten Arbeitstag.« Als ob Ilse auch nur einen Bissen hinunter bekommen hätte. Stattdessen packte sie die Brote in ihre Tasche. Eine neue, gestrickte, orange-grüne Tasche. Es war das Geschenk ihrer Mutter zu ihrem Ausbildungsplatz. Ilse hätte sich weniger auffällige Farben gewünscht, doch sie wollte ihrer Mutter nicht die Freude verderben und ließ sich nichts anmerken.

8:00 Uhr stand in ihrem Arbeitsvertrag. Ilse nahm vorsichtshalber einen Bus früher, um bloß nicht zu spät zu kommen. Um halb acht stand sie vor der Ladentür. Allein. Das Geschäft hatte noch geschlossen und weit und breit war niemand zu sehen. Sie setzte sich auf die Mauer an der Ecke der Straße und wartete aufgeregt. Kurz vor acht hielt ein Lastwagen vor dem Laden. Zeitgleich kam ein junger Mann und schloss die Ladentür auf. Mit einem mulmigen Gefühl ging sie auf den jungen Mann zu. Er erkannte wohl gleich, dass dies der neue Lehrling war und erwartete sie selbstbewusst.

»Hallo, ich bin Ilse.« Sie hielt dem jungen Mann die Hand entgegen und er ergriff sie. »Josef. Aber du bist zu früh. Montags kommt Ware, da stehst du nur im Weg rum. Komm um halb zehn wieder!«

Schnell nickte Ilse und ergriff die Flucht. Sie verschwand um die nächste Ecke und fragte sich, was sie mit den zwei Stunden anfange solle. Wie gerne hätte sie etwas länger geschlafen. Stattdessen stand sie hier in den kühlen Morgenstunden in ihrem luftigen Strickkleid und wartete darauf, in den Laden zu kommen. Fröstelnd schlang sie die Arme um ihren Körper und lief die Straßen in der Gegend ab.

Der Optiker und der Blumenladen hatten noch geschlossen. Wie eigentlich alle Geschäfte in der Umgebung. Lediglich die Tankstelle, die zum Baumarkt gehörte, hatte bereits geöffnet. Unschlüssig lief sie einmal daran vorbei. Sollte sie hinein gehen? Es gab keinen Grund außer der Kälte, die von ihr Besitz ergriff. Diese Kälte weckte unschöne Erinnerungen in ihr. Schließlich war es ihr egal und sie entschied, den warmen Innenraum zu betreten. Zwei Männer bemerkten ihr Eintreten und grüßten sie freundlich.

»Kann ich etwas für Sie tun?« Ilse ging an den Regalen vorbei, als wenn sie nach etwas Ausschau hielt. Die Männer beobachteten sie aufmerksam. »Hallo?«, sprach sie der ältere von ihnen, der anscheinend der Kassierer war, erneut an. Der jüngere Mann, der einen Overall trug und anscheinend der Tankwart war, lächelte. Er schien kaum älter als Ilse zu sein. »Nein, danke, ich schaue nur.« Das einzige, was Ilse sich hätte kaufen können, waren Schokoriegel, die neben der Kasse standen. Wenn sie denn Geld gehabt hätte.

Nun hielt sie diese Spannung nicht mehr aus und ging geradewegs auf den Kassierer zu. »Ich habe heute meinen ersten Arbeitstag beim Konsum, muss aber noch eine Stunde warten, bis ich rein kann. Und mir ist einfach so kalt.« Die Offenheit überraschte den Mann. Spontan lachte er und es entwickelte sich ein nettes Gespräch, in dem sich herausstellte, dass Friedrich heute ebenfalls seinen ersten Arbeitstag in seiner Lehre als Tankwart hatte.

Was währenddessen im Konsum passierte, konnte Ilse nicht ahnen. Der Kollege, der nur für das Entladen am Montagmorgen zuständig war und anschließend in die nächste Filiale fuhr, hatte dem Sohn des Chefs, der ebenfalls seine Lehre dort machte, einen riesigen Bären aufgebunden. Alle warteten natürlich gespannt auf das neue Lehrmädchen, das am Montag kommen sollte. »Mensch, ich hab das Mädchen schon gesehen. Das ist vielleicht ein

Schuss. Vollbusig, groß und schlank, lange, blonde Haare…« Er wusste, dass dies genau Helmuts Beuteschema war und steigerte dessen Vorfreude aufs Äußerste. Innerlich lachte der Kollege sich schlapp bei dem Gedanken an sein Gesicht, wenn er das unscheinbare, kleine Mädchen mit den roten Haaren sah.

Wohlig warm und frohen Mutes trat Ilse pünktlich um halb zehn durch die Ladentür und vernahm das Glöckchen über ihr. Sofort war Helmut zur Stelle, um die vollbusige Schönheit gebührend zu empfangen. Seine Gesichtszüge entglitten ihm nur kaum merklich. Zwar war er wütend auf seinen dummen Kollegen, doch das Mädchen konnte schließlich nichts dafür. Und das Lächeln auf ihrem Gesicht schien ehrlich und ansteckend. Helmut wusste noch genau, wie er sich gefühlt hatte, als er im letzten Jahr seine Arbeit hier begonnen hatte. Sein Vater legte Wert darauf, dass er nicht anders behandelt wurde, nur weil er der Sohn des Chefs war.

Freundlich reichte er ihr die Hand und stellte sich vor. »Ich bin Helmut. Herzlich Willkommen.« Ilse war beeindruckt von seiner charmanten Art, aber ebenso von seinem Aussehen. Das war wirklich mal ein attraktiver, junger Mann. Aber eben der Sohn des Chefs. Das Mädchen machte sich keine Illusionen, dass er jemals mehr sein würde als ihr Kollege und der Sohn des Chefs. Doch die beiden verstanden sich auf Anhieb gut.

Unbeschwert und glücklich kam Ilse an ihrem ersten Arbeitstag nach Hause und freute sich auf die kommenden drei Jahre.

Ihre gute Laune hielt ganze drei Tage lang an. Dann kam die erste Kollegin aus dem Urlaub zurück. Abfällig wurde Ilse von Anne gemustert. Die Kollegin sprach nur das Nötigste mit Ilse. Meist waren es Anweisungen, die sie ihr gab. Kein einziges persönliches Wort.

»Ist sie immer so schweigsam?«, fragte Ilse Helmut. Er lachte laut. »Nein, nur solange Elfriede noch in der Schule ist. Danach wirst du dir wünschen, dass sie nicht so viel quatschen.« Er sollte Recht behalten. Mit dem Eintreffen der Kollegin, die im dritten Lehrjahr war, begannen die Schikanen. Offenkundig tratschten beide über Ilse. Sie machten sich unverhohlen lustig über ihren fehlenden Busen und ihre gestrickte Kleidung.

Ilse war getroffen von solcher Oberflächlichkeit. Es ging nicht spurlos an ihr vorüber. Wenn sie nach Ladenschluss zur Bushaltestelle ging, ertappte sie sich dabei, wie sie vor den Schaufenstern stand und sich wünschte, auch einmal andere Kleidung tragen zu können als die gestrickten Kleider ihrer Mutter.

Schnell bemerkte Grete, wie betrübt ihre Tochter nach der anfänglichen Euphorie war. Wenn sie Ilse darauf ansprach, wollte das Kind nicht darüber sprechen. Sie wollte ihre Mutter nicht verletzen. Außerdem hätte sie die Situation nicht ändern können. Es war einfach kein Geld vorhanden, um kurzfristig den Kleiderschrank neu zu füllen. Wieder einmal wünschte Ilse sich einen Vater, der für Wohnung und Essen sorgte und sie ihr kleines Einkommen ganz für sich selbst nutzen könnte, anstatt für einen Heizofen zu sparen, damit sie es warm hatten.

Alle Versuche, sich mit den Kolleginnen anzufreunden, scheiterten. Sie waren froh, ein Opfer gefunden zu haben. An diesem Abend konnte Ilse ihre Traurigkeit nicht mehr unterdrücken. Offen erzählte sie ihrer Mutter, dass die Frauen sich jeden Tag über ihre gestrickte Kleidung lustig machten. Ilse ahnte, was ihre Mutter entgegnen würde: Dass es keine Freundinnen waren, wenn sie sich so verhielten. Das wusste Ilse. Sie brauchte die Frauen auch nicht als Freundinnen. Aber sie wollte, dass diese Schikanen aufhörten.

Gretes Worte überraschten selbst ihre Tochter. »Sag den beiden einen schönen Gruß von mir. Wenn sie das möchten, packen wir dir alles an Kleidung ein, was du besitzt. Das legst du ihnen vor und sie sollen dir sagen, was davon du anziehen darfst.« Genau diese Worte gab Ilse am nächsten Morgen ihren Kolleginnen weiter. Überraschenderweise waren reagierten die Frauen beschämt. Mit dieser Konfrontation hatten sie nicht gerechnet.

Zwar wurden die Frauen keine Freunde, doch die Lästereien blieben fortan aus. Und nachdem das Lehrmädchen im folgenden Jahr seine Prüfung absolviert hatte, wurde sie in ein anderes Geschäft versetzt. Inzwischen hatte auch Anne begriffen, dass sie mit Ilse eine fleißige und motivierte Mitarbeiterin hatte. Sie genoss es, dass Ilse alle Arbeiten, die man ihr auftrug, ohne Meckern erledigte. Und was Anne sehr beeindruckte, war die Art, wie das Mädchen mit dem Sohn des Chefs umging.

Helmut war bekannt dafür, dass sein liebster Zeitvertreib war, den hübschen Frauen beim Einkauf zuzuschauen. Und dass er möglichst alles mied, bei dem er sich die Hände schmutzig machte. Zwar schwärzte ihn niemand beim Chef an, doch Ilse gab ihm selbst die passenden Worte mit auf den Weg. Gerade hatte das Mädchen den hinteren Teil des Ladens geschrubbt und auf Vordermann gebracht, da lief Helmut über den noch feuchten Boden, nur weil er eine Möglichkeit sah, einer hübschen Blondine ins Dekolleté zu blicken.

»Mensch, Helmut. Jetzt lauf mir nicht immer durch das Geputzte.« Lautstark brachte Ilse ihren Unmut zum Ausdruck. Er schien unbeeindruckt, bis er bemerkte, dass sein Vater zufällig in den Laden gekommen war und die Aktion interessiert verfolgt hatte. »Da schmieß em doch dä Schrubber in et Kreuz!« war seine Reaktion. Ilse erschrak zuerst bei seinem Anblick. Doch als sie sah, dass Helmut vor Schreck auf dem nassen Boden ausrutschte und sich im letzten Augenblick am Regal fest hielt, lachte sie lauthals. Ihr ganz eigenes, unbeschwertes Lachen. Zum Spaß hob sie den Schrubber und lief in gespielter Wut auf ihn zu. Bis sie selbst ausrutschte und vor Helmut auf den Boden fiel.

In seiner unnachahmlich charmanten Art half er ihr auf die Beine und nahm sie in den Arm. Selbst Anne konnte sich nicht zusammen reißen und lachte. Sie waren ein gutes Team. Das wurde nun auch ihr klar.

Schnell war das junge Mädchen kein Mädchen mehr. Sie hatte sich Respekt erarbeitet und die junge Frau war von Beginn an bei der Kundschaft sehr beliebt. Sie war für ihr freundliches und hilfsbereites Wesen bekannt. Bei den alt eingesessenen Kunden ebenso wie bei den neuen

Kunden. Bei den alten Menschen ebenso wie bei den jungen Männern. Friedrich kam regelmäßig zu ihr in den Laden. Gerne verbrachte er seine Mittagspause dort. Wenn nicht viel zu tun war, wärmte er sich nun bei ihr auf und nahm sich eine Frikadelle im Brötchen mit. Er berichtete Ilse von seiner neuen Freundin und fragte sie um Rat, wenn es um *Frauenangelegenheiten* ging.

Im darauffolgenden Jahr brachte er seinen neuen Kollegen Rüdiger mit, der nun an der Tankstelle seine Lehre begonnen hatte. Ilse hatte das Gefühl, dass Friedrich sie verkuppeln wollte, doch Rüdiger war nicht ihr Typ. Ein netter Kerl, aber kein Mann für sie. Der Mann, mit dem sie ihr Leben teilen wollte, musste groß sein. Stark. Er sollte sie beschützen. Er musste etwas Besonderes haben und sie beim ersten Anblick beeindrucken. Dieser Mann war ihr bisher nicht begegnet und vorher wollte sie keinen anderen haben.

Sie vertraute darauf, dass irgendwann der Richtige für sie da sei und konzentrierte sich ganz auf ihre Ausbildung und die Schule. Auch hier glänzte Ilse mit ihren Leistungen, weil ihr diese Arbeit einfach Spaß bereitete. Für ihren Aufsatz *Die aufregende Reise eines Pfennigs* erntete sie große Aufmerksamkeit und konnte erneut ihre kreative Leidenschaft ausleben.

So war es nicht verwunderlich, dass Ilse ihre Lehre mit sehr guten Ergebnissen abschloss und ihr Chef alles daran legte, dass Ilse nach ihrer Ausbildung in seinem Laden blieb. Die hübsche junge Frau konnte sich nichts Schöneres vorstellen.

Kapitel 9

Bonn, Sommer 1960

»Ein Brötchen mit Corned Beef.« Stefans Bestellung war immer gleich. Fast alle Kollegen der ARAL Tankstelle kamen hier ihre Brötchen kaufen. Auch heute. »HALLO! Ilse! Wie immer.« Stefan sah Ilse an und verstand nicht, warum die junge Frau heute so geistesabwesend war.

Nichts war heute wie immer. Schon als sich die Tür öffnete und Stefan den Laden betrat, spürte Ilse, dass heute irgendetwas anders war als sonst. Sie spürte eine Aufregung in sich aufsteigen, ohne den Grund dafür zu kennen. Bis Stefan hinter dem Regal auftauchte und schnurstracks auf die Wursttheke zu lief. Doch nicht Stefan war es, der Ilse den Atem raubte, sondern der Mann, der mit ihm den Laden betreten hatte. Ein neuer Kollege.

Eine wahre Erscheinung. Groß, schlank, muskulöse Arme. Dunkle Haare und gebräunte Haut. Graublaue Augen. Diese Augen sahen sie an und ließen sie auf der Stelle erröten. Verunsichert bemühte Ilse sich, den neuen Kollegen nicht anzusehen und sich auf Stefans Bestellung zu konzentrieren. »Hallo Stefan. Was wolltest du noch?« Stefan schüttelte grinsend den Kopf. »Wie immer: Stiewe Ries met Zieheknies.«

»Okay.« Ilse nahm ein Brötchen, schnitt es auf und suchte irritiert in der Auslage, was sie ihm darauf legen sollte. Erst als Stefan in schallendes Gelächter ausbrach, kam Ilse wieder zu sich und schnitt wie gewohnt eine

Scheibe Corned Beef ab. Die Rote Farbe wich gar nicht mehr aus ihrem Gesicht.

Dann endlich stellte Stefan seinen neuen Kollegen vor. »Das ist Joachim.« Und an Joachim gewandt: »Das ist die kleine Ilse, die sonst eigentlich nicht so zerstreut ist wie heute.« Fast automatisch streckte sich Ilse ein wenig, um nicht so klein zu wirken, wie Stefan sie beschrieb. »Hallo.« Mehr brachte sie nicht heraus. Joachim sagte nichts, sondern lächelte sie nur an. Dieser freundliche, aber auch eindringliche Blick ließ ihre Knie weich werden. Es war etwas in seinen Augen, das ihr die Sinne raubte.

»Ich nehme das Gleiche.« Wieder nahm Ilse ein Brötchen und schnitt eine Scheibe Corned Beef ab. Diesmal ein wenig breiter als gewöhnlich. Stefan bemerkte es gleich und kommentierte: »Hey, sie scheint dich zu mögen, deine ist dicker als meine.« Erneut errötete Ilse. Nachdem sie das Brötchen in Papier eingewickelt und einen Preis darauf geschrieben hatte, reichte sie es über die Theke. Dabei streiften seine Finger nur für den Hauch eines Augenblicks ihre zarte Hand. Die Berührung war elektrisierend. Schnell zog sie ihre Hand zurück und steckte sie in ihre Kitteltasche.

»Bis morgen«, rief Stefan. Joachim nickte nur und lächelte. Ilse war wie von Sinnen. Erst das Läuten des Glöckchens schien sie aus ihrer Starre zu holen. Gott sei Dank hatte keine der Kolleginnen etwas bemerkt. Sie brauchte eine ganze Weile, um wieder zu sich zu kommen. Ihr Blick folgte den Männern durch das Schaufenster. Sie lachten und drehten sich um. Sie schienen über sie zu sprechen. *Meine Güte,* dachte Ilse, *ich habe mich total lächerlich gemacht.*

Ilse wusste nicht, welches Gefühl vorherrschend war, als sie am nächsten Tag ihren Dienst begann. Die Scham, sich blamiert zu haben oder die Vorfreude auf das heutige Treffen. Dieser Kloß in ihrem Magen war jedenfalls größer als alle Brötchen, die für den Verkauf bereitlagen. Und ihre Gefühle schwirrten unkontrolliert durcheinander. Damals bei Egon hatte sie tatsächlich die Schmetterlinge gefühlt. Das hier war anders. Ilse konnte es nicht einordnen. Gespannt erwartete sie den Besuch der beiden jungen Männer.

Doch an diesem Tag kamen sie nicht. Die Enttäuschung stand ihr ins Gesicht geschrieben, als sie am Abend den Laden verließ. »Alles okay, Ilse?« Selbst ihr Chef bemerkte die ungewohnte Stille, die Ilse heute umgab. »Ja.«

Als Ilse zu Hause ankam, war sie froh, dass ihre Mutter nicht da war. Sicher hätte sie gebohrt, um die Ursache für ihre Nachdenklichkeit herauszufinden. Selbst das Essen rührte Ilse nicht an. Sie ging gleich ins Bett. Ihre Gedanken schlugen Salto bei dem Versuch, sich darüber klar zu werden, welche Gefühle sie beherrschten. Und über die Frage, ob sie sich derart blamiert hatte, dass Joachim nicht mehr käme. Es blieb ihr nichts anderes übrig, als abzuwarten. Geduld. Dafür hatte sie keine Geduld.

Grete steckte den Kopf durch die Tür, als sie von ihrer abendlichen Putzstelle nach Hause kam. Ilse schloss die Augen und bemühte sich, gleichmäßig zu atmen. Sie war erleichtert, dass ihre Mutter das Zimmer wieder verließ. Am nächsten Morgen kam die junge Frau nur sehr schwerfällig aus ihren zerwühlten Kissen. Der Blick in den Spiegel stimmte sie alles andere als froh. Heute wäre es ihr lieber, wenn die beiden Männer nicht in den Laden kamen. Wenn sie Joachim wieder begegnen sollte, dann wollte sie besonders hübsch aussehen. Heute hatte sie dunkle Ringe unter den Augen. Hoffentlich kamen sie heute nicht.

Das Glöckchen erschreckte sie zu Tode und ihr Atem stockte, als sie die Silhouette von Stefan erkannte. Er war nicht allein. Am liebsten hätte sie sich unter der Wursttheke versteckt. Schnell huschte sie nach hinten ins Getränkelager und überredete ihre Kollegin Anne, sie kurz zu vertreten. Ilse stand neben der Tür und lauschte. »Ist Ilse heute nicht da?« Das war Stefans Stimme. »Doch, aber sie hat hinten was zu erledigen.« Dann hörte sie die zweite Stimme. »Ich nehme nur ein Brötchen. Ohne alles.« Es war nicht Joachims Stimme. Es war eine Frauenstimme.

Neugierig versuchte Ilse, einen Blick auf die Frau zu erhaschen. Leider sah sie beide nur noch von hinten, als sie den Laden verließen. »Was war denn los?« Anne war ebenso neugierig. So hatte sie ihre Kollegin noch nie erlebt. Sie kannte Ilse immer nur fröhlich, selbstbewusst und offen. »Nichts.« Anne wartete noch einen Augenblick, ob Ilse vielleicht doch etwas erzählen würde. Nichts. Also verschwand sie wieder im Getränkelager.

Auch am nächsten Tag kam Joachim nicht in den Laden. Aber Stefan kam. Allein. »Hey, wo warst du gestern? Ich wollte dir meine neue Freundin vorstellen.« Ilse lächelte. »Schade. Wie heißt sie denn?« Ilse ärgerte sich tatsächlich, dass sie wie ein kleines Mädchen geflüchtet war und so die Chance verpasst hatte.

Glücklich erzählte Stefan von seiner neuen Flamme. So gerne hätte Ilse ihn unterbrochen, um nach Joachim zu fragen. Aber die Höflichkeit verbot es ihr. Selbst, als Stefan sich schon verabschieden wollte, wagte Ilse nicht, ihn darauf anzusprechen. »Dann liebe Grüße an Katharina.« »Werde ich ausrichten. Nächste Woche bringe ich sie wieder mit. Dienstags hat sie Schule und wir können uns in der Pause sehen.« Stefan war so verliebt, dass er für nichts anderes Gedanken hatte als für seine Katharina.

Nachdem er den Laden mit seinem Corned Beef-Brötchen verlassen hatte, beschloss Ilse, sich abzulenken und schnappte sich einen Eimer. Sie würde die gesamte Auslage putzen. Am Ende des Tages würde alles glänzen. Als die Tür sich kurz darauf erneut öffnete und Stefan nur von Weitem rief: »Schöne Grüße noch von Joachim«, glänzten Ilses Augen. So schnell, wie er sie geöffnet hatte, hatte er die Ladentür auch wieder geschlossen. Er war spät dran, seine Pause war eigentlich schon beendet.

Auch am nächsten Tag kam Stefan allein. Diesmal traute sich Ilse jedoch, ihrerseits schöne Grüße an Joachim auszurichten. Sie hoffte, Stefan auf diese Weise etwas zu entlocken, ohne ihn konkret danach zu fragen. Und ihr Plan ging auf. »Joachim hat mich gefragt, ob ich wüsste, ob du einen Freund hast.«

Ilse wurde flau im Magen. »Und, weißt du´s?«, fragte sie betont lässig. Stefan grinste sie an. »Noch nicht. Aber deinem Gesicht nach zu urteilen, freut dich die Frage. Also?«

Ilse überlegte einen Augenblick. »Also, im Moment nicht.« Ihre Antwort kam beiläufig, während sie die Arbeitsfläche säuberte. Doch sie wünschte sich so sehr, dass Stefan augenblicklich zu Joachim ginge und ihm die Botschaft übermittelte. »Warum kommt er denn nicht mehr mit?« Sie erschrak selbst bei ihrer Frage, doch es war zu spät. »Er muss diese Woche in Beuel aushelfen. Da er der einzige ist, der ein *Föppchen* hat, muss er da einspringen.« Noch nie hatte sich Ilse so darüber gefreut, dass jemand ein *Föppchen* hatte, was auch immer das sein mochte. Sie würde sich nicht die Blamage geben, nachzufragen.

Auf jeden Fall wusste sie nun, dass nicht ihr Auftreten der Grund für Joachims Fernbleiben war. Und er wollte wissen, ob sie einen Freund hatte. Das Glück sprang ihr förmlich aus dem Gesicht.

***

Nach diesem Wochenende sollte Joachim wieder an seiner Tankstelle arbeiten – wenn alles gut ginge. Sorgfältig überlegte Ilse, was sie am Montag anziehen wollte. Die Auswahl in ihrem Kleiderschrank war immer noch sehr übersichtlich. Wie gerne würde sie sich einmal neue, etwas modernere Kleidung kaufen. Doch irgendetwas war immer anzuschaffen. Und ihre Mutter konnte nicht noch eine weitere Arbeit annehmen. Gut – es war nicht mehr so eng wie in den Zeiten ihrer Kindheit und sie mussten sich keine Sorgen um eine warme Wohnung oder Essen machen. Aber Kleidung war teuer. Ein unnötiger Luxus.

Da Ilse im Laden ohnehin einen Kittel tragen musste, war es nicht allzu schlimm. Sie wählte angesichts der warmen Temperaturen einen Rock, der nicht zu lang war und ihre schönen Beine zur Geltung brachte. Beim Blick in den Spiegel dachte sie darüber nach, ob sie sich etwas Schminke zulegen sollte. Bisher schien ihr das völlig überflüssig. Anne schminkte sich immer und an ihr sah es hübsch aus. Ilse beschloss, sich ein günstiges Makeup zu kaufen und es zu Hause zu testen. Das musste allerdings bis zur nächsten Zahlung des Gehalts warten.

Ab halb zwölf tigerte Ilse im Laden umher und versuchte, sich zu beschäftigen. Arbeit gab es immer, aber auf nichts konnte Ilse sich konzentrieren. Immer wieder blickte sie zur Ecke, an der Joachim auftauchen musste. Wenn er denn heute kam. Ilse hatte das Gefühl, keinen einzigen weiteren Tag warten zu können, um Joachim wiederzusehen. Endlich, fünf nach zwölf, erblickte sie die beiden Männer. Stefan und Joachim. Ihr Herz setzte kurz aus, um dann noch heftiger zu schlagen als zuvor. Schnell huschte Ilse hinter die Wursttheke und sortierte die Auslage.

»Hallo.« Ilse sah von ihrer Arbeit auf, als wäre sie überrascht, die beiden Männer zu sehen. Niemals zuvor hatte jemand diesen Satz auf so wunderbare Weise gesagt: »Ein Brötchen mit Corned Beef.« Ilse schwebte förmlich zu den Brötchen und zurück, belegte liebevoll die Semmel und legte das Papier darum. Da Joachim keine Anstalten machte, das Brötchen entgegenzunehmen, weil er mit der Suche nach Kleingeld beschäftigt war, legte Ilse es auf die Ablage. Von dort nahm er es mit einem Lächeln fort. Wie gerne hätte Ilse getestet, ob eine Berührung die gleiche Wirkung hätte wie beim ersten Mal. Schade.

Stefan war gesprächiger und lockerte damit die Stimmung ein wenig auf. Als beide das Geschäft verließen, fühlte Ilse sich einfach wunderbar. Joachim hatte gar nichts getan außer ein Brötchen zu kaufen und ihr ein Lächeln zu schenken. Mehr brauchte sie heute nicht.

Von nun an kamen beide regelmäßig mittags zu ihr. Es war Ilses Highlight des Tages. Die Gespräche wurden vertrauter und Ilse war stolz, wenn Stefan sie in Joachims Beisein um Rat fragte, was er seiner Freundin zum Geburtstag schenken konnte, oder wohin er mit ihr abends zum Tanzen gehen sollte. Zwar war Ilse selbst leider noch niemals zum Tanzen verabredet, doch sie hatte sich bei ihrer Mutter ausreichend informiert, um nicht als unerfahrenes Mädchen dazustehen.

Diese kurzen Gespräche in der vertrauten Umgebung gaben Ilse Schutz. Sie fürchtete sich davor, einmal an einem anderen Ort mit Joachim allein zu sein. Gleichzeitig wünschte sie sich nichts sehnlicher.

»Hast du Lust, am Montag auf die Endenicher Kirmes zu kommen?« Seine Frage traf sie wie ein Schlag. Ilse war entsetzt und glücklich. »Ja, gerne.« Ihre Antwort kam schneller, als sie es selbst erwartet hatte. Joachim freute sich sichtlich. »Um acht Uhr am Karussell?« »Okay.«

Dann verließ er den Laden. Ilse verließ der Mut. Was sollte sie anziehen? Sie hatte noch kein Makeup gekauft. Was würde ihre Mutter sagen? Sie hatte noch niemals eine Verabredung mit einem Mann. Und sie wusste nicht viel über ihn.

Beide waren gerade 18 Jahre alt und – das zumindest hatte Ilse zwischenzeitlich erfahren – gerade fertig mit der Ausbildung. Und dass er ein *Föppchen* hatte. Gott sei Dank wusste sie nun, dass dies nichts Unanständiges war. Sein Mofa. Es gab ihm die Möglichkeit, zu jeder Zeit überall hin zu fahren. Und sie mitzunehmen. Schöne Vorstellung.

Auf dem Nachhauseweg stoppte sie am Schaufenster der Drogerie. Ob sie die Schminke kaufen sollte? Das Geld dafür hätte sie gerade noch. Dann müsste sie sich jedoch bei ihrer Mutter Geld für den Bus am Montag leihen. Und ein wenig für die Kirmes. Unentschlossen betrat sie das Geschäft und stöberte neugierig in den Regalen. Das alles war Neuland für sie. Aber es war ja auch eine ganz besondere Gelegenheit.

Ilse wollte so gut wie möglich aussehen. Erwachsen. Mit ihren 1,55 Metern Größe konnte man sie von Weitem immer noch als Kind ansehen. Glücklicherweise hatte zumindest ihre Oberweite ein klein wenig an Fülle zugenommen. In ihren einfachen, hoch geschlossenen Strickkleidern kam jedoch auch dies kaum zur Geltung.

Es gab so einiges, mit dem Ilse an ihrer Erscheinung haderte. Für diesen Abend auf der Kirmes wollte sie alles aus sich herausholen. Alles, was sie in ihrer Geldbörse hatte, ging in die Kasse des Drogerie-Marktes. Die letzten

Groschen investierte sie in den roten Lippenstift. Sie ahnte, was ihre Mutter zu diesem Lippenstift sagen würde und versteckte ihn ganz unten in ihrer Tasche.

»Wie war dein Tag?« Grete und Ida empfingen sie gewohnt fröhlich an diesem Freitagabend. Das war der Abend, den die Schwestern immer gemeinsam mit Ilse verbrachten, zusammen etwas kochten und anschließend Karten spielten. Ilse liebte diese Abende. Heute hatte sie völlig vergessen, dass Freitagabend war. »Schöööön.« Der Klang ihrer Stimme muss ungewöhnlich gewesen sein, denn sofort legte Grete den Kochlöffel beiseite und sah ihre Tochter erwartungsvoll an. Ida saß am Küchentisch und unterbrach ihre Arbeit.

Schon platzte es aus Ilse heraus. Die Neuigkeiten von ihrer Verabredung. Mit diesem außerordentlich gut aussehenden, überaus netten jungen Mann. Der sehr fleißig war. Pflichtbewusst. Das *Föppchen* erwähnte Ilse wohlweislich nicht. Sie wusste genau, was sie ihrer Mutter erzählen konnte und was sie besser verschwieg.

Ida strahlte ihre Nichte an. Sie freute sich so für ihr Mädchen. Grete berührte es sehr, wie glücklich ihre Tochter war. Ihr Mutterherz bot Vorsicht. Tausend Gedanken schwirrten durch ihren Kopf. Grete war erleichtert, sich in dieser Hinsicht bislang keine Sorgen um ihre Tochter machen zu müssen.

Aufmerksam lauschte Grete Ilses Schwärmereien für diesen Joachim, während sie gemeinsam aßen. Grete sagte nicht viel. Ida bohrte bei jeder Kleinigkeit nach und war nahezu genauso aufgeregt wie Ilse. Die junge Frau bemerkte sehr wohl, dass ihre Mutter verhältnismäßig schweigsam diesen Abend verbrachte. Innerlich bereitete sie sich bereits auf eine Diskussion mit ihr vor. Ob sie ihr dieses Treffen auf der Kirmes verbieten würde?

Beim Kartenspiel war es für Grete immer das Größte, ihre Zwillingsschwester zu schlagen. Sie freute sich diebisch, wenn sie wieder ein Spiel gewonnen hatte. Nicht heute. Grete nahm fast teilnahmslos die Karten, mischte sie und verteilte erneut. »Was ist denn mit dir los? Freust du dich gar nicht, dass du gewonnen hast?« Ida bemühte sich, die Stimmung aufzulockern. Doch Grete blieb nachdenklich. Erst als die letzte Runde eingeläutet wurde, legte sie die Karten beiseite und sah Ilse an.

»Ilse.« Grete blickte entschlossen in die Augen ihrer Tochter. Ida verstummte und lauschte aufmerksam. In Gedanken bereitete sie sich schon darauf vor, ihre Nichte zu verteidigen. Sie war so ein liebevolles, fleißiges Mädchen und hatte so viel ertragen müssen. Warum gönnte ihre Schwester der Kleinen nicht dieses Abenteuer. Und vielleicht die große Liebe?

»Ja.« Ilse antwortete ein klein wenig zögerlich. Doch an ihrem Tonfall war auch erkennbar, dass sie fest entschlossen war, diesen Mann zu treffen. Grete sah den kleinen, gelockten Trotzkopf aus Kindheitstagen vor sich und ihre Gesichtszüge wurden weicher. Ein Lächeln huschte durch ihr Gesicht. Obwohl sie genau dies vermeiden wollte.

»Ilse, ich muss dir etwas sagen.« Wieder entstand eine Pause. Ilse hasste es, wenn ihre Mutter das tat. Doch sie wagte nicht, sie zu unterbrechen. »Du kannst da am Montag nicht hingehen.« Ilse spürte Wut aufsteigen.

»Aber…« Grete hob sofort eine Hand und unterbrach sie. Schwer atmend bemühte Ilse sich, die Antwort ihrer Mutter abzuwarten.

Sie überlegte bereits, ob sie ihrer Mutter klipp und klar die Meinung sagen sollte, oder einfach aufstand und Tür knallend das Zimmer verließ. Da sie ahnte, dass es ihr nicht gelingen würde, ruhig zu bleiben und befürchten musste, ihre Mutter anzuschreien, entschied sie sich für das Türknallen. Wenn ihre Mutter denn nun endlich gesagt hätte, was sie sagen wollte. Der Kampf in ihrem Innern war ihr deutlich anzusehen.

»So nicht.« Dabei hatte Ilse noch gar nichts getan. Ob ihre Mutter ahnte, was Ilse plante? Fragend sah sie ihre Mutter an. Und traurig. Warum musste sie immer so streng sein? »So kannst du am Montag nicht auf die Kirmes gehen. Was hältst du davon, wenn wir morgen in die Stadt fahren und dir eine schöne Bluse kaufen?«

Ilse war fassungslos und auf der Stelle füllten sich ihre Augen mit Tränen. Ida klatschte vor Freude in die Hände, sprang von ihrem Stuhl auf und umarmte ihre Schwester herzlich. Nachdem Ilse sich von dieser Nachricht erholt hatte, ging auch sie zu den Schwestern und ließ sich von beiden in den Arm nehmen. Niemals zuvor war Grete ihrer Mutter dankbarer.

***

Den Lippenstift hatte Ilse erst im Bus aufgetragen. Schließlich war ihre Mutter wenig begeistert, dass Ilse ihr Geld für Schminke ausgegeben hatte. »Wenn er dich nicht so mag, wie du bist, kann er bleiben, wo der Pfeffer wächst.« Widerwillig hatte Grete dabei zugesehen, wie Ilse ihr natürliches, hübsches Gesicht mit dieser braunen Farbe maskierte. Und ihre Augen anmalte. Sie erkannte ihr Kind kaum wieder und konnte sich ein verächtliches Schnauben nicht verkneifen.

Als Ilse sich in dem kleinen Handspiegel betrachtete, den Ida ihr neben fünf Mark für die Kirmes geschenkt hatte, kam sie sich selbst etwas fremd vor. Aber so machten das die modernen, jungen Frauen eben. Sie wollte dazu gehören. Eine Frau sein.

Aufgeregt verließ sie den Bus in Endenich. Sie hatte den Kirmesplatz im Vorbeifahren schon gesehen und ihre Vorfreude stieg ins Unermessliche. Wie sollte sie Joachim begrüßen? Mit einem Handschlag? Einer Umarmung? Ein Kuss ging gar nicht. Der musste von ihm kommen. Aber erst, wenn sie sich verabschiedeten. Ilse hatte genügend Zeit, darüber nachzudenken, denn sie war viel zu früh losgefahren. Schon um halb acht stand sie am Karussell. Obwohl sie nicht allein war, fühlte sie sich verloren. Hoffentlich kam er etwas früher. Neben den Paaren oder Gruppen von Jugendlichen kam sie sich vor wie bestellt und nicht abgeholt.

Es fiel ihr schwer, nicht hibbelig zu werden. Zum einen aufgrund der Aufregung, zum anderen aufgrund der Kälte, die mit der Dunkelheit einzog. Zwar hatte sie eine Strickjacke dabei, doch sie würde sich hüten, die schöne Bluse damit zu verdecken. In Gedanken sah sie sich hinten auf seinem *Föppchen* sitzen, die roten Locken wehten im Wind und sie hielt sich an seinem starken Körper fest.

Punkt acht Uhr schlug die Kirchenglocke. Endlich. Jedem Motorengeräusch lauschte Ilse aufmerksam und versuchte, ein Mofa zu erkennen. Nichts. Oder kam er mit dem Bus? Der Bus kam um zehn nach acht. Ohne ihn. Auch der nächste Bus um zehn nach neun kam ohne ihn. Ilse fror erbärmlich. Und zitterte. Sie kam sich mittlerweile albern vor, allein neben dem Karussell.

Wenn er nicht im nächsten Bus wäre, würde sie einsteigen und nach Hause fahren. Ilse schlenderte hinüber zur Bushaltestelle, hatte das Karussell jedoch weiter fest im Blick. Sollte er doch auf sie warten, wenn er jetzt käme. Der Bus bog um die Ecke und hielt an. Die vordere Tür öffnete sich zum Einsteigen. Die hintere Tür zum Aussteigen. Als der Busfahrer sie aufforderte, einzusteigen, zögerte sie. »Einen Augenblick noch.« Eine junge Frau und drei junge Männer stiegen lachend aus. Nicht Joachim.

Ilse legte das Fünf-Mark-Stück auf die Kasse und nahm ihren Fahrschein und das Wechselgeld entgegen. Zumindest hatte sie kein Geld vergeudet auf dieser Kirmes.

Als Grete ihrer Tochter die Tür öffnete und in das Tränen überströmte, von Lippenstift verschmierte, maskierte Gesicht ihrer Tochter sah, unterdrückte sie jeden Kommentar, jede Wut und nahm ihr Mädchen einfach wortlos in den Arm.

Kapitel 10

»Lass es dir doch mal erklären!«

Ilse hatte nicht damit gerechnet, dass Joachim am nächsten Tag schon früh morgens im Laden auftauchte. Reserviert stand sie ihm gegenüber. »Was kann ich für Sie tun?« Sie wünschte sich hinter die schützende Wursttheke, doch er hatte sie unvorbereitet mitten im Geschäft erwischt. Nun stand sie genau vor ihm, ihr Kopf ging ihm gerade bis zur Schulter. Sie konnte diese Nähe nicht ertragen und ging einen Schritt zurück. Und sah ihn mit verkniffenem Gesichtsausdruck an.

Hilflos sah er aus. Wie ein großer Junge. Es beeindruckte sie nicht. Oder zumindest nur ein ganz klein wenig. Ilse bemühte sich, hart zu bleiben. Traurig sah er aus. »Bitte. Lass es mich erklären.« Doch sie wollte nichts hören. Sie wollte kein Verständnis aufbringen. Zu sehr hatte sie dieser Abend verletzt. Er hatte sie einfach versetzt.

»Ich habe keine Zeit, ich muss arbeiten.« Damit drehte sie sich zum Gehen um. Im letzten Augenblick spürte sie eine Hand auf ihrer Schulter. Nur ganz kurz. Dann hatte er sie schon wieder weggezogen. Ilse blieb stehen, den Rücken ihm zugewandt und überlegte kurz. Diese Berührung hatte etwas Zärtliches, Zaghaftes und gleichzeitig Zerbrechliches. Wenn er auf sie eingeredet hätte, wäre Ilse wahrscheinlich bereits geflüchtet. So aber verharrte sie und beschloss schließlich, ihm die Gelegenheit zu geben.

Wortlos drehte sie sich um und sah ihm in die Augen. Er war schüchtern, das gefiel ihr. Joachim stand das schlechte Gewissen ins Gesicht geschrieben. Man sah ihm an, wie schwer es ihm fiel, die richtigen Worte zu finden. Ungeduldig stand Ilse ihm gegenüber und wartete.

»Meinem Opa ging es nicht gut. Ich musste unbedingt zu ihm fahren.« Ein Räuspern hinter der Kasse unterbrach Joachim. Ilses Chef drückte seinen Unmut aus. Ein Blick genügte und Ilse antwortete schnell: »Ich muss weiter arbeiten.« Traurig beendete Joachim die gerade erst begonnenen Ausführungen. »Können wir heute Abend reden?« Ilse nickte. Sein Gesicht hellte sich auf. »Heute Abend auf der Kirmes?« Als sich Ilses Blick verfinsterte, fügte er schnell an: »Ich komme dich zuhause abholen.« Wieder nickte Ilse. Doch diesmal huschte ein Lächeln durch ihr Gesicht.

Pünktlich um halb acht stand er mit dem *Föppchen* vor ihrer Haustür. Ilse trug wieder ihre neue Bluse und hielt die Strickjacke im Arm. »Zieh die besser an, es ist zu kalt.« Seine Stimme klang fürsorglich.

Nachdem Ilse sichergehen konnte, dass er ihre schöne Bluse zur Kenntnis genommen hatte, zog sie tatsächlich ihre Strickjacke über und nahm hinter ihm auf der kleinen Sitzbank Platz. Eng an seinem Rücken. Nichts anderes ließ die Sitzbank zu. Schnell legte sich Ilses Gefühl der Unsicherheit und wurde von einer Aufregung abgelöst, die ihr gut gefiel. Ihre Verärgerung über den Vorabend war bereits abgeklungen, denn er strahlte solch eine Ehrlichkeit und Vertrautheit aus, dass sie nicht an seiner Erklärung zweifelte. Dennoch war sie gespannt darauf, mehr über ihn und sein Leben zu erfahren.

Als sie die Kirmes erreichten, ließ er sich nicht davon abhalten, sie zu allererst an die Schießbude zu führen, um ein Geschenk für sie zu besorgen. Er legte einige Münzen auf den mit Teppichboden ausgelegten Tresen und richtete das Gewehr auf das Ziel

Ilse war stolz, dass jemand für sie etwas schießen wollte. Aufgeregt fieberte sie mit, wie Joachim Schuss um Schuss nachlegte. Selbst, als die Dame ihm mitteilte, dass er bereits ein Stofftier gewonnen habe, unterbrach er nicht und legte erneut einige Münzen hin. Fast jeder Schuss war ein Treffer. Und Joachim schien genau zu wissen, was er wollte. Als der letzte Schuss mitten ins Ziel traf, lachte er fröhlich. Und sein Lachen traf mitten in ihr Herz. Diese Grübchen. Sein Lachen war einfach wunderbar. Nichts schien mehr an den betrübten Jungen vom Vormittag zu erinnern.

Ilse war gespannt, was er für sie ausgesucht hatte. »Den schwarzen und den weißen.« Seine Stimme klang bestimmt und gleichzeitig aufgeregt. Bevor Ilse sehen konnte, was er entgegennahm, befahl er ihr: »Augen zu!« Er versteckte seinen Gewinn unter der Jacke und sie durfte die Augen wieder öffnen. Dann führte er sie – ohne ihre Hand zu nehmen – zu dem Grünstreifen, der sich am Rande der Kirmes befand und auf die Bank, die eine ungestörte Unterhaltung fernab der lauten Musik ermöglichte.

Seine Jacke wölbte sich, als er neben ihr Platz nahm und Ilse hätte vor Neugierde platzen können, was sich darunter verbarg. »Danke, dass du mitgekommen bist.« Mit diesen Worten öffnete er den Reißverschluss seiner Jacke ein kleines Stück. Seine Hand griff hinein und zauberte einen weißen, kuscheligen Pudel hervor. »Für dich.«

Die Verarbeitung war nicht die Beste, wie man dies von Gewinnen bei einer Kirmes gewohnt war, doch Ilse war derart gerührt von seiner Geste und dem niedlichen Blick dieses kleinen Hundes, dass es ihr schwer fiel, ihn nicht zu umarmen vor lauter Freude und Dankbarkeit. Noch bevor sie etwas sagen konnte, nahm er auch den schwarzen Pudel aus seiner Jacke und schenkte ihn Ilse ebenfalls.

Nun war sie sprachlos. Überwältigt. Sicherlich musste auch er für sein Geld hart arbeiten. Trotzdem hatte er es sich nicht nehmen lassen, ihr beide Tiere zu schenken. Nun konnte sie nicht anders und nahm ihn für einen kurzen Augenblick in den Arm, um sich zu bedanken. Ein Hauch von Röte machte sich in seinem Gesicht breit. Spätestens jetzt hätte Ilse ihm alles verziehen, was es zu verzeihen gab.

Lange saßen beide auf der Bank und schon bald waren die unbeschwerten Minuten verblasst. Seine Geschichte bewegte Ilse sehr. Wie sie war er ohne Vater aufgewachsen. Er hatte nicht einmal die liebevolle und fürsorgliche Mutter, die Ilse hatte. Gretes Strenge war plötzlich nicht mehr wichtig. Sie war immer für ihre Tochter da und liebte sie. Das wusste Ilse. Joachim war bei seinen Großeltern aufgewachsen. Sie waren für ihn die wichtigsten Menschen auf der Welt. Seine Stimme stockte, als er ihr erzählte, dass sein Großvater bei seiner Arbeit als Sprengmeister so schwer verletzt wurde, dass ihm beide Beine und einige Finger abgerissen wurden.

Es war unübersehbar, wie sehr ihn das Schicksal seines Großvaters mitnahm. Wenn er ihm das Leid hätte abnehmen können, er hätte es getan. Er hätte sein Leben gegeben für ihn. Als gestern der Anruf seiner Großmutter auf der Arbeit kam, konnte er nicht anders, als ihr zur Hilfe zu eilen. Auch sie tat alles, um ihrem geliebten Mann so gut wie möglich zur Seite zu stehen.

Selbst wenn der zierlichen, kleinen Frau bereits der schwere Rollstuhl Schwierigkeiten bereitete. Wenn ihr Mann aber so wie an diesem Abend die Schmerzen kaum ertragen konnte, musste Joachim helfen. Er rief einen Arzt und blieb den ganzen Abend bei den Großeltern. Er half seiner Großmutter, das aufgetretene Fieber mit Wickeln in den Griff zu bekommen und blieb die ganze Nacht.

Am Morgen hatte er sich vor dort aus direkt auf sein *Föppchen* geschwungen und war zu ihr ins Geschäft gekommen. Sie hatte sich benommen wie eine unreife Zicke.

Gott sei Dank hatte er sie überredet, diesen Abend gemeinsam zu verbringen. Seine Art berührte sie sehr. Gerne hätte sie noch mehr erfahren, doch er blockte ab. Joachim wollte kein Mitleid. Er wollte sich nur entschuldigen für den verpatzten Abend und die Sicherheit, dass er noch eine Chance hatte, dieses außergewöhnlich lebenslustige Mädchen näher kennenzulernen. Das einzige, was sie an diesem Abend noch erfuhr, war der Umstand, dass er nun bei seiner Tante und seinem Onkel mit den beiden Cousins wohnte. Sie schienen sehr liebevoll zu ihm zu sein. Sein Blick strahlte Dankbarkeit aus, dass er zumindest in diesem Teil der Familie aufgefangen und behütet wurde.

Joachim war anders als die jungen Männer, die Ilse sonst kannte. Er spielte sich nicht auf. Er war einfach er selbst, zurückhaltend und schüchtern. Das würde ihrer Mutter gefallen. Was ihr nicht gefallen würde, wäre ein Zuspätkommen gleich am ersten Abend. So machten sie sich zeitig auf den Weg nach Hause. Die Kälte kroch durch ihre Strickjacke und sie war froh, dass sie schon kurz darauf absteigen konnte.

Joachim stellte sein Mofa ab, um sich von Ilse zu verabschieden. Grete stand oben am Fenster, ein Stückchen hinter dem Vorhang und war sehr erfreut zu sehen, dass der junge Mann dort unten ihre Tochter nicht umarmte oder gar küsste. Er reichte ihr die Hand zum Abschied. Ilse schien etwas irritiert, ergriff sie jedoch und trat ein winziges Stückchen auf ihn zu. Dann löste er seine Hand, strich sehr kurz seitlich über ihren Oberarm und schwang sich auf sein Mofa. Weg war er.

***

Erst als sie abends im Bett lag, fiel ihr auf, dass beide die Pudel in Joachims Jacke vergessen hatten. Erneut musste sie lächeln. Gerne hätte sie die Kuscheltiere jetzt hier gehabt. Wie sie Joachim kannte, würde sie nicht lange darauf warten müssen. Bereits am nächsten Tag brachte er ihr die Geschenke, eingewickelt in Papier und in einer Tasche, falls es ihr auf der Arbeit peinlich wäre, Stofftiere geschenkt zu bekommen.

Die kommenden Wochen und Monate wurden aufregend für Ilse. Anfangs sahen sie sich nur auf der Arbeit, später wünschte sich Ilse, ihn auch abends oder am Wochenende öfter zu sehen. Doch aus irgendeinem Grunde war er sehr zurückhaltend mit solchen Verabredungen. Nur selten ging er am Wochenende mit ihr etwas trinken. Auch Grete hatte den jungen Mann bislang nicht richtig kennengelernt. Sie fragte sich, ob er es ernst meinte mit ihrer Ilse.

Dieselben Gedanken machte sich auch ihre Tochter. Nicht einmal andeutungsweise hatte er versucht, sie zu küssen. Doch sie wäre nicht Gretes Tochter, wenn sie nicht geradeheraus mit Joachim darüber sprach. Ilse war erleichtert, als sie spürte, dass es tatsächlich an seiner Schüchternheit lag. Und an seiner Unsicherheit, wie Ilses Mutter ihn einschätzen würde. Er hatte tatsächlich Angst.

»Darf Joachim Heiligabend mit uns feiern?« Die Frage überraschte Grete. Sie hätte sich gewünscht, den Freund ihrer Tochter vorher kennenzulernen. Das Weihnachtsfest war ihr heilig und ein Familienfest. Zur Familie gehörte er weiß Gott noch nicht. Sie wusste gar nicht, ob er je dazu gehören würde. Entschlossen teilte sie Ilse ihre Bedenken mit.

Grete hätte vorher wissen müssen, dass ihre Tochter sich nicht so leicht geschlagen gab. »Aber er hat doch niemanden. Soll er denn Weihnachten ganz allein feiern?« Ilse wusste, dass sie ihre Mutter so kriegen würde.

Die Vorstellung, dass ein Mensch allein Weihnachten feiern muss, ließ Grete einen Schauer über den Rücken laufen.

»Aber er muss nach dem Essen wieder gehen!« Ilse sprang vor Freude vom Stuhl auf. »Danke. Danke. Danke.« Dass er zum Essen am Heiligen Abend kommen durfte, war eine Auszeichnung ohnegleichen. Dessen war sie sich bewusst und dessen war auch Joachim sich bewusst. Der Druck, der auf ihm lastete, war unbeschreiblich. Doch für Ilse musste er diesen Abend durchstehen.

Sein Finger zitterte, als er ihn auf den Klingelknopf legte. Er zog ihn zurück. Wechselte die Tasche mit den kleinen Geschenken von der linken in die rechte Hand. Atmete tief ein. Sollte er das wirklich tun? Er fühlte sich wie beim Vorstellungsgespräch mit seinem Chef vor einigen Monaten. Seine Hand verschwand in der Hosentasche.

Was, wenn es ein grausamer Abend wurde? Wenn Ilses Mutter ihn nicht mochte? Wenn er nicht gut genug für ihre Tochter war? Diese Vorstellung ließ ihn auf dem Absatz umdrehen und den Türeingang verlassen. Er hatte nicht einmal für sie gekämpft.

Die Vorstellung seiner eigenen Mutter hinterließ einen schmerzhaften Krampf in seiner Brust. Eine herrschsüchtige, egoistische Frau. Wenn Ilses Mutter ebenso wäre, säße er den ganzen Abend unter ihrem prüfenden Blick und verletzenden Bemerkungen in ihrem Wohnzimmer. Das könnte er nicht ertragen.

Dann sah er Ilses Gesicht vor seinem geistigen Auge. Ihre Enttäuschung, als er sie das erste Mal versetzt hatte.

Ihre strahlenden Augen, immer wenn sie sich sahen. Allein, um sie nicht zu enttäuschen, fasste er sich ein Herz, kehrte um und drückte den Klingelknopf.

Zögerlich stieg er die Treppenstufen hinauf. Auf dem Treppenabsatz der ersten Etage empfing Ilse ihn in einem schönen Kleid und nahm ihn gleich bei der Hand. »Hier ist die Küche, aber dort drüben ist das Wohnzimmer.« Die Räume waren beide nur durch das Treppenhaus zugänglich und durch einen langen Gang miteinander verbunden. Ilse führte ihn geradewegs zum Wohnzimmer. Joachim fühlte sich, als solle er in die Höhle der Löwen geführt werden. Als Ilse die Tür öffnete, standen ihm beide Löwinnen Auge in Auge gegenüber. Er wusste zwar, dass Grete eine Zwillingsschwester hatte, doch auf dieses Erscheinungsbild war er nicht vorbereitet. Er war überhaupt nicht vorbereitet.

Im Nachhinein wusste er gar nicht mehr, was er zur Begrüßung der Frauen gesagt hatte, aber anscheinend hatte er sich ordentlich benommen. Nachdem er ihnen die Hand geschüttelt und sich vorgestellt hatte, wurde ihm ein Platz am Esstisch angeboten. Erst jetzt vernahm er diesen köstlichen Duft. Weihnachtsessen. Ein vertrautes Gefühl aus Kindheitstagen im Haus seiner Großeltern. Schlagartig hatte er einen Kloß im Hals. Schüchtern nahm er seinen Platz ein und bemühte sich, aufmerksam zu sein.

Die Frauen waren allesamt eine wahre Erscheinung. Ihre festliche Kleidung. Der Schmuck, der wahrscheinlich nur zu Feiertagen getragen wurde. Die festlichen Frisuren. Ilse hatte ihre Haare glatt geföhnt und sah anders aus als gewöhnlich. Ungewöhnlich festlich und unglaublich hübsch. Eine Perlenkette lag um ihren Hals. Mit strengem Blick beobachteten die beiden Schwestern, wie der junge Mann ihre kleine Ilse musterte. Doch schnell erkannten sie, dass er nicht bedrohlich wirkte, sondern einfach nur verliebt und sehr schüchtern.

Als alle ihre Plätze eingenommen hatten, bemerkte er erst den liebevoll weihnachtlich geschmückten Tisch. Tannenzweige, Kerzen, glänzende Perlen und Holzsterne. Einfach zum Wohlfühlen. Doch dazu war Joachim noch nicht in der Lage. Erst musste er diese Prüfung heute Abend bestehen.

Ilse hatte Grete gebeten, Fragen zu seiner Mutter zu vermeiden. Wenn sie sich besser kannten, würde es ihm leichter fallen, darüber zu sprechen. Also musste er nur die übliche *Begutachtung* über sich ergehen lassen: die Fragen nach seiner Arbeit, seinen Freizeitbeschäftigungen und den üblichen Small Talk. Grete gefiel es, dass Joachim höflich und freundlich war. Doch sie blieb reserviert.

Nach dem Essen jedoch nahmen sie im gemütlichen Teil des Wohnraumes Platz. Dieser Wohnraum war ein wahres Wunder. Hinter einem dekorativen Vorhang abgetrennt war das Doppelbett, in dem Ilse mit ihrer Mutter schlief. Daneben stand der Esstisch, der heute so festlich geschmückt war. Die andere Hälfte des Zimmers bestand aus einer Couch, einem Tisch und zwei kleinen Sesseln, die insgesamt genügend Platz für eine kleine Familie boten. Auf dem großen Kastenradio stand ein kleiner Weihnachtsbaum mit echten Wachskerzen, selbst gebastelten Papiersternen und silbernem Lametta. Überall fanden sich Kissen und Wolldecken. Alles war so klein, so eng und so gemütlich.

Hier saßen sie so eng beieinander, dass schnell eine gewisse Nähe und Vertrautheit entstand. Nachdem Joachim dann auch noch drei kleine Päckchen aus seiner Tasche zog, um sie den Damen zu überreichen, war das Eis vollends gebrochen. Grete öffnete eine Flasche Sekt und gemeinsam stießen sie an und wünschten sich aus tiefstem Herzen ein frohes Weihnachtsfest.

Es tat Grete leid, Joachim später am Abend mit seinem *Föppchen* in die Dunkelheit und die Kälte hinaus zu schicken. Doch sie hatte keine Wahl. Noch nicht. Dafür hatte sie ihn an diesem Abend zu einem glücklichen Mann gemacht. Das hier fühlte sich wirklich an wie Familie. Obwohl er noch gar nicht richtig dazu gehörte. Und Grete hatte am Ende des Abends ihre Einwilligung in seine große Bitte gegeben, ihre Tochter morgen zu einem Kinobesuch abholen zu dürfen.

Kapitel 11

Es war ihre erste gemeinsame Verabredung mit Friedrich und Luise. Ilse war gespannt auf Friedrichs Freundin, er schwärmte immerzu von ihr. Wie hübsch sie sei. Wie chic. Tatsächlich war Ilse beeindruckt von ihrer Erscheinung. Makellos geschminkt, die Haare perfekt frisiert, eine wunderbar weibliche Figur und elegant gekleidet. Wie ein kostbares Püppchen wirkte sie. Doch sympathisch.

Die Begrüßung fiel verhalten aus. Ilse wollte sich nicht aufdrängen und verhielt sich ebenfalls zurückhaltend. Obwohl sie vor lauter Aufregung nahezu platzte. Die Aufregung über die mögliche neue Freundin. Vielmehr jedoch die Aufregung, neben Joachim im Kino zu sitzen. Im Dunkeln. In einem Film mit Überlänge. *Ben Hur* war ihr völlig egal. Es ging ihr nur um die gemeinsamen Stunden heute Abend.

Ihr sehnlichster Wunsch an diesem Abend war ein Kuss. Ilse war so neugierig darauf, wie er sich anfühlte. In tausend Farben malte sie sich diesen ersten Kuss aus. Funken. Schmetterlinge. Ein Feuerwerk. Erwartungsvoll nahm sie neben Joachim Platz und wartete gespannt. Und wartete. Er schien sich tatsächlich für den Film zu interessieren. Scheinbar versehentlich stieß sie mit ihrem Knie gegen seins. Er erschrak und sie hatte seine Aufmerksamkeit. Joachim schenkte ihr ein schüchternes Lächeln und konzentrierte sich weiter auf den Film.

Das konnte doch nicht wahr sein. Ilse befürchtete, dass *Ben Hur* während der gesamten 213 Minuten seine ganze Aufmerksamkeit erhielt. Doch so leicht gab sie nicht auf. Vorsichtig wanderte ihre Hand in seine Richtung. Zaghaft berührte sie ihn. Zu ihrer Erleichterung nahm er ihre zarte Hand gleich in seine. Ein tiefes Gefühl von Wärme durchströmte Ilse. 209 Minuten lang ließ er ihre Hand nicht mehr los. Mit jedem Streicheln jedes einzelnen Fingers löste er einen weiteren Schwarm von Schmetterlingen in ihr aus. Nun hätte der Film noch zwei weitere Stunden andauern können.

The End. Die Worte standen für Ilse sehr überraschend plötzlich auf der großen Leinwand. Wie gerne hätte Ilse den Moment und Joachim noch festgehalten. Doch um sie herum begannen die Menschen bereits, sich zu räkeln, zu gähnen und aufzustehen. Friedrich und Luise standen bereits. Sie warteten darauf, dass der Strom von Menschen den Weg frei machte. Hand in Hand. Sich gegenüber. Dann küssten sie sich. Ilse sah verlegen zur Seite. Doch ihr Blick ging unvermeidbar wieder zurück. Der Anblick des Kusses löste in ihr wieder diese Sehnsucht aus.

Schnell drehte sie sich zur Seite, um in ihrer Tasche nach etwas zu suchen. Joachim stand ein wenig hilflos neben ihr und wartete. Bis sie unverrichteter Dinge ihre Tasche wieder schloss und ihre Reihe endlich das Kino verlassen konnte. Zwischenzeitlich war es bitterkalt geworden. Daher verabschiedeten sich die Pärchen schnell, beschlossen aber ebenso schnell, dass sie am darauffolgenden Wochenende wieder gemeinsam einen Film ansehen und anschließend noch etwas trinken gehen wollten.

Hand in Hand spazierten Joachim und Ilse zu ihr nach Hause. Ilse war ein wenig betrübt. Warum war er nur so schüchtern. Sie konnte doch nicht immer den ersten Schritt machen. Gerade als dieser Gedanke sie streifte, legte Joachim einen Arm um sie. Ein wunderbares Gefühl. Leider waren sie viel zu schnell bei ihrer Wohnung angelangt. Er löste seinen Arm, jedoch nur, um sich vor Ilse zu stellen und nun beide Arme um ihre Hüften zu legen. Erwartungsvoll sah sie ihn an. Doch anstatt sein Gesicht dem ihren anzunähern, zog er sie ganz an seine Brust und umarmte sie fest.

Geborgenheit erfüllte Ilse. Joachim war so groß, dass er sein Kinn auf ihren Kopf ablegen konnte. Was er allerdings nicht tat. Stattdessen legte er seine Wange auf ihr rotes Haar. Und schloss die Augen. Nach und nach legte sich die Anspannung in Ilses Körper und sie schmiegte sich an den jungen Mann. Umarmte ihn ebenso liebevoll. Sie fühlte sich angekommen.

Zarte Schneeflocken fielen vom Himmel. »Ich muss fahren, bevor es richtig anfängt zu schneien.« Sie nickte an seiner Brust. Widerwillig löste Ilse sich zaghaft und sah ihm in die Augen. Liebevolle Augen. In diesem Augenblick hatte sie seinen Kuss gar nicht erwartet. Seine Lippen waren weich. Sein Kuss zärtlich. Sie verschmolzen wie die Schneeflocken auf dem Wintermantel. In einen nicht enden wollenden, sanften Kuss.

Joachim hatte seine Ilse noch nie sprachlos erlebt. Jetzt war sie seine Ilse. Und jetzt war sie sprachlos. »Ich muss jetzt wirklich. Komm, ich bring dich noch schnell hoch.« Immer noch wortlos öffnete Ilse die Tür und ließ sich von

Joachim begleiten. Nachdem er sich noch einmal bei Grete bedankt und sich von den drei Frauen verabschiedet hatte, schwang er sich mit seinem Mofa auf die nasse Straße und verschwand mit dröhnendem Motor in der Dunkelheit. Ilse stand sprachlos am Fenster und sah ihm nach.

***

Nahezu jedes Wochenende verbrachten die beiden Pärchen nun miteinander. Und nahezu jeder Samstagabend endete im Pik As. Die Tanzbar war der perfekte Ort, um das Tanzbein zu schwingen und in fröhlicher Runde etwas zu trinken. Was sich allerdings auch noch nicht geändert hatte, war Ilses Eindruck, dass Luise nicht so sehr aus sich herauskam, wie sie es sich gewünscht hätte. Sie mochte Friedrichs Freundin sehr, doch sie wirkte nie so ausgelassen wie die anderen. Daher nahm Ilse sich – ohne es zu wollen – auch ein wenig zurück. Gleichzeitig fragte sie sich, ob sie Luise jemals hemmungslos und unkontrolliert erleben werde. Es war unvorstellbar für Ilse.

Zu den Liedern von Ted Herold und Peter Kraus tanzten die Pärchen, bis sie vor Erschöpfung auf den kleinen, geblümten Sesseln an einem kleinen Tisch Platz nahmen und sich eine Cola bestellten. Mit ihren hübschen Röcken und den weißen Pumps waren die Mädchen eine Augenweide. Dessen waren sich auch ihre Männer bewusst. Sie hüteten sie wie ihre Augäpfel, was den Frauen sehr gefiel.

Ilses unvergleichliches Lachen schien auch auf einen jungen Mann an der Theke eine anziehende Wirkung zu haben. Immer wieder sah er zu ihr hinüber. Jetzt zwinkerte er ihr sogar zu. Ilse wandte den Blick ab. Es war ihr unangenehm und sie war froh, dass Joachim dies nicht bemerkt hatte, weil er mit dem Rücken zur Theke gewandt saß.

Dieser aufdringliche Kerl ließ Ilse einfach nicht aus den Augen. Als er sich auf den Weg zur Tanzfläche machte, ging er provokativ an ihrem Tisch vorbei. Mit einer kurzen Handbewegung strich er Ilse durch ihr Haar. Friedrich, der direkt neben Ilse saß, sprang wie von der Tarantel gestochen von seinem Stuhl auf und stürzte sich derart auf den Mann, dass beide sofort zu Boden gingen. Bevor Joachim die Situation erfasst hatte, war auch Luise bereits aufgesprungen.

Jetzt endlich konnte auch Joachim reagieren. Mit einem Sprung wollte er Friedrich zur Hilfe eilen, riß dabei jedoch Ilse mitsamt ihrem Sessel rücklings zu Boden. Wie ein Marienkäfer auf dem Rücken lag sie mit dem Stuhl auf dem Boden, die Beine in die Höhe gestreckt und konnte sich nicht bewegen. Und Joachim lag neben ihr, verzweifelt bemüht, Ilse zu helfen, Friedrich zu helfen und selbst wieder auf die Beine zu kommen.

Dieser freche Kerl wollte auf Friedrich einschlagen. Obwohl dieser ihn einigermaßen in Schach hielt und nur von seinen Schlägen gestreift wurde, war Luise außer sich vor Sorge und vor Wut über das Benehmen dieses Mannes. Ohne zu zögern streifte sie ihren Pump von ihrem rechten Fuß und schlug mit dem Absatz auf den am Boden liegenden Mann ein. Als Joachim die prügelnde Schar auf allen Vieren erreichte, war die Schlacht bereits geschlagen und Jochen, der Sohn des Barbesitzers hatte den Mann am Kragen gepackt und rausgeworfen.

Ilse konnte sich gar nicht mehr halten vor Lachen. Immer noch rücklings im Sessel am Boden liegend, liefen ihr die Tränen vor lauter Lachen durch das Gesicht. Auf allen Vieren kroch Joachim zurück zu ihr und bemühte sich, ihr aufzuhelfen. Doch Ilse war nicht in der Lage, irgendetwas zu tun. Schließlich musste auch Joachim herzhaft lachen.

Alle vier saßen sie da auf dem Boden, Luise noch ihren Schuh in der Hand, dessen Absatz bei diesem Manöver abgebrochen war. Zuerst schimpfend über den Verlust und dieses Benehmen, schlug plötzlich auch ihre Stimmung um. Dieses Bild der Schlägerei und Marienkäfer Ilse ging allen nicht mehr aus dem Kopf.

In der ganzen Bar amüsierte man sich über diesen Vorfall, und in der Mitte saßen und lagen die vier Freunde am Boden und lachten, wie sie noch nie zuvor gemeinsam gelacht hatten. Es gab doch eine ausgelassene Seite an Luise. Diese Seite machte ihre Freundin noch sympathischer. Ilse wünschte sich, dass dies eine Freundschaft fürs Leben sein werde.

Kapitel 12

Zwei Jahre später.

Auf dem Gang zur Küche duftete es eindeutig nach Kuchen. Verschlafen öffnete Ilse die Küchentür. Sie hatte sich auf einen gemütlichen Sonntag gefreut. Jetzt wollte sie gerne in aller Ruhe frühstücken. Doch ihre Mutter war schon seit den frühen Morgenstunden beschäftigt. »Du hast gebacken?« Das war nicht ungewöhnlich, doch Ilse wunderte sich, dass ihre Mutter nichts erwähnt hatte, denn meist wurde gebacken, wenn sie Besuch erwarteten.

»Krämers kommen zum Kaffee.« Ilse nickte, schenkte dem jedoch keine weitere Beachtung. Sie mochte die besten Freunde ihrer Mutter gerne. Noch mehr jedoch freute sie sich auf Joachim, der auch am Nachmittag kam. Gemeinsam würden sie eine entspannte Zeit verbringen. Vielleicht gingen sie danach ein wenig spazieren. Doch jetzt hatte sie auf nichts anderes Lust als auf einen heißen Kaffee.

»Hast du nicht noch genug zu tun?« Die Stimme ihrer Mutter klang ungewöhnlich barsch für einen Sonntagmorgen. »Nein«, antwortete Ilse entspannt, die tatsächlich keinen Grund wusste, warum sie hier nicht in aller Ruhe sitzen sollte und etwas Zeit zum Faulenzen haben durfte. »Morgen musst du wieder arbeiten. Sieh zu, dass deine Sachen in Ordnung sind!« Als Ilse ihr Mutter nur verwirrt ansah, fügte sie an: »Du hast doch bestimmt noch was zum Stopfen, oder?« Das hatte man in einem Haushalt immer. Aber doch nicht jetzt. »Jetzt hab ich erst mal Hunger.« Das war ein Argument, dem Grete nichts entgegen setzen konnte. Unbehaglich schmierte Ilse sich ein Brot und zerbrach sich den Kopf darüber, warum ihre Mutter heute so gereizt war. Ob der Kuchen misslungen war? Hatte sie eine Mieterhöhung bekommen, von der sie ihr noch nichts erzählt hatte? Oder hatte sie sich über Joachim geärgert, der Ilse gestern mit ein wenig Verspätung nach Hause gebracht hatte?

Ilse hatte keinen Schimmer. Sie hoffte nur, dass ihre schlechte Laune bis zum Nachmittag verflogen war. Joachim hatte immer noch großen Respekt vor ihrer Mutter und war stets bemüht, ihren Ansprüchen gerecht zu werden. Was nicht leicht war. Gleich nachdem Ilse ihr Frühstück beendet hatte, kam der nächste Kommentar: »Nun trödel nicht rum! Tu etwas!« Dass Grete auch am Wochenende nur schlecht abschalten konnte und eigentlich fast immer arbeitete, hatte Ilse akzeptiert. Doch sie selbst sehnte sich danach, am Sonntag auch mal auf der Couch sitzen zu können und ein Buch zu lesen. Oder Radio zu hören. Oder einfach am Fenster hinaus zu schauen. Nichts zu tun.

Besser, sie ginge ins Wohnzimmer und tat, was ihre Mutter erwartete. Widerwillig nahm sie ein Paar Strümpfe und besserte sie aus. Nähte einen Knopf an ihrer Bluse wieder an. Dann legte sie das Nähzeug beiseite und machte es sich auf der Couch gemütlich. Nahm einen Schluck ihres köstlichen Kaffees und ließ die Gedanken schweifen.

Diese letzten beiden Jahre mit Joachim waren sehr bewegend und sie war immer noch verliebt wie beim ersten Kuss. Er war ein wunderbarer Mensch. Einfühlsam, aber auch entschlossen. Ebenso wie sie selbst. Ihr schwierigster Weg war der zu seiner Familie. Auf Ilses Bitten hin hatte er wieder Kontakt zu seiner Mutter aufgenommen. Ilse konnte den Gedanken nicht ertragen, dass eine Familie zerstritten war und Mutter und Kind nicht mehr miteinander sprachen. Erst zu diesem Zeitpunkt offenbarte er ihr, dass er auch eine kleine Halbschwester im Alter von 9 Jahren habe, die er sehr vermisste. Und er ahnte, wie sehr sie ihn vermisste. Sie war immer sein ein und alles.

Als Joachim Ilse nach dem ersten Treffen bei seiner Mutter vom Wiedersehen seiner geliebten Schwester erzählte, hatte er Tränen in den Augen. Sie hatte ihn gar nicht mehr losgelassen. Marie war vollkommen aufgelöst, überglücklich. Weinte, lachte. Und dann nahm sie ihm das Versprechen ab, schnellstmöglich seine Freundin mitzubringen, die Marie unbedingt kennenlernen wollte. Ilse hatte Marie sofort in ihr Herz geschlossen. Sie bedauerte, dass sie dieses enge Band von Geschwistern niemals selbst kennengelernt hatte. Doch nun konnte sie es fühlen. Marie war wie eine eigene, kleine Schwester. Und die Kleine fühlte sich bei Ilse und Joachim zuhause.

Überall wurde Ilse herzlich aufgenommen. Besonders lieb hatte sie Joachims Großeltern gewonnen. Seine Tante und seinen Onkel, seine beiden Cousins. Eine wundervolle, große Familie. Ob sie mit Joachim auch irgendwann eine Familie gründen würde? Ilse wusste nicht, ob Joachim diese Verantwortung übernehmen wollte oder konnte. Sie waren jung und wollten das Leben genießen.

Auf dem kleinen Motorrad, das Joachim sich zusammengespart hatte, die Welt sehen. Das war alles, was in diesem Augenblick zählte.

Eine Auto-Hupe riss Ilse aus ihren Gedanken. Schnell setzte sie sich auf. Selbst mit ihren 20 Jahren wollte sie nicht riskieren, ihre Mutter zu verärgern und sich Vorwürfe anzuhören. Ordentlich packte Ilse das Nähkästchen in den Schrank. Ihr Hunger trieb sie in die Küche. Es war tatsächlich schon Mittagszeit. Als Ilse die Küchentür öffnete, sah sie in Joachims erschrockene Augen. »Du bist ja schon hier.« Ilse freute sich und begrüßte ihn mit einem Kuss. Doch sein Blick blieb angespannt. Auch Gretes Blick war angespannt. Warum war er hier bei ihrer Mutter? Ein ungutes Gefühl stieg in ihr auf.

»Ist etwas passiert?« Joachim schüttelte den Kopf. Dann sah Ilse, dass Schnaps auf dem Küchentisch stand. Joachim war mit dem Motorrad hier. Da trank er niemals Alkohol. Es musste etwas passiert sein. Der Schrecken in ihren Augen, als Ilse die Tür öffnete, verstärkte ihr Gefühl.

»Geh ins Wohnzimmer! Wir kommen jetzt.« Ihre Mutter ließ keine Wahlmöglichkeit offen. Mit Bauchweh ging sie über den langen Gang zum Wohnzimmer und machte kurz auf der Toilette halt. Die Stimmung hatte ihr sofort auf den Magen geschlagen. Ihr Hungergefühl war wie weggeblasen. Es war grausam, auf der Couch zu sitzen und sich den Kopf darüber zu zerbrechen, was vor sich ging. Ob er mit ihr Schluss machen wollte? Hatte ihre Mutter deshalb den Klaren herausgeholt? Für sich selbst? Oder gleich für sie?

Die Wohnzimmertür öffnete sich und Joachim trat ein. Setzte sich in den kleinen Sessel neben der Couch. Warum setzte er sich nicht zu ihr auf die Couch? Er schien nach Worten zu suchen. »Ilse.« Endlich sah er in ihre Augen. Dann öffnete sich erneut die Tür und ihre Mutter erschien. Als sie die Situation erfasste, hielt sie kurz inne und wartete auf ein Zeichen, eintreten zu dürfen. Keiner von beiden reagierte. Grete drehte sich um, entfernte sich wenige Schritte und stand sofort wieder im Türrahmen. Mit Ida.

In den Händen trug ihre Mutter ein Silbertablett, auf dem vier Sektgläser standen. Was passierte hier? »Ilse«, begann Joachim erneut, schob den Sessel und den Couchtisch beiseite und kniete sich vor ihr hin. Nahm ihre Hand. Seine graublauen Augen glänzten. »Möchtest du meine Familie sein? Jeden Tag? An schönen Tagen und an schwierigen Tagen? Möchtest du mich heiraten?« In diesem Augenblick steckte er ihr den goldenen Ring an den Finger. Ilse hatte das Gefühl, ohnmächtig zu werden. Sie wollte am liebsten aufspringen, tanzen. Doch Joachim hielt ihre Hand und ihren Blick fest. Wie ein Standbild verharrten auch Grete und Ida im Türrahmen und warteten auf ihre Antwort.

»Ja natürlich will ich, du… du….« Jetzt sprang sie auf und fiel Joachim um den Hals. Ihre Wucht warf beide zu Boden. Immer wieder küsste sie ihn und bestätigte immer wieder »Ja, ja, ja…«

»Jetzt reicht´s aber.« Der unverkennbare Ton ihrer Mutter. Doch diesmal war er sanfter als gewöhnlich Viel sanfter. Der Sekt, den sie in die Gläser goss, schäumte ebenso über wie Ilse. Sie konnte sich kaum beruhigen. Ihr Glück hätte nicht größer sein können.

Dachte sie. Doch das war noch nicht das Ende des Tages. Heimlich hatten die drei eine große Verlobungsfeier organisiert. Familie und Freunde, die am Nachmittag in Scharen kamen, waren maßlos enttäusch, dass sie den Antrag nicht mitbekommen hatten. Ausführlich mussten sie wieder und wieder haarklein davon berichten.

Noch spät in der Nacht tanzten sie wild und ausgelassen durch das Wohnzimmer. Über die Lampen hatten die Freunde rote Tücher gelegt, die ein stimmungsvolles Licht erzeugten. Mit Peter Kraus sangen sie an diesem Abend lauthals *Va bene, va bene, ich bin ja so verliebt*. Und immer wieder an diesem Abend sang Ilse aus vollem Herzen die Worte: »Ja, ja, ich will, ich will.«

DANKESCHÖN

Immer wieder Familie. Schwesterherz: Eigentlich bist du die Kleine. Aber du bist alles andere als das. Es ist unglaublich, was du täglich leistest. Du bist groß. Außer, wenn du beim Kartenspielen verlierst. Es macht trotzdem großen Spaß, mit dir zu lachen, Hugo zu trinken und Schokoschaumküsse zu essen. Und Schwanentretboot zu fahren.

Kerstin. Beste Freundin. Obwohl uns nur wenige Kilometer trennen, schienen manchmal Entfernung zu groß und Zeitfenster so klein, dass Treffen oft schwierig waren. Aber ich wusste immer: wenn ich dich JETZT brauche, bist du sofort da. Danke für deine Ehrlichkeit und danke, dass ich in diesem turbulenten Jahr immer auf dich zählen konnte. Ich verspreche: Nächstes Jahr schaffen wir das Wochenende am Meer!

Matthias. Dein Engagement ist einzigartig. Ich bin immer wieder erstaunt, mit wie viel Herzblut und Kreativität du mich unterstützt. In jeglicher Hinsicht. Du hast das Buchcover, das in meinem Kopf schlummerte, perfekt eingefangen. Ein Riesendankeschön an dich.

Marianne. Du gute Seele. Auch wenn die Erinnerungen dich eingeholt haben, danke ich dir für deine Bereitschaft, dich einzulassen. Und darüber hinaus für das gute Gefühl, das du mir gibst. Nicht nur mit deinem köstlichen Pflaumenkuchen. Dein liebevolles, sehr persönliches Geschenk hat mir viel Freude bereitet und tut es immer wieder. Danke für deine stets aufbauenden Worte.

Ein Dank Querbeet. Zum richtigen Zeitpunkt habt ihr mir mit eurem Konzert einen Sonnenstrahl geschickt. Dieser wärmende Abend hat mir in Erinnerung gerufen, wie heilsam Musik für mich ist. Und wie schmerzlich ich sie vermisse. Danke, dass ihr mich so nett aufgenommen habt und ich jetzt mit euch singen darf.

Ivonne. Du hast mich zum Jahresbeginn aufgeweckt. Mit deiner positiven Energie hast du nicht locker gelassen, bis ich zugesagt habe. Heute bin ich dir sehr dankbar dafür. Danke, dass du nicht locker gelassen hast. Und danke für dein Engagement für die Lesung – natürlich auch dem gesamten Team.

Sabine. Auch diesen Umzug hast du mit mir gestemmt (Helmut natürlich nicht zu vergessen). Unglaublich, was wir in den letzten Jahrzehnten zusammen erlebt haben. Manchmal sehen wir uns ewig nicht. Und dann kommt völlig unverhofft eine Nachricht: »Lust auf eine Gemüsepfanne? Habe gekocht.« Du bist wirklich unglaublich.

Allen, die mich im letzten Jahr unterstützt haben, sage ich aus tiefstem Herzen DANKE. Auch wenn ich nicht alle namentlich aufzählen kann, eure Worte und eure Hilfsbereitschaft hat mich sehr gerührt.

Bewusst zum Schluss –du weißt warum – Gabi. Gut, gnadenlos und diesmal nahezu grandios. Und das alles in 48 Stunden. Dabei lachst du auch noch. Das beruhigt mich. Jetzt kann ich mich entspannen.

Die Autorin

Pia Wunder wurde 1965 in Bonn geboren, wo sie Englisch, Japanisch und Volkswirtschaft studierte. Seit ihrem Studium zur Marketing-Fachkauffrau arbeitet sie im kaufmännischen Bereich.

Ihre Leidenschaft für das Schreiben entdeckte sie schon in der Schulzeit. 2014 beschloss sie, ihrer Freude am Schreiben Ausdruck zu verleihen und veröffentlichte im Sommer 2015 ihren Debütroman "Pulsbeschleuniger", ein Jahr später die Fortsetzung „Herzrasen & Himmelsgeschenke".

Pia ist in Hennef aufgewachsen und lebt nach wenigen beruflichen Jahren in der „Stadt mit K" seit ihrer Familiengründung wieder in Hennef. Sie hat 2 Söhne, die ebenfalls in der Stadt mit den 100 Dörfern aufgewachsen sind.

Ihre Freizeit widmet sie neben dem Schreiben gerne ihrer zweiten großen Leidenschaft, der Musik.

ISBN 978-3-7467-6881-6
www.epubli.de